Johannes Wilkes

Strandkorb 513

AF217804

Handlung und Figuren dieses Romans entspringen der Fantasie des Autors. Eventuelle Übereinstimmungen mit lebenden oder verstorbenen Personen sind zufällig und nicht beabsichtigt. Nicht erfunden sind bekannte Persönlichkeiten, Institutionen, Straßen und Schauplätze auf Spiekeroog.

12. Auflage 2025

©Prolibris Verlag Rolf Wagner
Rasenallee 23 d, 34128 Kassel, buero@prolibris-verlag.de
Titelfoto: © Heiner Sündermann
Druck: OSDW AZYMUT Sp. z o. o., Daimlera 2,
02-460 Warszawa, Polen
ISBN: 978-3-95475-126-6

www.prolibris-verlag.de

Johannes Wilkes

Strandkorb 513

Spiekeroog Krimi

Prolibris Verlag

Gibt es einen friedlicheren Ort als Spiekeroog? Was kann paradiesischer sein, als in einem Strandkorb auf Spiekeroog zu sitzen und dem Lied der Wellen zu lauschen? Alles Böse dieser Welt ist dann weit weg, ganz weit weg ...

Ein Sonntagnachmittag im August

Schlechtes Wetter? Nicht auf Spiekeroog. Stürmt und regnet es, ist's erst richtig schön. Findet zumindest Karl-Dieter. Dann hat man den Strand ganz für sich und die tobende Nordsee noch dazu. Ein herrliches Naturspektakel! Schade nur, dass Mütze das anders sah. Saß lieber in »Sir George's Pub« und guckte Fußball. Wie öde! Was für ein Erlebnis wäre es doch gewesen, zu zweit gegen den Sturm anzukämpfen und danach in der gemütlichen Ferienwohnung auf das geblümte Kuschelsofa zu fallen, um gemeinsam einen heißen Tee zu schlürfen. Wenn's sein musste auch mit Schuss.

Auf ihre Ferienwohnung hätte Karl-Dieter niemals verzichtet. Mütze hatte zwar den Vorschlag gemacht, in die »Linde« zu gehen, ein äußerst verführerisches Angebot, denn das alte Inselhotel mit seinem herrlich nostalgischen Charme ist ein echter Hingucker. Aber eine Ferienwohnung ist eben eine Ferienwohnung. Nirgendwo kann man es sich so gemütlich machen. In der »Linde« brauchst du nicht zu kochen, hatte Mütze gemeint. Nicht zu kochen! Als wenn das ein Gegenargument gewesen wäre! Karl-Dieter liebte es, in der Küche zu stehen. Zuletzt hatte er einen Kochkurs beim Erlanger Hausfrauenbund besucht: »Gesunde Küche für die silberne Generation.« Lauter leckere Gerichte, die er nun ausprobieren wollte.

»Silberne Generation?«, hatte Mütze misstrauisch gefragt. Sie seien doch beide im besten Mannesalter.

»Schon, schon«, hatte sich Karl-Dieter beeilt zu antworten. Gesunde Küche aber könne auch echten Kerlen nicht schaden. Er hatte den Seniorenkurs doch nur deswegen belegt, weil er sich so gut mit alten Damen verstand, aber das brauchte Mütze nicht zu wissen.

Karl-Dieter, der als Kulissenbauer beim Theater Erlangen arbeitete, hatte die Macht des Windes unterschätzt. Ganz schön anstrengend, dagegen anzulaufen. In seinem gelben Ostfriesennerz kam er gewaltig ins Schwitzen. Vielleicht wäre es besser gewesen, er hätte eine kleinere Runde gewählt, aber Karl-Dieter hatte den festen Vorsatz gefasst, einen Aktivurlaub zu machen und ein paar Kilos auf der Insel zu lassen. Da war etwas Schwitzen völlig okay.

Sie waren nun zum zweiten Mal auf Spiekeroog. Ihr erster Besuch hatte dienstliche Gründe gehabt, Mütze hatte den Mord an der *Meerjungfrau* lösen müssen. Damals hatten sie sich unsterblich in die bezaubernde kleine Insel verliebt und beschlossen, privat wiederzukommen. Gestern waren sie eingetroffen und hatten dieselbe Ferienwohnung bezogen wie vor zwei Jahren, »Nachtigall«, gleich gegenüber der alten Inselkirche. Pfeifend hatte Karl-Dieter ihre Wäsche in die Schubladen gelegt, ordentlich auf Kante, selbstverständlich. Zwei Wochen herrliche Zweisamkeit! Und – wer weiß? – vielleicht würde sich Mütze endlich durchringen, ihm seinen größten Traum zu erfüllen.

Karl-Dieter atmete tief durch, legte sich schräg gegen die Böen und kämpfte sich tapfer weiter den Strand entlang, während der Sturm ihm weiße Schaumfetzen um die Ohren fegte. Nicht nur Mütze, die ganze Insel schien beschlossen zu haben, daheimzubleiben. Kein Mensch war zu sehen. Karl-Dieter hatte nun den Abschnitt erreicht, wo die Strandkörbe dem Wind trotzten. Einsam standen sie im Sturmgebraus, verlassen von der sonst so fröhlichen Urlauberschar, in ihrem Windschatten suchte der Sand Asyl. Für die gesamte Dauer ihrer Ferien hatten sie einen Korb gemietet, was nicht ganz billig war und Mütze für verzichtbar hielt. Was aber war ein Nordseeurlaub ohne Strandkorb? Das war wie ein Pflaumenkuchen ohne Sahne. Oder Othello ohne schwarze Schminke. Ihr Strandkorb stand am äußersten östlichen Rand, weit weg von den Plätzen, wo üblicherweise die Familien ihre Strandburgen bauten. Mütze war es wichtig, im Urlaub seine Ruhe zu haben, was Karl-Dieter respektierte, auch wenn er selbst seine Freude an den spielenden Kindern hatte.

Karl-Dieter wollte den Weg die Düne hinauf zur Strandbar nehmen, der führte an den Strandkörben entlang. Alle waren ordnungsgemäß mit ihren Lattengittern versperrt. Bis auf einen. In diesem Korb lag ein einsamer Mann, der Körper unnatürlich verrenkt. »Wie eine verbogene Schaufensterpuppe«, schoss es Karl-Dieter durch den Kopf. Erschrocken trat er näher. Das Gesicht wirkte aufgedunsen, der im unteren Bereich schon angegraute Vollbart führte in schmalen Koteletten bis zu den Haaren hinauf. An wen erinnerte ihn der Mann? Und warum lag er so leblos da? Das Einzige, was sich noch bewegte, waren seine langen graublonden Haare, an denen der Wind zauste. Die gebrochenen Augen aber starrten leblos in den Sturmhimmel. Kein Zweifel, der Mann war tot.

Mütze vom Fernseher wegzubekommen, wenn Bundesliga lief, war normalerweise unmöglich. In einem Fall wie diesem aber war er Profi durch und durch. Zusammen mit dem schnaufenden Karl-Dieter eilte er den schmalen, sich durch die Dünen windenden Slurpad hinüber zum verlassenen Badestrand. Der Sturm hatte an Stärke noch zugenommen, die Fahnen des nahen Jugendhofes knatterten hart im Wind.

»Er ist ganz sicher tot«, keuchte Karl-Dieter, als sie die letzte Düne vor dem Meer erreichten, »kein Mensch sitzt bei diesem Wetter regungslos im Strandkorb. Du hättest seine Augen sehen sollen!«

Als sie den Lattenweg zum Strand hinunterliefen, mussten sie ihre Augen mit den Händen schützen, schmerzhaft peitschten ihnen feine Sandkörner entgegen. Alle Strandkörbe waren zum Meer hin gedreht. Die Freunde stolperten weiter Richtung Brandung, die sich in eine tosende weiße Hölle verwandelt hatte. Dann drehten sie sich suchend um.

»Wo ist nun deine Leiche?«, rief Mütze gegen den Brandungslärm an.

Karl-Dieters Blicke irrten hin und her. »Da vorne hat er gesessen!«, schrie er und deutete auf einen Strandkorb, der aussah wie all die anderen.

»Welcher?«

»Die 513!«

»Komm mit!« Mütze stapfte los.

Strandkorb 513 war ordnungsgemäß mit seinem Gitter verschlossen, hinter den Stäben nur gähnende Leere. Von einer Leiche war nichts zu sehen.

»Ich bin doch nicht verrückt«, sagte Karl-Dieter, als sie zu Hause in ihrer Wohnung saßen und am heißen Tee nippten. Diesmal hatte er sich ebenfalls einen Schuss Rum gegönnt.

»Das hab ich doch auch nicht behauptet«, sagte Mütze, »der Mann wird sich ausgeruht haben und ist nach einem Päuschen aufgestanden, hat seinen Strandkorb brav verriegelt und ist nach Hause gegangen.«

Karl-Dieter schüttelte den Kopf. »Unmöglich! Nicht bei dem Wetter! Da hält es doch keine Sau in einem Strandkorb aus. Und wenn, dann nur dick eingemummelt, aber nicht auf diese Weise ausgestreckt.« Er warf sich in den Ohrensessel, ließ seinen Kopf schlaff auf die linke Schulter fallen, knickte den rechten Arm nach hinten ab und rollte die Augen nach oben. »So sitzt kein Strandgast in seinem Korb!«

»Und wo ist deine Leiche hin?«, grummelte Mütze.

»Der Mörder muss sie versteckt haben! Komm, lass uns gleich zu Ahsen gehen!«

Ahsen war der Inselpolizist. Mehr als einen Mann brauchte man auf Spiekeroog nicht, um für Recht und Ordnung zu sorgen, und selbst ein Mann war noch zu viel. Die Hauptaufgabe des schlaksigen Polizisten schien darin zu bestehen, über die Insel zu bummeln und freundlich zurückzugrüßen, denn den Inselpolizisten mochte jeder gerne. Ahsen war eine Art Touristenattraktion, ein Relikt des überall sonst längst abgeschafften Dorfpolizisten. Hätte er nicht darauf zu achten, dass das Fahrradverbot in der Fußgängerzone eingehalten wurde, er hätte wohl überhaupt keine Daseinsberechtigung gehabt. Umso strenger verfuhr Ahsen mit den Fahrradsündern. Da nahm er Haltung an, da kannte er kein Pardon und stellte zum beifälligen Nicken der Passanten seine Autorität unter Beweis. In solchen Momenten blitzte auf, was für ein fähiger Beamter er war. Im Fall der ermordeten *Meerjungfrau* war er Mütze tatsächlich eine große Hilfe gewesen. Das andere Verbrechen, das sich in den letzten Jahren ereignet hatte, hatte Ahsen sogar völlig allein gelöst: Wie hatte sich die Urlauberfamilie gefreut, als Ahsen ihr den entwendeten Bollerwagen zurückgebracht hatte!

Karl-Dieter wollte sich schon seinen Ostfriesennerz schnappen, als Mütze ihn zurückhielt. »Sei bitte vernünftig, was wollen wir dem guten Ahsen denn sagen?«

»Na, was passiert ist!«

»Dass du eine Leiche gesehen hast, die jetzt nicht mehr da ist.«

Karl-Dieter kniff die Augen zusammen: »Du glaubst mir nicht?«

»Karl-Dieter!«

»Gib's doch zu, du glaubst mir nicht!«

Die allabendliche Malefizpartie machte ihnen heute keine rechte Freude. Unwirsch warf Karl-Dieter den Würfel aufs Brett. Was er gesehen hatte, hatte er gesehen. Der Tote war keine Fata Morgana gewesen. Und geschlafen hatte der Mann ebenfalls nicht. »Seine Augen hatte er weit aufgerissen, und sein Gesicht sah völlig verzerrt aus.«

»Es gibt Menschen, die schlafen mit offenen Augen«, bemerkte Mütze nur knapp.

Karl-Dieter kapitulierte. Auch die präzise Personenbeschreibung des Toten hatte Mütze kaum interessiert: Untersetzter Typ, aufgedunsenes Gesicht, das von einem Bart umrahmt wurde, lange Haare, schon angegraut, wohl eher Ende als Mitte fünfzig, recht ungepflegter Gesamteindruck, blaue Funktionskleidung, weiße Turnschuhe. Sogar an den beigefarbenen Regenhut, den es in eine Ecke des Strandkorbs geweht hatte, erinnerte sich Karl-Dieter. »Der Mensch kam mir irgendwie bekannt vor, ich bin sicher, ihn schon mal gesehen zu haben.«

»Na, klar, der typische Nordseeurlauber eben. Vielleicht ist er mit uns auf der Fähre gewesen«, brummte Mütze nur, »ein Sesselpupser, dem die Puste ausgegangen ist und der eine Pause einlegen musste.«

Es verhielt sich keinesfalls so, als wollte Mütze sich seinen Urlaub nicht durch eine Leiche stören lassen. Ganz im Gegenteil! Nichts liebte er mehr, als auf die Pirsch zu gehen. Er litt bereits seit Längerem an Entzugserscheinungen. Seit sie nach Erlangen gezogen

13

waren, weil Karl-Dieter bei der Dortmunder Oper wegrationalisiert worden war, hatte er erst zwei Mörder fangen müssen. Mütze sehnte sich nach nichts anderem, als nach einem frischen Mordfall. Hier aber sprach nichts, aber wirklich nichts für ein Verbrechen. Er würde sich doch nur lächerlich machen. Ein Mord ohne Leiche! Man würde ihm vorwerfen, er rede sich aus lauter Frust und Kummer nun schon Verbrechen ein, ein unterforderter Kommissar, der anfange, Leichen in friedliche Strandkörbe hineinzufantasieren. Nur weil Karl-Dieter Sand in die Augen bekommen hatte!

Die Wahrnehmung des Menschen ist ein trügerisch Ding, wie schnell konnte man sich täuschen. Hätte Karl-Dieter den Mann angesprochen, wäre dieser wahrscheinlich brummend aufgewacht, hätte sich die müden Augen gerieben, und die Sache wäre vom Tisch gewesen. Stattdessen war Karl-Dieter wie ein panisches Huhn fortgerannt. Hätte er wenigsten sein Handy dabeigehabt! Dann hätte er bei seiner Leiche bleiben und Mütze herbeitelefonieren können. Aber natürlich hatte er keines eingesteckt. Ein Urlaub mit Handy sei kein Urlaub, war Karl-Dieters Devise. Urlaubmachen hieße, aus der Welt zu sein, unerreichbar. Karl-Dieter mit seinen Prinzipien! Tat so, als wäre er ein VIP, der ständig angerufen wurde.

An einen einzigen störenden Anruf in der Freizeit konnte Mütze sich erinnern. Es war auf einem Wochenendausflug in die Fränkische Schweiz gewesen, als ein verzweifelter Aushilfskulissenschieber angerufen und

Karl-Dieter verrückt gemacht hatte, weil er Hamlets Schwert nicht finden konnte. Per Telefon hatte Karl-Dieter den unfähigen Ersatzmann durch den gesamten Erlanger Theaterfundus dirigiert, bis das verschwundene Requisit schließlich noch auftauchte, gerade rechtzeitig vor dem Vorstellungsbeginn. Über dieser Suchaktion war Karl-Dieters Schäufele kalt geworden, was ihn schwer geärgert hatte, sogar mehr noch als Mützes spöttische Bemerkung, warum Hamlet nicht einfach auf Pistole umgestiegen sei. Mütze, der Kunstbanause! Damals hatte Karl-Dieter geschworen, nie wieder ein Handy in den Urlaub mitzunehmen.

Aber jetzt waren doch Theaterferien. Wer außer Tante Dörte sollte Karl-Dieter denn anrufen? Niemals hätte Mütze sein Handy daheim gelassen. Und wenn Karl-Dieter schon meinte, darauf verzichten zu können, dann hätte er wenigstens den Mumm haben müssen, den Schlafenden anzusprechen. Aber Mütze verzichtete tunlichst darauf, diesen Vorwurf auszusprechen. In manchen Dingen konnte Karl-Dieter recht empfindlich sein. Aber sein Toter war ein friedlich schlafender Mann gewesen, war Mütze überzeugt. Man musste es einfach akzeptieren: Spiekeroog war das friedlichste Fleckchen der Welt.

Mütze würfelte eine letzte Eins und zog ins Häuschen: »Gute Nacht, Karl-Dieter!«

Montag

Als hätte ihm jemand den Saft abgedreht, war der Sturm über Nacht verstummt. Auch das letzte kleine Wölkchen aber hatte er noch übers weite Meer fegen können, so dass der Morgenhimmel in tiefstem Postkartenblau erstrahlte.

Der Inselbäcker war gleich um die Ecke. In der duftenden Backstube hatte sich bereits eine Schlange gebildet, die bis hinaus auf die Straße ging. Karl-Dieter stellte sich brav an. Niemand schien es eilig zu haben, keinem machte es etwas aus zu warten. Die Inselruhe legte sich wie heilsamer Balsam auf die Urlauberseelen, selbst notorische Hektiker wurden in kürzester Zeit zu gemütlichen Flaneuren. Als Karl-Dieter an der Reihe war, ließ er sich seine kleine Baumwolltüte mit vier Brötchen füllen. Dreimal Vollkorn für Mütze und ein Milchbrötchen für sich.

Beinah wäre er schwach geworden und hätte sich noch von der Sanddorntorte einpacken lassen, im letzten Moment verkniff er sich die Sünde. Standhaft bleiben! Mindestens fünf Kilo sollten in den zwei Ferienwochen von den Hüften schmelzen. Viel frische Luft, reichlich Bewegung und bewusstes Essen, da müssten zehn Pfündchen doch zu schaffen sein. Nicht dass Freund Mütze an seiner Figur herumgemäkelt hätte, doch die ständigen Kniffe in die Seite, so liebevoll sie auch gemeint sein mochten, ärgerten Karl-Dieter insgeheim gewaltig. Seinen Ärger über Mützes Weigerung, nach der »Leiche« zu suchen, aber hatte er inzwischen hinuntergeschluckt.

In der Nacht hatte er sich noch lange hin und her wälzen müssen, während Mütze längst schnarchend in den Federn gelegen hatte. An wen hatte ihn der Mann im Strandkorb nur erinnert? Und ob er nicht doch tot war? Karl-Dieter war still und leise aufgestanden, hatte sich in das Wohnzimmer gesetzt und so lange Gesichter auf den Magermilchkarton gemalt, bis er mit einer Phantomzeichnung einigermaßen zufrieden war. Schließlich jedoch kam er zu dem Schluss, dass seine Strandkorbleiche tatsächlich nur ein Nickerchen gehalten hatte. Es gab Menschen, die schliefen in den unmöglichsten Positionen. Von einem englischen Wachposten der Königin hieß es, er habe es im Stehen ge- schafft, ohne ein einziges Mal umzufallen. Und was war mit all den Scheintoten! Selbst erfahrene Ärzte konnten sich täuschen. Plötzlich ging der Sargdeckel auf und der Tote sprang munter aus der Kiste. Nein, nein, der Mann gestern war nicht tot gewesen. Auf welche Weise hätte er denn verschwinden sollen?

Nach dem Frühstück beschlossen die Freunde, sich unverzüglich strandfertig zu machen. Bei diesem Traumwetter durfte man keine Sekunde am Meer versäumen. Hatte Mütze jedoch darauf gehofft, Karl-Dieter hätte in diesem Jahr seine Grundsätze vergessen, so hatte er sich getäuscht. Schon rief Karl-Dieter fröhlich »Ausziehen!«, und Mütze ergab sich seufzend seinem Schicksal. In Gesundheitsfragen kannte Karl-Dieter kein Pardon und begann, Mütze mit der Faktor-30-Soße einzucremen. An der See habe die Sonne eine ganz andere Kraft.

»Die Haut vergisst nichts«, sagte er, während er Mützes muskulösen Rücken einrieb.

Körperpflege war Karl-Dieters besondere Spezialität. Im Bad hatte er eine ganze Batterie verschiedener Pflegeprodukte aufgereiht, mit denen er sich und seine Problemzonen jeden Morgen und jeden Abend in einer genau definierten Reihenfolge einmassierte, was mindestens eine Viertelstunde in Anspruch nahm. Liebevoll pflegte er die hübschen Flakons zu betrachten. Eine Kosmetikerin hatte bei ihm vor Jahren eine Hautanalyse vorgenommen und ein genau auf seinen Typ abgestimmtes Pflegeprogramm entwickelt, das Karl-Dieter seitdem akkurat befolgte. Karl-Dieters geheime Sorge war, die gleichen frühen Fältchen wie seine Mutter zu bekommen. Vorbeugen war alles. Begann die Haut sich erst mal zu runzeln, war alles zu spät.

»Dann nimmste eben Botox«, hatte Mütze einmal achselzuckend bemerkt, als Karl-Dieter in Panik ausgebrochen war, weil er den kleinen grünen Tiegel mit dem sündhaft teuren Passionsblumenextrakt vermisste.

Botox! Als wäre das die Lösung! Ach, Mütze, was verstehst du denn von der Haut und ihren Herausforderungen? Das wusste doch jeder halbwegs informierte Zeitgenosse, dass man mit Botox wie sein eigener Zombie aussah. Karl-Dieter hatte nur den Kopf darüber schütteln können. Außerdem graute es ihm vor Spritzen. Nein, nein. Bei guter Vorsorge konnte man den Alterungsprozess der Haut um viele Jahre hinauszögern. Dafür aber waren strenge Disziplin notwendig und strikter Sonnenschutz. Denn die Sonne war der schlimmste Feind der Haut. Sich selbst cremte Karl-Dieter darum auch stets mit dem extremsten Sunblocker ein und zwar sicherheitshalber immer zweimal hintereinander.

»Dann wirst du doch gar nicht braun«, meinte Mütze.

»Lieber hell und glatt, als braun und faltig«, erwiderte Karl-Dieter und rieb sich zum Abschluss die Innenseite der Ohrmuscheln ein, was viele gern vergaßen.

Dann ging's ab. So gerne hätte Karl-Dieter einen Bollerwagen, um damit zum Strand zu ziehen, aber Mütze hatte sich strikt geweigert, ein solches Ding auszuleihen. Bei aller Liebe, was zu weit ging, ging zu weit. Wie das denn aussähe, wenn zwei erwachsene Männer einen Bollerwagen hinter sich herzögen! Karl-Dieter hatte die Schultern gezuckt. Was war daran so schlimm? Er fand so einen Bollerwagen eminent praktisch. Nicht nur die Badeutensilien fanden darin Platz, auch die tausend anderen Dinge, die man für einen Strandtag benötigte, konnte man bequem im Bollerwagen verstauen. Dazu gehörten für Karl-Dieter ein dicker Schmöker wie das Buch von Jane Austen, das er sich in der hübschen Inselbuchhandlung besorgt hatte, ein Kulturbeutel mit den notwendigsten Tiegeln und Tuben zum Nachcremen, besonders die Feuchtigkeitscreme für die Problemzonen, Fleecejacken, für den Fall, dass Wind aufkam, und seit Neuestem eine Kameraausrüstung. Karl-Dieters ganzer Stolz war seine frisch erworbene Spiegelreflexkamera, mit der er sich den EFF, den Erlanger Fotofreunden, angeschlossen hatte, einem Club, der in der Mehrzahl aus pensionierten Siemensingenieuren bestand. Seine Lieblingsmotive waren Blumen, die er bildfüllend heranzuzoomen pflegte. Die dicke Kameratasche und ihre anderen Siebensachen mussten sie nun in Ermangelung eines Bollerwagens zum Strand tragen, Karl-Dieter in seiner weiten blau-weiß gestreiften Frotteetasche, Mütze in seinem Sportrucksack.

Am Strand herrschte bereits ausgelassenes Leben. Kinder sprangen lachend umher, manche jagten sich im Kreis um die Strandkörbe, andere warfen weiter hinten bunte Kugeln in den Sand, möglichst nahe an ein kleines Bällchen, wieder andere schaufelten mit poppigen Schüppen den Sand zu mächtigen Burgwällen. Väter versuchten mit ihren Kleinen, widerborstige Plastikvögel in die Luft steigen zu lassen, während die Mütter ausgestreckt auf ihren Handtüchern lagen und es genossen, einmal nicht auf den Nachwuchs aufpassen zu müssen. Einige hatten sich schon in Badekleidung zum Meer begeben, obwohl die Badeflagge der DLRG-Station noch nicht gehisst worden war. Die glücklichen Besitzer der Strandkörbe hatten ihre kleinen Häuschen nach Osten zur Sonne gedreht und ließen sich von ihren Strahlen bescheinen. Einer aber blickte nach Westen, vergittert und mit heruntergeklapptem Sonnenschutz. Karl-Dieter blieb unwillkürlich stehen. Es war die Nummer 513.

Bestimmt hatte alles eine ganz natürliche Erklärung. Bestimmt hatte sich der Herr noch nicht von den Strapazen der Sturmwanderung erholt. Gut möglich, dass er gerade in seiner Pension saß und Zeitung las oder sich beim Inseldoktor vorstellte. Karl-Dieter sah ihn wieder vor sich, wie er gestern in dem Korb gelegen hatte. So bleich, so verkrampft, so regungslos. Gewissensbisse begannen, Karl-Dieter zu quälen. Er hätte bei ihm bleiben müssen, vielleicht hatte er Hilfe gebraucht. Einfach davongerannt war er stattdessen. Ein solches Verhalten grenzte an unterlassene Hilfeleistung. Kopfschüttelnd trottete Karl-Dieter seinem Freund hinterher.

Der morgendliche Bezug eines Strandkorbs folgt einem genau ausgetüftelten, immer gleichen Ritual. Zunächst ist der Korb in die richtige Position zu drehen. Diese hängt von vielen Faktoren ab: vom Stand der Sonne, von der vorherrschenden Windrichtung, von der Windstärke, von der Tagestemperatur und von den Nachbarn und deren Geschwätzigkeit. Ist es heiß und windstill, muss der Korb von der Sonne weggedreht werden. Ist es kühl und windig, ist die Sonne hochwillkommen. Außer der Wind kommt aus der Richtung der Sonne geweht und ist zu kräftig, dann muss ein Kompromiss gefunden werden. Knifflig kann auch ein weiß-blauer Wolkenhimmel sein, der die Sonne im raschen Wechsel an- und ausknipst. Außer den klimatischen Faktoren gibt es psychologische: Natürlich sitzt man am liebsten mit Blick auf Meer und Brandung, hierzu ist man auch gerne bereit, leichte wetterbedingte Unannehmlichkeiten zu akzeptieren, etwa eine etwas zu frische Meeresbrise. Auch dreht man seinen Korb ungern so, dass man dem benachbarten ins offene Visier blickt, nicht weil man menschenscheu ist und die Nachbarn nicht mag, sondern weil man sich so der Illusion der ungestörten Naturnähe besser hingeben kann. Um den Strandkorb in die richtige Position zu drehen, hat man an beiden Seiten Klappgriffe angebracht. Dennoch ist es nicht leicht, ihn zu bewegen, denn er besitzt ein ordentliches Gewicht.

Mit vereinten Kräften drehten Mütze und Karl-Dieter ihren Korb zur Sonne. Karl-Dieter bevorzugte trotz seines Sunblockers meist die Schattenseite, heute aber war das Wetter einfach zu herrlich, so dass sie beide die Sonne willkommen hießen und die Rückenlehne nach hinten stellten.

»Was kann's Schöneres geben?«, seufzte Karl-Dieter, als er sich zurückfallen ließ und seine gepflegten Füße auf die herausgezogene Fußschublade legte.

»Nichts auf der Welt«, brummte Mütze zufrieden und legte seine Sportlerbeine daneben.

Aus der Perspektive eines Strandkorbs betrachtet wird die Welt zum Paradies. Hat man es sich bequem gemacht, umfängt einen jene unbeschreiblich angenehme Lethargie, die nirgendwo sonst zu finden ist. Alle Unbill der modernen Zivilisation löst sich in der korbartigen Höhle in nichts auf: Wind, Sonne, Sand und Meer vermischen sich zu einer einzigartigen Melange, zu den paradoxen Gefühlen von Wärme und Frische, von Ferne und Nähe, von Stille und Bewegung, von Gegenwart und Ewigkeit. Alle Geräusche werden wie durch Watte gedämpft, bis auf diesen leichten Hauch von Sonnenmilch kitzeln keine Gerüche in der Nase. Unmerklich verliert man jedes Zeitgefühl, verliert jedes Interesse an den mitgebrachten Zeitvertreibern, an Kreuzworträtseln, Zeitschriften oder Urlaubsbüchern. Zwar blättert man wohl noch gelegentlich zerstreut darin, doch auch dieser letzte noch aus dem grauen Alltag herüberlappende Beschäftigungszwang verschwindet bald, und die milde Nordseebrise weht den letzten nützlichen Gedanken davon: Man taucht ein in ein wohliges Nirwana.

An diesem Tag aber wollte sich das gewohnte Nirwana nicht einstellen. Nicht bei Karl-Dieter. Kaum hatte er die Augen geschlossen, da tauchte vor seinem inneren Auge wieder das Bild des regungslosen Mannes im Strandkorb auf. Wer mochte er gewesen sein? Wer schaffte es bei einem solchen Sturm wie gestern, im Strandkorb zu schlafen? Noch dazu in solch verbogener Körperhaltung? Und so vollkommen starr? Karl-Dieter setzte sich aufrecht hin und blickte zum Meer. Die Badezeit hatte begonnen, und die ersten Mutigen stürzten sich in die kalten Wellen. Und wenn der Mann wirklich nur geschlafen und sich dann wieder erhoben hätte, warum war er ihnen auf dem Weg zum Dorf dann nicht entgegengekommen? Natürlich hätte er auch am Strand weiterwandern können, wer aber würde das tun, nachdem ihn die Sturm- und Regenwanderung offensichtlich dermaßen erschöpft hatte, dass er im Strandkorb zusammengesunken war?

»Es hilft nichts, der Mann ist tot«, sagte er leise zu sich selbst.

Nun war es auch um Mützes Nirwana geschehen. Zwar tat der Kommissar so, als hätte er nichts gehört, und ließ die Augen geschlossen, tatsächlich aber brodelte es in ihm. Dass Karl-Dieter einfach nicht aufhörte, sich in seine Geschäfte einzumischen! Mütze konnte sich stets aufs Neue darüber echauffieren. Kümmerte er sich etwa darum, wohin Karl-Dieter seine Kulissen schob? Jeder hatte seinen eigenen Job zu machen, und für Leichen war nun mal die Kripo zuständig und nicht die Bühnentechnik vom Theater Erlangen! Nur Karl-Dieter zuliebe hatte er gestern den Fußball sausen lassen, um bei dem Pisswetter zum Strand zu laufen. Dabei war gerade das erste Tor für die Dortmunder Borussia gefallen. Gemeinsam hatten sie den besagten Strandkorb inspiziert, gemeinsam hatten sie festgestellt, dass der Tote sein Strandmöbel ordentlich ver-

24

sperrt hatte, selbst das kleine Vorhängeschloss hatte an seinem Platz gehangen. Gemeinsam hatten sie eine höchst natürliche Erklärung für die ganze Geschichte gefunden – und nun brabbelte er weiter was von einem Toten vor sich hin. Ach, Karl-Dieter! Wenn er den Freund nicht zum Knuddeln lieb gehabt hätte, hätte er ihn schon mehr als einmal auf den Mond geschossen.

»Mach nur«, hatte Karl-Dieter auf diese Drohung einmal gekontert, »vielleicht ist der Mann im Mond ja ein hübscher Kerl!«

Mütze hatte lachen müssen. Sex on the moon! Karl-Dieters Fantasien gingen manchmal abenteuerliche Wege. Wie auch jetzt. Karl-Dieter sollte sich doch mal in Ruhe den Strand anschauen. Überall regungslose Menschen auf bunten Tüchern! Ob sie wirklich noch atmeten? Man würde mit den Ermittlungen gar nicht hinterherkommen, Leichen über Leichen, manche sogar mit einem veritablen Sonnenbrand. »Das Wahrscheinliche ist das Wahrscheinlichste!« Wie oft hatte er dem Freund das vorgebetet! Ständig und überall witterte Karl-Dieter Verbrechen. Ohne die Augen zu öffnen, knurrte Mütze: »Wenn deine Leiche wirklich eine Leiche gewesen ist, können wir in Ruhe die Vermisstenanzeige abwarten.«

Karl-Dieter nahm seine Sonnenbrille ab und sah Mütze an. Mütze hatte Recht. Wenn es ein Mordfall war, hätte man den Toten wohl schon als vermisst gemeldet. Auf Spiekeroog konnte niemand verschwinden, ohne dass dies bemerkt würde. Die soziale

Kontrolle, auf der Insel funktionierte sie noch. Selbst ohne Angehörige. Zwar mochte es durchaus Touristen geben, die allein auf die Insel kamen, aber auch diese Touristen hatten eine Pensionswirtin. Natürlich gab es auch Gäste, die in Ferienwohnungen abstiegen, aber ein allein reisender Mann wohl eher nicht.

Ein Plastikball kullerte vor Karl-Dieters Füße und riss ihn aus seinen Gedanken. Karl-Dieter bückte sich und hob ihn hoch. Da kam ein kleines Mädchen herbeigelaufen, das jedoch abrupt stehen blieb, als sie die Freunde erblickte.

»Ist das deiner?«, rief Karl-Dieter liebevoll und hielt den Ball in die Höhe. Er warf ihn ihr zu, nachdem sie scheu genickt hatte, und lächelte ihr nach, während sie glücklich davonrannte. Wie alt mochte das Mädchen sein? Drei Jahre, vier Jahre vielleicht? Karl-Dieter sah ihr hinterher, ihre kleinen Beine wirbelten fröhlich durch den weichen Sand. Was für ein größeres Glück konnte es geben, als ein Kind zu haben? Seit Langem schon träumte Karl-Dieter von nichts anderem, aber Mütze wollte nichts davon hören. Man müsse nun mal akzeptieren, dass die Natur für schwule Paare keine Kinder vorgesehen habe. Punkt.

Karl-Dieter rollte die Augen. Die Natur!

Wenn man alles akzeptiert, was die sogenannte Natur vorgesehen hat! Dann würde es die Menschheit vermutlich schon nicht mehr geben. Hat die Natur vorgesehen, dass Kinder per Kaiserschnitt geboren werden? Ist es der Wille der Natur, dass Verkehrsopfer mit

Bluttransfusionen das Leben gerettet wird? Würde die Natur nicht ganz Ostfriesland mit Sturmfluten überschwemmen, hätten die Menschen keine Deiche gebaut? Die Natur war einfach nur dumm. Oder grausam. Oder beides. Aufgabe des Menschen war es doch, schlauer zu sein, die offensichtlichen Mängel der Natur zu beseitigen. Man musste nur seinen Grips anstrengen.

Gab es nicht genügend Homo-Paare, die glückliche Eltern waren? Zugegeben, Lesben hatten es leichter. Eine kleine Samenspende und schon rundete sich der Bauch aufs Schönste. Aber auch für Schwule fanden sich Möglichkeiten. Elton John war bereits zum zweiten Mal Vater geworden. Das Zauberwort hieß Leihmutterschaft. In Deutschland war dieses Verfahren noch verboten, der Deutsche zauderte ja gerne. Karl-Dieter erinnerte sich an die ergreifende Diskussion eines Leidensgenossen, der Angela Merkel in einer Talk-Show gebeten hatte, ihm sein Lebensglück zu erfüllen. Die Kanzlerin hatte sichtlich betroffen reagiert, dem Mann jedoch keine Hoffnung machen können und etwas von Werten und Vorstellungen gestammelt, die ihr keine andere Wahl ließen. Eigentlich mochte Karl-Dieter die Bundeskanzlerin, in jenem Moment aber hatte sie nur schwach und hilflos gewirkt, eine Gefangene ihrer selbst. Was waren denn Werte wert, wenn sie den Menschen ihr Glück verwehrten? Blieb das Ausland. Elton John und sein Mann waren in die USA gegangen, hatten eine Amerikanerin ihre Kinder austragen lassen.

Das hatte auch Karl-Dieter vor. Und auf diesem Urlaub würde er Mützes Ja-Wort bekommen. Das Ja zu einem gemeinsamen Kind. Dass sich Mütze gegen die Ehe sträubte wie ein Kater gegen ein Bad in der Wanne und stets das fadenscheinige Argument brachte, man müsse nicht jedes spießige Ritual der Heteros imitieren, hatte Karl-Dieter mit zunehmender Resignation zur Kenntnis genommen. Ein Kind aber war etwas anderes. Bei einem Kind griff dieses Argument nicht. An einem Kind war nichts Spießiges, ein Kind war Lebensfreude pur, ja, war das Leben selbst. Karl-Dieter ließ etwas Sand durch seine Finger gleiten und sah zum Meer hinaus. Spiekeroog würde die Geburtsstunde ihres Kindes werden!

Komisch, dass man auch vom Nichtstun Hunger bekommt. Karl-Dieter bot an, einen Snack von der Strandbar zu besorgen. Mütze wünschte sich eine Currywurst und Pommes rot-weiß, worauf Karl-Dieter das Gesicht verzog. Mütze war und blieb ein Ruhrgebietsproll. Karl-Dieter wollte sich ein leichtes Krabbenbrötchen gönnen, dazu ein frisches Mineralwasser.

»Für mich bitte ein Jever!«, rief ihm Mütze hinterher.

Wie man sich so ungesund ernähren konnte und dennoch nicht in die Breite ging, schoss es Karl-Dieter durch den Kopf, als er durch den Sand stapfte. Die Welt konnte so ungerecht sein. Um am Strand nicht unangenehm aufzufallen, zog er sich, kaum hatte er sich aus dem Strandkorb erhoben, ein weites Poloshirt über, ein längsgestreiftes selbstverständlich. Bei ihm setzte aber auch alles an. Selbst aus dem zartesten Salatblatt gelang es ihm, noch jede Menge Kalorien herauszupressen. Es musste an den Enzymen liegen.

Als er den hölzernen Weg erreichte, der über die Randdüne zur Strandhalle führte, stellte er sich auf die Zehenspitzen. Strandkorb 513 stand weiter verschlossen da.

Auf dem Scheitel der mit Strandhafer dicht bewachsenen Düne, dort wo sich die beiden Wege vom Badestrand treffen, um gemeinsam zur Strandhalle zu führen, steht ein hölzerner Wagen. Hier kann man einen Strandkorb mieten, wenn man Glück hat und nicht zu spät dran ist. Heute waren alle Körbe ausgebucht. Karl-Dieter hatte bereits von Erlangen aus einen Strandkorb reservieren lassen, was nicht ohne Risiko war, denn wer wusste schon, wie das Wetter würde? Und die Miete war nicht gerade günstig. Für einen Tag zahlte man 8,50 Euro, ab sieben Tagen gab's einen kleinen Rabatt. Mütze hatte über den Preis geschimpft: »8,50 Euro für nicht mal einen Quadratmeter? Mietpreise wie in Erlangen! Mit dem Unterschied, dass man das Geld in Erlangen für einen Monat zu zahlen hat und nicht für einen Tag.«

Als Karl-Dieter die Höhe erstiegen hatte und zu dem Strandkorbverleih kam, sah er dort einen alten Bekannten stehen. Ahsen! Der braun gebrannte, schmale Strandpolizist, der ein schickes kurzärmliges Sommerdiensthemd trug, war ins Gespräch mit dem Schlüsselverleiher vertieft, einem noch jugendlich wirkenden

Mann mit ausgeprägtem ostfriesischem Dialekt und noch ausgeprägteren Segelohren. Karl-Dieter trat näher und begrüßte Ahsen herzlich. Ahsen erkannte ihn sofort wieder.

»Moin, Karl-Dieter, was treiben Sie denn auf Spiekeroog?«

»Urlaub machen!«

»Na, da bin ich ja beruhigt, ich dachte schon, es ist wieder was Dienstliches.«

Als der Mord an der *Meerjungfrau* die Freunde erstmals nach Spiekeroog verschlagen hatte – Mütze hatte aushelfen müssen, weil sich alle ostfriesischen Kommissare auf ihrer Jahrestagung mit Salmonellen verseucht hatten – hatten sie sich gut mit Ahsen verstanden. Der Strandpolizist freute sich sichtlich. Ob die Freunde nicht Lust hätten, am Abend gemeinsam ein Gläschen zu heben?

»Gerne!«

»Vielleicht drüben an der Strandbar, heute so gegen neun?«

»Abgemacht!«

Als Karl-Dieter die Fußwaschanlage erreichte, wo sich Jung und Alt mit lustigen Verrenkungen vom Sand zu befreien suchten, drehte er plötzlich wieder um und ging eiligen Schritts zum Strandkorbverleih zurück. Ahsen stand immer noch dort.

»Wollte nur fragen, ob zufällig jemand vermisst gemeldet worden ist.«

»Vermisst? Ne, wieso?«, fragte Ahsen erstaunt.

»Ach, nur so«, stammelte Karl-Dieter und kam sich plötzlich vor wie ein Idiot.

»Ne, ne, einen Vermissten hatten wir bislang nur einmal auf Spiekeroog, erinnerst du dich noch, Kai?«

Der Strandkorbverleiher lachte so breit, dass sein Mund von einem Segelohr zum anderen ging: »Willi!«

»Genau! Der Kellner aus der Linde, Sie kennen ihn doch, Karl-Dieter. Ist 'ne Wette gewesen. Willi wollte den Rekord im Pfahlsitzen brechen und hatte seiner Frau nicht Bescheid gesagt. Um Mitternacht haben wir ihn am Hafen gefunden. Er saß immer noch oben und wollte partout nicht herunter.«

Die beiden lachten, und Karl-Dieter verabschiedete sich. Er hätte sich in den Arsch kneifen können! Wie ungeschickt er sich angestellt hatte. So völlig unvermutet nach einem Vermissten zu fragen, blöder ging's nicht. Was musste Ahsen nur von ihm denken?

In der Strandhalle herrschte Hochkonjunktur. Eine lange Kette mehr oder weniger bekleideter Strandgäste wartete geduldig an der langen Theke. Es dauerte eine gute Viertelstunde, bis Karl-Dieter endlich an der Reihe war. Ein mit einer stoischen Ruhe gesegneter Café-mitarbeiter drückte ihm ein Gerät in die Hand. »Wenn's vibriert, sind die Pommes fertig!«

Keine zehn Minuten später schlug der Pommes-vibrator an, und Karl-Dieter machte sich mit dem Imbiss bewaffnet auf den Weg zurück zum Strand.

Mütze grinste zufrieden, als er die Delikatessen in Empfang nahm. Nur mit der Majo hätte Karl-Dieter ruhig etwas großzügiger seien können, fand er. Gemütlich futterten die Freunde in ihrem Strandkorb, was wegen der Enge jedoch nicht ganz einfach war. Zwar hatten sie die seitlichen Brettchen herausgeklappt, die Ablagefläche war aber sehr übersichtlich.

Mütze hob das grüne Jeverfläschchen: »Prost Knuffi, auf einen schönen Urlaub!«

»Prost Mütze, auf uns und die Zukunft!«

Karl-Dieter richtete die Grüße von Ahsen aus und dass sie ihn am Abend treffen wollten, wogegen Mütze nichts einzuwenden hatte. Im Gegenteil, Ahsens trockene Art war ihm sehr sympathisch. Davon, dass er sich nach einem Vermissten erkundigt hatte, aber erzählte Karl-Dieter nicht. Warum hätte er es erwähnen sollen? Jetzt, wo klar war, dass es keinen Vermissten gab, hatte sich die Sache wohl endgültig erledigt. Mütze hatte ja eh keine Sekunde an ein Verbrechen geglaubt. Karl-Dieter nahm einen Schluck aus der Wasserflasche. Ob er sich den Toten einfach nur eingebildet hatte? Konnte das sein? Konnte er sich so täuschen? Mütze hatte ihm keine Sekunde vorgeworfen, der Mann im Strandkorb sei seiner Fantasie entsprungen. Vielleicht aber tat er es insgeheim und hatte nur aus Rücksicht so getan, als glaubte er, dass Karl-Dieter etwas beobachtet hatte. Nämlich einen schlafenden Mann. Karl-Dieter stibitzte sich eine knusprige Pommes. Nein, er fühlte sich völlig gesund. Ein bisschen Übergewicht, das schon, an Halluzinationen aber litt er nicht.

Auch der Strandnachmittag verging wie im Flug. Mütze hatte Appetit aufs Meer bekommen und sich mutig in die Wellen gestürzt. Karl-Dieter schnappte sich das Teleobjektiv und fotografierte ihn dabei. Noch besser hätte ihm Mütze gefallen, wenn der sich endlich von seiner alten Badehose getrennt hätte. Ein solches Modell trug doch seit Jahrzehnten kein Mensch mehr, so ein schlecht geschnittenes Polyesterteil in scheußlichem Giftgrün, bei dem, kaum tauchte er aus den Wellen auf, ständig die völlig überflüssigen Netztaschen heraushingen. Fehlte bloß noch der aufgenähte Freischwimmer. Karl-Dieter hätte ihm gern eine neue geschenkt. Aber keine Chance.

Mütze war einfach zu uneitel. Er hing an seinem alten Kram wie Opa Kutschke aus Dortmund-Hörde an seiner Briefmarkensammlung. Das Schlimmste für Mütze war, wenn Karl-Dieter shoppen gehen wollte. Nicht, dass Karl-Dieter unter Verschwendungssucht litt. Er kaufte absolut bewusst ein und hätte auch Mütze gerne beraten. Aber zusammen in der Herrenabteilung vom C&A zu stehen und sich von einer Verkäuferin an einem Jackett herumzupfen zu lassen, war für Mütze die Höchststrafe. Und wenn Karl-Dieter etwas Neues probierte, sich skeptisch vor dem Spiegel drehte und fragte, ob ihm die Hose stehe, lobte Mütze prinzipiell immer und alles. In solchen Fragen war er völlig unkritisch. Karl-Dieter hätte sich in eine viel zu kurze Wurstpellenkarohose quetschen können, Mütze würde sagen: »Steht dir gut, kauf das Ding!« Hauptsache, Mütze kam so schnell wie möglich aus dem Kaufhaus wieder raus.

Nein, einkaufen konnte man mit ihm nicht. Deshalb war Karl-Dieter auch dazu übergegangen, Besuche in ihrer Dortmunder Heimat damit zu verbinden, Tante Dörte zu einem Einkaufsbummel einzuladen. Sie hatte ein sicheres Auge dafür, was ihm stand, schließlich war sie ja selbst einmal Verkäuferin gewesen. Nicht bei C&A, sondern bei P&C! Mit Tante Dörte fand er immer das Passende. Dennoch wäre Karl-Dieter lieber mit Mütze losgezogen. Manchmal träumte er davon, mit ihm zusammen durch die Wäscheabteilung eines Luxuskaufhauses zu streifen und sich ein neues Seidenhöschen schenken zu lassen, das ihm eine gepflegte Verkäuferin anschließend in einer hübschen Schachtel lächelnd überreichte. Danach würde Mütze ihn noch an der Bar neben der Rolltreppe zu einem Gläschen Prosecco einladen – was für ein wunderbarer Tag wäre das!

Nach dem wilden Wellenbad hatte sich Mütze der Länge nach auf den heißen Sand geworfen und war eingeschlafen. Karl-Dieter konnte gar nicht hinschauen. Sich auf diese Weise der unbarmherzigen Sonne auszusetzen, einfach unverantwortlich! Mit dem Bad war der Sonnenschutz äußerst unsicher geworden.

»War doch eine wasserfeste Creme«, gähnte Mütze nur.

Wasserfest? Was war schon wasserfest. Und selbst wenn, der Sonnenschutz gehörte am Nachmittag dringend aufgefrischt, das hatte Karl-Dieter neulich erst beim Friseur gelesen, in der Sommer-Edition der Brigitte. Doch Mütze lehnte es strikt ab, sich von Karl-Dieter in aller Öffentlichkeit eincremen zu lassen. Er konnte ja so ein Holzkopf sein! Lieber ein veritabler Sonnenbrand, als seltsame Blicke zu riskieren. Dabei würde doch kein Mensch mehr etwas dabei finden, wenn ein Mann den anderen eincremte. Schwule Paare waren so was von normal geworden, sie beherrschten schon jede Fernseh-Soap. Mütze aber stellte sich an, als lebten sie noch in der Steinzeit.

Um sich den Anblick zu ersparen, wie der Freund langsam zum Hummer mutierte, griff Karl-Dieter seine Kameratasche und machte sich auf den Weg. Er hatte an der Randdüne eine unscheinbare, aber wunderschöne Blume entdeckt, die er unbedingt fotografieren wollte. Nach kurzer Suche hatte er die Stelle wiedergefunden und kniete sich nieder, um sich in einem möglichst guten Winkel davor zu platzieren. Sein Teleobjektiv hatte eine Makrofunktion. Aus so geringer Entfernung wurde der Hintergrund immer etwas unscharf, wodurch die Blumen noch schöner hervortraten. Karl-Dieter bedauerte, im Fach Botanik schlecht aufgepasst zu haben und die Namen der meisten Pflanzen nicht zu kennen. So erfand er einfach Fantasienamen, mit denen er dann die Aufnahmen schmückte. Die kleine blaue Blume mit dem gelben Stern in der Mitte taufte er Dünenäuglein.

Als Karl-Dieter wieder aufblickte, sah er am oberen Teil des Holzpfades den Strandkorbverleiher – hieß er nicht Kai? – seinen Stand schließen. War bestimmt kein schlechter Job, Strandkorbverleiher auf Spiekeroog. Herzinfarktrisiko gleich null. Karl-Dieter verspürte seit Monaten ein leichtes Stechen in der Brust, nichts Schlimmes, aber es störte einfach. Natürlich war er gleich zum Arzt gerannt, der jedoch nichts hatte feststellen können. Dennoch war eine leichte Sorge zurückgeblieben, schließlich war sein Großonkel am Herzinfarkt gestorben. Und am altehrwürdigen Erlanger Markgrafentheater konnte es schon mal hektisch zugehen, besonders wenn sich ein auswärtiger Regisseur profilieren wollte. Erst im Frühjahr war wieder so ein Exemplar in Erlangen aufgetaucht.

Keiner wusste, warum man das Ekel eingeladen hatte. Mit nichts war der Kerl zufrieden, an allem hatte er etwas herumzumeckern. Goethes Iphigenie hatte er sich als Opfer seiner Regiefantasmen ausgewählt und auf das Furchtbarste zerstückelt. Aus Pappmaschee musste Karl-Dieter einen riesigen Zeus bauen, dessen bestes Stück sich zu Leuchtturmgröße aufrichten ließ. Einfach geschmacklos! Karl-Dieter baute eine Luftpumpe ein und – Zufall oder nicht – bei der Premiere platzte der Megapenis mit ohrenbetäubendem Knall. Na, das gab eine Aufregung! Die arme Iphigenie fiel vor Schreck sogar um. Die Zuschauer glaubten, die Explosion sei vom Regisseur so vorgesehen, und buhten ihn kräftig aus. Zornesrot rief der Unsympath ins Publikum, die Explosion des Schwanzes sei ein Unfall gewesen, was jedoch nur ein grimmiges Gelächter hervorrief und noch lautere Buh-Rufe. Karl-Dieter verschwand schleunigst nach Hause. Auf der Premierenfeier hatte der Regisseur vergebens nach ihm Ausschau gehalten.

Der Strandkorbverleiher mit den herrlichsten Segelohren ganz Ostfrieslands kam nun den Holzpfad hinunter und trabte achtlos an Karl-Dieter vorbei in Richtung Wasser. Will wohl zum Feierabend noch ein Bad nehmen, dachte Karl-Dieter. Verständlich. Den ganzen Tag den Leuten beim Urlauben zuzuschauen und selbst in einer stickigen Hütte zu sitzen, war vielleicht doch nicht so erstrebenswert. Karl-Dieter beschloss, noch eine Runde auf dem Dünenhöhenweg zu drehen. Die Sonne hatte sich bereits gesenkt, die Farben waren wärmer geworden, eine gute Gelegenheit, die Heckenrosen abzulichten, deren flatternd-transparente Blütenblätter Karl-Dieter anrührten.

Die DLRG-Mitarbeiter waren dabei, sich auf den Feierabend vorzubereiten. Ein junger Mann stieg von dem kleinen Aussichtshäuschen herunter und wurde von zwei jungen Frauen geherzt. Solch ein Strohblond findet man nur im Norden, dachte Karl-Dieter und musste sich eingestehen, dass der Farbton wunderbar mit dem gebräunten Körper kontrastierte. Ein seltener Anblick, üblicherweise war die Haut in mitteleuropäischen Breiten ja heller als das Haar. Der bronzene Farbton sah sehr gut aus, aber es rächte sich, setzte man sich zu lange und zu oft der Sonne aus. Mochte die Bräune bei jungen Leuten auch frisch und gesund wirken, der Alterungsprozess wurde dennoch beschleunigt. Bedauerlich, bedauerlich.

Karl-Dieters Lieblingsplatz am Abend war die Terrasse vor der Strandhalle, kurz bevor die Sonne ins Meer abtauchte. Dann waren die allermeisten Badegäste längst in den Ort zurückgekehrt, und eine himmlische Ruhe lag über der warmen Dünenlandschaft. Durch eine Glasscheibe vom Wind geschützt, saß man gemütlich draußen und ließ sich sein Abendessen schmecken. Während Mütze wie üblich hungrig reinhaute und sich zu seiner Pizza Diabolo ein Weißbier nach dem anderen hinter den Knorpel goss, beschränkte sich Karl-Dieter auf eine übersichtliche Portion Oliven, die mit einem knusprig-dünnen Pizzabrot serviert wurde. Dazu genehmigte er sich ein Gläschen Pinot grigio, allein schon deshalb, weil er es genoss, den zartgrünen Wein im Gegenlicht der Sonne aufleuchten zu sehen. Alkohol trank Karl-Dieter nur zu besonderen Gelegenheiten, und das hier war eine besondere Gelegenheit. Außerdem waren sie im Urlaub. Auf Ahsen hatten sie mit der Bestellung nicht gewartet, der Inselpolizist schien sich zu verspäten.

»Vielleicht ist wieder ein Bollerwagen entführt worden«, spottete Mütze.

Karl-Dieter grinste. Polizist auf Spiekeroog zu sein, wäre für Mütze der Tod. Obwohl, in der Stranduniform würde er sicher eine gute Figur machen. Am Nachbartisch erhob sich eine letzte Familie. Vater, Mutter und zwei Kinder, der Junge im frühen Grundschulalter, das Mädchen deutlich jünger. Unbekümmert liefen die beiden voraus, händchenhaltend folgten ihnen die Eltern und beobachteten, wie ihre Sprösslinge in den bereitstehenden Fahrradanhänger kletterten. Wieder befiel Karl-Dieter diese Wehmut. Der Schmerz würde erst verschwinden, wenn er selbst das Vaterglück erleben durfte. Eigentlich war der Abend perfekt, Mütze in seine Pläne einzuweihen. Ein entspannter Abend zu zweit, die herrliche Natur, der Wein, das Weißbier, die Wärme der Sonne noch auf der Haut, zwei Wochen Urlaub vor sich. Trotzdem beschloss Karl-Dieter, mit dem Anschlag zu warten, aus Angst, Ahsen könnte in diesen romantischen Augenblick hineinplatzen. Er hob sein Weinglas und prostete Mütze zu. »Auf Spiekeroog!«

»Auf Spiekeroog!«, erwiderte Mütze und gab eine weitere Bestellung auf.

Als die Kellnerin das frische Weißbier brachte, sah sie plötzlich ganz bleich aus. Sie fragte, ob einer von ihnen Karl-Dieter heiße.

»Ja, er.« Mütze zeigte mit dem Kinn auf ihn. Was hatte das zu bedeuten?

»Schönen Gruß von Herrn Ahsen, unserem Inselpolizisten. Er kann leider nicht kommen, man hat eine
Leiche gefunden.«

Es wollte kein richtiger Sonnenuntergang werden, also
nicht dieses Glutrote-Sonne-plumpst-ins-blaue-Meer-
Vergnügen. Obwohl der Himmel den ganzen Tag über
in reinstem Azur geleuchtet und kein Wölkchen den
Sonnenschein getrübt hatte. Gemeine Schleierwolken
waren aufgestiegen, um den Feuerball im letzten Augenblick zu verhüllen. Und nichts war's mit dem romantischen Vergnügen. Doch selbst wenn die Sonne
in aller Schönheit baden gegangen wäre, heute hätten
weder Karl-Dieter noch Mütze ein Auge dafür gehabt.
Eilig liefen sie den menschenleeren Strand entlang Richtung Osten, Karl-Dieter keuchend auf Mützes Spuren.
   In Mützes Kopf hämmerte es. Verdammter Mist! Hätte er Karl-Dieter doch geglaubt! So hatten sie wertvolle
Zeit verloren. Vielleicht hätten sie den Täter gestern sogar noch erwischt. Zwischen dem Auffinden der Leiche durch Karl-Dieter und seiner Rückkehr mit Mütze
zum Strand konnten allerhöchstens dreißig Minuten
vergangen sein. Der Täter hatte Karl-Dieter wahrscheinlich bemerkt und sich rasch versteckt, was bei der
Strandkorbversammlung ja ein Leichtes war. Als Karl-
Dieter davongerannt war, hatte der Täter die Leiche
herausgezerrt und den Strandkorb wieder versperrt.
Was aber war dann geschehen? Wie war die Leiche verschwunden? Der Täter hatte ja damit rechnen müssen,

dass Karl-Dieter Hilfe rufen würde. Er musste schnell und entschlossen gehandelt haben. Wo versteckte man einen Toten am Strand? Zum Einbuddeln hatte die Zeit wohl gefehlt. Obwohl, unmöglich war das nicht. Wenn man den Toten in eine Kuhle zog und eine Schicht Sand darauf warf, war von ihm schnell nichts mehr zu sehen, zumal bei so einem Schmuddelwetter wie gestern. Daraufhin konnte sich der Kerl erneut versteckt und in sicherer Entfernung abgewartet haben, was passierte. Nachdem Karl-Dieter in Mützes Begleitung kopfschüttelnd den leeren Strandkorb betrachtet hatte und wieder abgezogen war, hatte er alle Zeit der Welt gehabt, die Leiche aus dem Sand zu ziehen und endgültig zu beseitigen.

Mütze blickte zu den Randdünen hinüber. Zu ihren Füßen, abseits vom Badestrand, hätte er den Toten verbuddelt, wäre er der Mörder gewesen. Wenn man nur tief genug grub, würde kein Hund die Leiche mehr ausgraben. Nun aber war sie doch aufgetaucht, warum hätte man sonst nach Ahsen gerufen? Mütze blickte nach links zu der abendlichen Wellenlandschaft. Es gab nur eine vernünftige Erklärung. Der Täter hatte sein Opfer den Fischen zum Fraß vorgeworfen! Haie gab es auch in der Nordsee, hatte Mütze gehört, kleine gefräßige Katzenhaie mit messerscharfen Zähnen. Wann genau hatte Karl-Dieter die Leiche entdeckt? Musste gegen sechs Uhr abends gewesen sein. Die Flut hatte gestern um halb sechs ihren Höhepunkt erreicht, ablaufendes Wasser also. Hinein ins Meer! Die Ebbe würde den Toten weit hinausgezogen haben. Aber womöglich nicht weit genug. Die Flut hatte den Körper wieder ausgespuckt. Und nun hatte Ahsen seinen nächsten Mordfall zu klären.

Karl-Dieter konnte mit Mütze kaum mehr Schritt halten. Rechthaberei war nicht Karl-Dieters Ding, jetzt aber verspürte er einen leisen Triumph. Was er gesehen hatte, hatte er gesehen! Es gab keinen Zweifel mehr, der Mann im Strandkorb hatte nicht geschlafen. Er war nicht nur tot gewesen, er musste einem Verbrechen zum Opfer gefallen sein. Zu dumm, dass er seine Kamera nicht dabeigehabt hatte, aber wer hätte bei solch einem stürmischen Regenwetter auch mit einem lohnenden Fotomotiv gerechnet? Außerdem war Karl-Dieter seine Kamera zu kostbar, als dass er sie dem peitschenden Sturm und dem rasenden, schneidenden Sand ausgesetzt hätte. Wieder sah er den Toten vor sich, das blasse, unbewegte Gesicht, die wehenden, graublonden Haare, die bizarr verrenkten Glieder, die entsetzlich verdrehten Augen.

Mütze hatte sogleich versucht, Ahsen auf dessen Handy zu erreichen, aber die Nummer war nicht mehr vergeben, Ahsen musste sich eine neue zugelegt haben. War ja auch schon zwei Jahre her, dass sie sich zuletzt gesehen hatten. Wie nur sollte er Ahsen klarmachen, dass sie den Toten bereits gestern gefunden hatten? Besser gesagt, dass Karl-Dieter ihn gefunden hatte und er, Mütze, dem Freund verboten hatte, zu Ahsen zu gehen. Das war die peinlichste Sache, die ihm in seiner ganzen Dienstzeit je passiert war, und er war mit seinen nun fast fünfzig Jahren doch schon mehr als ein alter Hase. Wie konnte man nur so dämlich sein!

Auf einer der Randdünen erhebt sich weit sichtbar ein Dreieck, das man auf den Kopf gestellt hat. Auch im Zeitalter der Satellitennavigation haben die guten alten Seezeichen ihre Berechtigung noch nicht verloren. Wie unsicher Technik sein kann, erleben wir Tag für Tag. Wenn sie ausfällt, ist man wieder auf seine fünf Sinne angewiesen, da kann solch ein hölzerner Hinweis eine große Hilfe sein, ein Rettungszeichen in tobender See.

Auf der Höhe des Seezeichens sei die Leiche gefunden worden, hatte die Kellnerin vom Strandcafé gewusst. Als Mütze und der schwitzende Karl-Dieter die Stelle erreichten, war aber niemand zu sehen. Keine Leiche und kein Ahsen. In der Ferne strich der Strahl des Wangerooger Leuchtturms über den nun schon dunklen Horizont, ein blutroter schmaler Finger. Mütze deutete zu den Dünen hinüber, zwischen denen ein Pfad verlief, der zur Frieslandklinik führte.

»Sie werden den Toten dorthin gebracht haben.«

Nackt und schutzlos lag die Leiche auf der Liege, dem grellen Licht der Deckenlampen ausgeliefert. Neben ihr standen zwei Ärzte. Der eine war ein kleiner, schmächtiger Herr mit dunkler Brille, deren Enden zerbissen waren: Doktor Bitzenplitz, Leiter der Frieslandklinik, in dessen kleinem Untersuchungszimmer sie sich befanden. Der andere war ein Hüne in Zivil, athletisch, sonnengebräunt und voller Leben, Sven Svenson, der Inseldoktor. Neben ihnen stand Ahsen, der Mütze und Karl-Dieter erfreut begrüßt hatte. Als die Ärzte beiseitetraten und den Blick auf die Leiche freigaben, erstarrten die Freunde: Auf der Liege lag kein aufgedunsener Mann, auf der Liege lag eine Frau!

Mit betrübtem Blick deutete Ahsen auf die Leiche: »Karla Nordersiel. Patientin der Klinik. Selbstmord.«

Mütze trat sprachlos näher. Die Tote war um die vierzig, schlank, mittelgroß, hatte dunkle Haare, vermutlich gefärbt. Ihre rechte Schulter zierte ein Tattoo mit zwei Rosen, einer verwelkten und einer blühenden.

»Sie ist vor drei Wochen zu uns zur Behandlung gekommen«, sagte Doktor Bitzenplitz.

»Was macht Sie sicher, dass es ein Selbstmord war?«

»Sie wurde am Strand gefunden. Neben ihr lag dieses Ding hier.« Ahsen griff zur Seite und reichte Mütze ein Tablettenröhrchen, das Mütze jedoch erst in die Hand nahm, nachdem er sich Einmalhandschuhe übergestreift hatte. Ahsen, Ahsen! Wann hatte der Mensch sein letztes Auffrischungsseminar in Spurensicherung gemacht? Das Röhrchen war mit bunten Diagrammen bedruckt. Eine einzige Tablette rappelte noch im Inneren.

»Seit wann kann man sich mit Vitaminpräparaten umbringen?«, fragte Mütze und zog seine rechte Augenbraue nach oben.

»In dem Röhrchen ist etwas anderes. Lassen Sie mal den Inhalt hinausgleiten.«

Mütze öffnete den Verschluss und stellte das Röhrchen auf den Kopf. Eine weiße Tablette purzelte in seine geöffnete linke Hand.

»Luminal, ein Barbiturat«, sagte Doktor Bitzenplitz, »Frau Nordersiel litt an schweren Depressionen und Schlafstörungen. Sie nahm seit Jahren Barbiturate. Bei uns wollte sie endlich von dem Zeug loszukommen. Stattdessen hat sie eine Überdosis genommen.«

»Hatte sie freien Zugang zu den Medikamenten?«

»Nein, natürlich nicht. Aber wir können nicht verhindern, dass Patienten Medikamente mitbringen, wir sind ja eine therapeutische Klinik, kein Gefängnis. Wir machen keine Gepäckkontrollen.« Doktor Bitzenplitz wirkte leicht verschnupft, nahm seine Brille und biss in den rechten Bügel.

»Gibt es einen Abschiedsbrief?«, wollte Mütze wissen.

»Bislang haben wir keinen gefunden.«

»Wer hat Frau Nordersiel zuletzt gesehen?«

»Beim Abendessen war sie noch zugegen. Sie hat wie üblich am Patiententisch gesessen. Danach ist sie ins Zimmer, so gegen sieben.«

»Und dann?«

»Um halb neun kam die Meldung, dass man eine tote Frau am Strand gefunden hat«, schaltete sich Ahsen ein, »ein älteres Ehepaar hat sie entdeckt und die 112 verständigt, die Kollegen in der Zentrale haben wiederum mich informiert. Zusammen mit unserem Inseldoktor bin ich dann in meinem Elektrokarren los. Die Tote hatte den Essensplan der Frieslandklinik in der Tasche, da haben wir sie hierher gebracht.«

»Keinerlei äußere Verletzungen«, ergänzte der Inseldoktor, »die Leichenschau habe ich zusammen mit meinem Kollegen durchgeführt. Kein pathologischer Befund. Auf dem Leichenschein haben wir *unbekannte Todesursache* angekreuzt. Alles aber spricht für eine Barbituratvergiftung. Zwanzig Tabletten von dem Zeug, und man ist hinüber. Zentrale Atemlähmung und Exitus. Ein sanfter, aber sicherer Tod. Soll ich die Dame noch mal für Sie umdrehen?«

»Wenn Sie so nett wären.«

Während Sven Svenson die Tote mit seinen kräftigen Pranken anfasste, um sie zu wenden, wandte sich Karl-Dieter ab und schaute zur Wand. Dort hing ein mit Muscheln gerahmter Spruch: »Fürchte die Schatten nicht. Sie bedeuten lediglich, dass in der Nähe ein Licht brennt.« Könnte was dran sein, dachte Karl-Dieter. Am liebsten hätte er sich die Ohren zugehalten. Er mochte die Geräusche nicht, die von einem toten Körper ausgingen, wenn man ihn bewegte. Tote sollte man in Ruhe lassen.

»Sie sehen, auch von achtern keinerlei Verletzungszeichen«, sagte der Inseldoktor und rieb sich die Hände.

»Selbstverständlich werde ich dennoch eine Obduktion veranlassen«, sagte Ahsen dienstbeflissen. Mütze wusste, dass eine Obduktion nur der Staatsanwalt anordnen konnte, beschloss aber zu schweigen. Er wollte

seinen Kollegen vor den Herrn Doktoren nicht bloß-
stellen. Der Inseldoktor griff der Toten wieder sanft,
aber entschlossen unter die Hüfte, um sie zu wenden.

Karl-Dieter sah zur grellen Lampe empor und zwang
sich, an den Spruch zu denken. Manchmal allerdings
war auch dessen Umkehrung wahr: »Fürchte das Licht.
Es bedeutet, dass in der Nähe ein Schatten lauert.«

In der »Linde« ist es auch am Abend sehr gemütlich.
Das ehrwürdige Inselhotel, aus dessen Front die alte
Linde herauszuwachsen scheint, säumen zur Straßen-
seite zwei überdachte Veranden. Die rechte nennt sich
»Siwalu«, die linke »Kap Hoorn«, einladend leuchtet
es aus farbigen Fensterscheiben. Im Kap Hoorn saß
Mütze allein an einem Fensterplatz. Von hier aus konn-
te er fast zur »Nachtigall« hinüberschauen, ihrer
Ferienwohnung, die sich an dem schmalen Fußweg zur
alten Inselkirche befand. Vor sich hatte Mütze sein drit-
tes oder viertes Pils stehen. Er brauchte Zeit zum Nach-
denken, deshalb hatte er sich von Karl-Dieter auf dem
Nachhauseweg verabschiedet und war noch in die
»Linde« gerutscht. Vor ihm lag sein aufgeschlagenes
Notizbuch. Mit einem Bleistiftstummel hatte er eine
seltsame Zeichnung angefertigt. Aus einem länglichen
Kringel erhob sich ein eckiges Gebilde, das mit der
Ziffer 513 versehen war, weiter rechts war unter einem
Dreieck ein Strichmännchen mit Rock zu sehen. Wie
passte das alles zusammen? Oder besser: Musste das
alles zusammenpassen? War nicht alles bloß reiner

Zufall? Hatte der Strandkorbmann tatsächlich nur ein Nickerchen gehalten und Frau Nordersiel sich eigenhändig vom Acker gemacht? Oder gab es ein geheimes Band, eine Verbindung zwischen den beiden für Spiekeroog so untypischen Ereignissen?

Mütze trank sein Pils aus und bestellte sich ein frisches, das ihm eine freundliche junge Kellnerin mit wippendem Pferdeschwanz brachte. Viel zu tun gab es nicht mehr für sie. An den Tischen in der Nähe der rückwärtig gelegenen Bar saßen noch ein paar letzte Gäste, bald würden alle schlafen gehen. In Spiekeroog waren die Nächte nicht lang. Hierher reiste keiner, der einen draufmachen wollte. Auf Spiekeroog tanzten höchstens die Mücken, und auch die nur in höchst übersichtlicher Zahl. Mütze nahm einen tiefen Schluck und wischte sich den Schaum von den Lippen. Pils konnten sie, die Friesen. Früher war seine Heimatstadt Dortmund einmal der Weltmeister im Pilsbrauen gewesen, mit München hatte es jahrzehntelang ein Wettrennen um den höchsten Bierausstoß Deutschlands gegeben. Lange her. Heute schien auch der Wettkampf um den ersten Platz im Fußball längst zugunsten der Bayern entschieden. Was war nur los mit den Dortmundern? Nur noch eine Brauerei gab es, und auch der glorreiche BVB lief dem FCB mühsam hinterher.

Mütze schob sein halb leeres Glas beiseite, griff zum Bleistift und machte aus dem Strichmännchen eine Frau. Natürlich konnte man annehmen, dass Karl-Dieters Beobachtung und der Tod der Frau nichts miteinander zu tun hatten, es für beides eine ganz natürliche Erklärung gab. Natürlich konnte man behaupten, von einem Verbrechen sei weder hier noch dort die kleinste Spur zu erkennen. Wahrscheinlich gab es keinen vernünftigen Grund, sich darüber auch nur eine einzige Sekunde länger den Kopf zu zerbrechen. Und doch riss Mütze das Blatt nicht heraus, um es zu zerknüllen. Seine Nase sagte ihm, dass hier etwas faul war. Und seine Nase hatte ihn nur selten getäuscht. Ahsen hatte er nichts von der Strandkorbleiche erzählt. Der Moment war einfach zu ungünstig gewesen. Und außerdem hätte Ahsen nur den Kopf geschüttelt. Ahsen war einfach zu arglos. Für ihn blieb der schlimmste Fall eines Verbrechens der Diebstahl eines Bollerwagens. Der Mord an der *Meerjungfrau* war nur die Ausnahme gewesen, welche die Regel bestätigt hatte. Spiekeroog war und blieb eine Insel der Seligen.

Plötzlich nahm Mütze hinter der Scheibe des alten Sprossenfensters eine Bewegung wahr. Aus dem kleinen Seitenweg näherte sich eine breite Gestalt, die eilig auf den Eingang der »Linde« zustrebte. Karl-Dieter! Oh Gott, er kam doch nicht, um ihn zu holen? Mensch, Karl-Dieter, was machst du bloß! Wie peinlich war denn das, was sollte die Kellnerin denken?

Wenige Augenblicke später stand Karl-Dieter an Mützes Tisch. »Ich weiß jetzt, an wen mich der Mann im Strandkorb erinnert hat«, flüsterte er aufgeregt.

»Und?«

»An den Typ aus der Hornbachwerbung!«

Dienstag

Sie frühstückten in aller Eile. Nicht weil es sie zum Meer zog, denn der Wetterbericht versprach wieder einen wunderbaren Strandtag, heißer noch als gestern, sondern weil sie etwas zu erledigen hatten. Karl-Dieter war begeistert, dass Mütze ihn und seine Beobachtung endlich ernst nahm. Jetzt zogen sie gemeinsam an einem Strang. Auch Mütze war das recht. Zwar achtete er sonst streng darauf, Privates und Berufliches zu trennen, in diesem Fall aber wäre das kaum gegangen. Schließlich war das ihr gemeinsamer Urlaub, da konnte er sich schlecht immer wieder davonmachen, um einer höchst unsicheren Sache nachzugehen. Das hätte ein ziemliches Ehedrama heraufbeschworen. So aber, mit einem ermittlungshungrigen Karl-Dieter an der Seite, mussten keine Konflikte befürchtet werden. Karl-Dieter war immer noch felsenfest davon überzeugt, dass sie es mit einem Verbrechen zu tun hatten. Wenn nicht gar mit zwei. Noch in der Nacht waren sie mit Mützes Smartphone ins Internet gegangen. Unter dem Hornbachmann hatte sich Mütze nichts vorstellen können, bis Karl-Dieter ihm das Werbevideo auf YouTube zeigte. Darauf war ein Zottel zu sehen, der seinen Einkaufswagen wie ein Irrer durch die Hochregalgänge von Hornbach schob und seltsame Kommentare abgab.

»Das ist der Hornbachtyp«, hatte Karl-Dieter erklärt. »Während du deine Pilskes runtergestürzt hast, hab ich mich vor die Glotze gehockt. Als die Werbung lief, hab ich mich sofort erinnert.«

Ja-ja, yippi-yippi yeah!

Nachdem nun auch Mütze wusste, wie der Strand-korbmann aussah, hatten sie sich mit der Polizei-datenbank verlinkt und waren die jüngsten Vermissten-fotos durchgegangen. Einen Mann wie den Zottel von der Hornbachwerbung aber hatten sie nicht entdecken können.

»Hat nichts zu sagen«, bemerkte Mütze, während er auf seinem Frühstücksbrötchen kaute, »viele Vermisste werden erst nach Tagen der Polizei gemeldet, manche erst nach Wochen oder Monaten.«

»Und manche gar nicht, wie neulich die alte Frau in München.«

Mütze nickte. In München hatte man eine mumifi-zierte Frau gefunden, die fünf Jahre lang tot im Bett ih-rer Tochter gelegen hatte. Die hatte keinem Menschen etwas gesagt. Eine Zeitlang hatten sich Nachbarn wegen des Geruchs beschwert, nach drei Monaten war der faulige Verwesungsgeruch verschwunden und die Luft wieder rein gewesen.

»Hast du das Gesicht der Toten gesehen?«

»Der Mumie?«

»Quatsch! Das der Frau gestern.«

»Was meinst du?«, schmatzte Mütze mit dem Wurst-brötchen in der Hand.

»In den wehmütigen Ausdruck hat sich noch ein an-derer Zug hineingemischt.«

»Anderer Zug? Im Gesicht der Toten? Was denn für einer?«

»Ein Zug des Erstaunens.«

Was Karl-Dieter wieder alles gesehen haben wollte. Lag wahrscheinlich an seinem Job, der Theaterarbeit. Da kam es ja auf jede Nuance in den Gesichtern der Schauspieler an. Erstaunen? Nein, dieser Zug war Mütze nicht aufgefallen. Eher, dass die Tote für ihre vierzig Jahre noch einen erstaunlich hübschen Körper besessen hatte. Da waren keine Altersspuren zu erkennen gewesen, keine Erschlaffung des Gewebes. Vielleicht hatte sie sich im Fitnessstudio jung gehalten. Alle Frauen machten das doch jetzt.

»Noch was anderes ist mir aufgefallen.«

»Was?«

»Die Frau wird keinen Freund gehabt haben.«

»Wie kommst du denn darauf?«

»Sie war nicht rasiert.«

Mütze schüttelte den Kopf. Woher Karl-Dieter diese Weisheit wieder hatte! Als würde sich jede Frau, die einen Freund hatte, die Intimhaare wegrasieren. Wie kam er nur darauf? Noch dazu als Schwuler.

»Am Theater Erlangen sind alle Frauen rasiert!«

Das war natürlich der schlagende Beweis. Mütze verzichtete darauf, seinen Freund zu fragen, woher er das wusste. Karl-Dieter war doch nur für die Kulisse zuständig und kein Maskenbildner. Doch nun mussten sie endlich los. Bevor ganz Spiekeroog mit Kind und Kegel aufbrach, wollten sie am Badestrand sein.

»Halt«, ertönte Karl-Dieters Stimme, »erst wird sich eingerieben!«

Als sie in die Noorderloog abschwenken wollten, kam von rechts eine dieser elektrisch betriebenen Karren vom Kontor Bellstedt angebraust, die je nachdem Touristenkoffer, Getränkekästen oder Baumaterial transportierten. Dieses Mal hatte der Karren eine sehr große, längliche Orangenkiste geladen, mit der er zum Hafen abbog. »Orangengold« stand in fröhlichen Lettern darauf. Karl-Dieter beschlich ein mulmiges Gefühl, und das Nicken von Mütze bestätigte ihm, dass seine Gedanken in die richtige Richtung gingen. Wie vor zwei Jahren die tote *Meerjungfrau*! In dieser Orangenkiste pflegten die Insulaner die Toten ans Festland zu bringen. Was aus Gründen der Pietät geschah, musste man doch die Güter mit einem Schwenkkran auf die Fähren hieven, vor den Augen staunender Ferienkinder und deren Eltern. Ein Sarg, der durch die Lüfte segelt, verbessert nicht unbedingt die Urlaubsstimmung, weshalb man sich der guten alten Apfelsinenkiste bediente, in der nun die arme Patientin aus der Frieslandklinik lag.

»Sieh's positiv«, sagte Mütze, »so duftet man auf seiner letzten Reise nach Orangenhain.«

Sie waren zwar nicht die ersten am Strand, aber zum Glück war die Umgebung des Strandkorbs 513 noch frei von Badegästen. Der stand noch genauso da wie gestern, leer und versperrt. Zunächst zogen sich die beiden Freunde Einmalhandschuhe über und begannen, die unmittelbare Umgebung abzusuchen. Alles, was sie fanden, steckten sie in eine Plastiktüte: eine silberne Haarnadel, eine ziemlich zerfetzte spanische Illustrierte, eine Bahnfahrkarte Oldenburg-Spiekeroog, eine hölzerne Pommesgabel mit zwei Zinken, eine zerrissene Piratenfahne, eine noch gut gefüllte Packung Tempotaschentücher und einige kleine Plastikteile, Reste von Spielzeug vermutlich. Mit gerührtem Lächeln ließ Karl-Dieter einen hellblauen Babyschnuller in die Tüte gleiten.

Dann bog Mütze eine mitgebrachte Büroklammer zurecht, bückte sich und machte sich an dem kleinen Vorhängeschloss zu schaffen, das am unteren Teil des Strandkorbes das Holzgitter versperrte. Jeder auf Spiekeroog achtete sorgsam darauf, vor dem Verlassen des Strandes seinen Korb zu sichern. Warum man das tat, blieb Mütze schleierhaft. Da war doch nichts mehr drin, also gab es auch nichts zu klauen. Der einzige Sinn der Abschließaktion bestand darin, keinem anderen Badegast das kostenlose Vergnügen der Strandkorbbenutzung zu verschaffen. Schließlich hatte man ja dafür bezahlt, warum sollte ein Fremder daraus seinen Vorteil ziehen? War schon der Strandkorb eine typisch deutsche Erfindung, so erst recht das Schloss daran. Dieses hier zeigte sich gerade widerspenstig. Mütze zog die Büroklammer wieder heraus und bog sie neu, so dass sich der Hebel um ein paar Millimeter verlängerte.

Schlösserknacken war sein Spezialgebiet. Als er sich mit viel Fingerspitzengefühl erneut an die Arbeit machte, hörte er hinter sich plötzlich eine Stimme.

»Was machst du da?« Ein kleiner strohblonder Junge in Badehose stand breitbeinig hinter dem knienden Mütze und schaute ihm über die Schulter. »Bist du ein Einbrecher?«, wollte er wissen.

Mütze stieß einen Fluch aus, und Karl-Dieter beeilte sich, den Jungen abzulenken. »Komm mit, ich zeige dir einen Seestern«, flunkerte er und wollte dem Jungen die Hand reichen.

Der aber lief rasch davon und rief laut vor sich hin »Einbrecher, Einbrecher!«, so dass seine Mutter, eine wasserstoffblonde Strandnixe, aufmerksam wurde und hinüberschaute.

»Entschuldigen Sie«, rief sie den Freunden zu, »Leon hat gerade seine Detektivphase!«

Karl-Dieter winkte freundlich zurück, und Mütze schnaufte. Endlich gab das verrostete Schloss nach. Mütze ließ es in einen vorbereiteten Plastikbeutel gleiten. Dann packte er das Holzgitter und drückte gekonnt die Eisengriffe auseinander, bis die Querlatte hinunterfiel, die dazwischen gesteckt und das Gitter fixiert hatte. Er nahm es ab, um es seitlich an den Strandkorb zu lehnen. Daraufhin nahm er eine weitere Tüte und winkte Karl-Dieter näher heran. Der wusste, was er zu tun hatte. Rasch zog er den zuvor sorgfältig gesäuberten Handbesen ihrer Ferienwohnung aus seiner Tasche und bürstete das Strandkorbinnere ab.

Feiner Sand rieselte in die Tüte, die Mütze weit geöffnet hielt. Wenn sie Glück hatten, waren Haare vom Opfer mit dabei und mit ganz viel Glück sogar eine Spur vom Täter. Mit größerer Wahrscheinlichkeit aber würden sie eine solche am Schloss finden, Fingerabdrücke, denn das musste der Täter angefasst haben. Ein Fall für Rudi. Rudolf leitete das kriminaltechnische Labor in Dortmund, Mützes alter Dienststelle. Seinen neuen Erlanger Kollegen durfte er damit nicht kommen, er hatte ja keinen offiziellen Ermittlungsauftrag. Rudi war das egal. »Legal? Illegal? Scheißegal!«, war sein Lebensmotto. Als Alt-Achtundsechziger setzte er sich konsequent über alle Dienstanweisungen hinweg, besonders wenn sein Spezi Mütze Hilfe brauchte. Akribisch bürstete Karl-Dieter noch die Rückenlehne des Strandkorbs ab, wo der Zottel seinen Kopf angelehnt haben musste.

»Können Sie mir bitte erklären, was das soll?«

Erschrocken drehte sich Karl-Dieter um. Hinter ihnen stand ein Muskelprotz in rotem Tanga, an der Hand den kleinen Jungen von eben.

»Erst knacken Sie einfach das Schloss und nun diese seltsame Säuberungsaktion. Was soll das?«

»Ich wüsste nicht, was Sie das angeht«, erwiderte Mütze und ließ in aller Seelenruhe den zusammengefegten Rest in seine Tüte rieseln.

»Wir werden ja sehen«, sagte der Mann angriffslustig, packte seinen Jungen und ging mit ihm den Holzpfad zur Düne hinauf.

»Der holt den Strandkorbverleiher«, zischte Karl-Dieter, »sieh doch, er geht zu seinem Stand!«

»Soll er nur«, sagte Mütze, verschloss ohne Hast die Plastiktüten und verstaute sie, wie zuvor die Mülltüte, in einer Seitentasche seines Rucksacks. Dann zwickte er Karl-Dieter in die Seite: »Wer ist zuerst im Wasser?«

Lachend lief Mütze voraus und riss sich dabei das T-Shirt vom Leib, Karl-Dieter versuchte, es ihm gleich-zutun, verheddert sich aber in den Schlaufen seiner Strandtasche, stolperte und plumpste der Länge nach in den Sand. Mütze, der sich im Laufen umgedreht hat-te, lachte erneut, kam zurück und half dem Freund wieder auf. Sie warfen ihre Sachen an den Fuß einer in den Sand gerammten Eisenstange und liefen ins Was-ser hinein. Es spritzte wild auf, als sie auf die ersten Wellen trafen, Mütze rannte weiter und warf sich der Länge nach hinein, während Karl-Dieter im flachen Wasser erschrocken abbremste, sich auf die Zehen-spitzen stellte und mit jeder Welle neue Qualen litt. So eine verrückte Idee! Das Wasser war einfach viel zu kalt zum Schwimmen. Aber was half's? Wollte er nicht in die Hände des Strandkorbverleihers fallen, der si-cher schon unterwegs war, musste auch er hinein in die Fluten.

Mit dem Bad in der Nordsee ist das eine seltsame Sache. Ist man sich in den ersten Minuten sicher, den Kältetod zu sterben, so tritt plötzlich ein überraschen-des Gefühl der Wärme ein, und man muss sich nicht mehr wie wild bewegen. Karl-Dieter machte nur noch leichte Schwimmbewegungen, ließ sich vom Salzwasser tragen und im Takt der Wellen lustig auf und ab wiegen. Der Strand war in weite Ferne gerückt, vom Muskelprotz und dem Strandkorbverleiher war keine Spur zu sehen. Vielleicht hatte Mütze völlig umsonst Panik gemacht, vielleicht war der Muskelprotz nur zur Toilette gegangen. Oder zum Eisstand, der sich im rückwärtigen Teil der Strandhalle befand.

Mütze zog kraulend seine Bahnen, hinaus zu der äußersten gelben Stange, die in den Meeresboden gerammt das Ende des bewachten Badebereichs markierte. Immer musste Mütze in Aktion sein, statt sich einfach mal hängen zu lassen und zu genießen! Das Schöne am Meereswasser war doch, man verbrauchte irre viele Kalorien, ohne sich dabei anstrengen zu müssen. Selbst wenn man die Kälte nicht spürte, sie war da und verursachte ein nicht wahrnehmbares Muskelzittern. Gab es eine angenehmere Art abzunehmen?

Noch mehr hätte Karl-Dieter das Meeresbad genossen, wenn sich nicht wieder und wieder der Gedanke aufgedrängt hätte, die Strandkorbleiche könnte irgendwo hier draußen herumtreiben. Hätte Mütze doch nur nicht die Vermutung ausgesprochen, der Täter habe den Toten vielleicht ins Meer geworfen. Gab es etwas Unangenehmeres, als von einer kalten Leiche gestreift zu werden? Schon bei dem kleinsten Kontakt mit der harmlosesten Seenelke, zuckte Karl-Dieter zusammen, dass es nur so platschte. So richtig entspannte Urlaubsstimmung konnte dabei nicht aufkommen. War aber auch kein Wunder. Erst drei Tage auf Spiekeroog und schon zwei Leichen! Wo der Mann, dessen Nervenkostüm das nicht zerzaust hätte? Zugleich jedoch verspürte Karl-Dieter einen geheimen Stolz. Endlich begann Mütze, ihn ernst zu nehmen. Was hatte der Herr Kommissar früher für ein Theater gemacht, wenn er mal mitrecherchiert hatte. Misch dich nicht in meine Ermittlungen ein! Wie oft hatte Karl-Dieter das zu hören bekommen. Und nun weihte ihn Mütze in alle seine Überlegungen ein, welch schöner Vertrauensbeweis war das.

Sie hatten noch ewig diskutiert, gestern Nacht in ihrer Ferienwohnung. Karl-Dieter hatte Stein und Bein geschworen, dass er sich nicht getäuscht habe. Der Hornbach-Freak sei mausetot gewesen, hundertprozentig. So tot wie Maria Stuart am Ende des letzten Aktes. Mütze hatte trotzdem immer wieder nachgebohrt, auch wenn er längst nicht mehr an Karl-Dieters Worten zweifelte. Zwei merkwürdige Todesfälle auf Spiekeroog innerhalb von nicht einmal vierundzwanzig Stunden, zwei Leichen, die keine erkennbaren Verletzungszeichen aufwiesen – das konnte kein Zufall sein. Mützes Nase juckte gewaltig. Zwar war noch nicht ersichtlich, was der tote Zottel im Strandkorb mit der Selbstmörderin zu tun haben könnte, aber das würden sie schon noch herausfinden.

Dumm war nur eines: Offiziell durfte Mütze nicht ermitteln. Allein wegen Mützes Nasenjucken würde kein Staatsanwalt der Welt ein Ermittlungsverfahren eröffnen. Fakt war und blieb: Der unbekannte Strandkorbzottel war nur von einem einzigen Zeugen gesehen worden und das bei extremen Witterungsbedingungen. Es war nach wie vor nicht erwiesen, ob er tatsächlich tot gewesen war. Und bei der Patientin sprach bislang nichts gegen einen Suizid. Also war alles in bester Ordnung, jedenfalls aus staatsanwaltschaftlicher Sicht.

Bis in den frühen Morgen hatten die Freunde darüber gestritten, ob es nicht an der Zeit war, Ahsen einzuweihen und ihm von dem Fund im Strandkorb 513 zu berichten. Karl-Dieter hatte dringend dafür plädiert. Letztlich überredete Mütze ihn jedoch, noch zu warten. Es fehlten einfach belastbare Indizien. Nicht dass Mütze scharf darauf gewesen wäre, den Fall allein zu lösen. Seine Nase sagte ihm nur, dass ihnen Ahsen zum aktuellen Zeitpunkt keine große Hilfe sein würde. Im Gegenteil. Würde er den Kopf schütteln und sie würden dennoch weiter ermitteln, könnte eine unangenehme Situation entstehen.

Heute Abend wollten sie wieder gemeinsam die aktuellen Vermisstenanzeigen auf dem Smartphone durchsehen. Vielleicht war der Hornbach-Zottel ja jetzt darunter. Es konnte doch nicht sein, dass ein Spiekeroog-Urlauber verschwand, ohne dass dies jemand bemerkte. Mütze hatte gemeint, es hätte natürlich auch ein Tagestourist gewesen sein können, der mit der letzten Fähre wieder zum Festland übergesetzt hätte, wäre er dazu noch in der Lage gewesen. Welcher

Tourist käme aber auf die Idee, bei einem Schietwetter wie am Sonntag nach Spiekeroog zu reisen? Karl-Dieter blickte sich noch einmal vorsichtig um. Als er nur unschuldiges, sauberes Wasser sah, streckte er die Arme aus und spielte selbst toter Mann.

Am leichtesten fand Karl-Dieter sein seelisches Gleichgewicht wieder, wenn er kochte. Zwar war die Küche ihrer Ferienwohnung winzig klein, doch zwei Kochplatten und die vorhandenen Basisgeräte reichten ihm vollkommen. Heute sollte es friesische Fischsuppe geben, eine nordische Form der Bouillabaisse. Mütze war zwar mehr nach einem blutigen Steak vom Deichlamm, er würde aber staunen, wie fein so ein Süppchen schmecken konnte! Im ortsansässigen Fischladen hatte sich Karl-Dieter ein Kabeljaufilet geben lassen und einen Seeteufel, dazu eine Schachtel frischer Krabben. Alles andere hatte er sich in dem kleinen Supermarkt besorgt, sogar ein Döschen mit Safranfäden hatte es gegeben. Karl-Dieter schnippelte das Suppengemüse klein und briet es in Olivenöl scharf an. Mit einem guten Schuss fränkischem Silvaner ablöschen, kochendes Wasser hinzugeben und den gewürfelten Fisch. Alles auf kleiner Flamme köcheln lassen, die Petersilie und die Safranfäden einrühren – fertig! Vor dem Servieren gab Karl-Dieter noch Pfeffer dazu und garnierte das Ganze mit Krabben.

»Voilà, meine Spiekerbaisse«, rief er stolz und band sich seine rosa Schürze ab.

Mit Baguette vom Inselbäcker und dem Silvaner wurde das Essen ein Gedicht! Das musste selbst Mütze zugeben, der zweimal nachlangte. Während Karl-Dieter als Suppenkoch gewirbelt hatte, war Mütze in den Garten der Pizzeria verschwunden, hatte ein Pils bestellt, »als Aperitif«, und dabei eine SMS an Rudi geschrieben: »Hallo, alte Socke. Hast du Zeit für was Halblegales?« Keine fünf Minuten später hüpfte sein Handy über die Tischplatte, und Mütze musste über Rudis Antwort grinsen: »Für dich immer, alter Stinkstiefel. Was ist es denn?« Daraufhin spazierte Mütze zu der an der Wattseite gelegenen Postfiliale und verschickte die beiden Tüten mit dem Vorhängeschloss und dem zusammengekehrten Strandkorbinhalt. »Per Eilpost!«, hatte er befohlen, worauf der Postbeamte jedoch nur gelacht hatte. Eilpost auf Spiekeroog? Die gibt es nicht. Die Eilpost ist genauso schnell oder besser genauso langsam wie die übrige Post. Hängt alles vom Fahrplan der Fähren ab und damit von den Gezeiten.

»Auf Spiekeroog wird das Prinzip der Entschleunigung mit brutaler Konsequenz befolgt«, seufzte Mütze.

»Darin liegt ja gerade der Kurerfolg«, lachte Karl-Dieter und hob das Glas. Er wusste zu berichten, dass die Post auf Juist nun mit Drohnen experimentiere. Bestelle jemand in der dortigen Inselapotheke ein exotisches Medikament, surre eine Drohne vom Festland los und lasse das Paket in den Apothekergarten fallen.

»Das wird's in Spiekeroog in tausend Jahren nicht geben«, meinte Mütze.

Am Nachmittag wollte Karl-Dieter mit dem Heimatforscher einen Gang durch den Ort machen, der betagte Insulaner würde die Bedeutung der alten Straßennamen erklären. »Kommst du mit?«

Alte Straßennamen? Mütze winkte ab. Er wollte sich lieber noch mal am Strand umtun und vielleicht auch bei der Frieslandklinik vorbeischauen.

»Dann treffen wir uns am Abend.«

»Wo?«

»Um acht auf der Terrasse der Strandhalle?«

»Einverstanden!«

Als Mütze sich auf den Weg machte, stand die Sonne hoch am Himmel. Er hatte angeboten, noch beim Abwasch zu helfen, worauf Karl-Dieter jedoch gerührt abgewunken hatte. Nicht dass er sich nicht helfen lassen wollte, aber erstens war in der schmalen Küche kein Platz für zwei, und zweitens achtete Karl-Dieter peinlich genau darauf, dass man sich im Geschirr spiegeln konnte, während Mütze auch mal fünfe gerade sein lassen konnte, jedenfalls in Abwaschfragen.

Mütze war es nur recht, an die frische Luft zu können. Das Dorf lag leer und verschlafen da, wie Erlangen in den Semesterferien. Jedermann schien am Strand zu sein. Nur auf dem Minigolfplatz wurden wie üblich die Schläger gewirbelt. An der Bahn mit dem quer gehängten Basketballnetz versuchte sich sichtlich aufgebracht ein Mann. Immer wieder und mit zunehmender Wut drosch er auf den kleinen Ball ein, ohne das

Ziel zu treffen. Mit brachialer Gewalt jagte er die Kugel schließlich weit übers Ziel hinaus in die Heckenrosen, was seinem kleinen Sohn ein fröhliches Lachen entlockte. Mütze hatte den Mann sofort wiedererkannt. Das war Muskelprotz mit seinem frechen Gör. Hieß der Kleine nicht Leon? Mütze beschleunigte den Schritt. Auf Spiekeroog begegnete man stets denselben Leuten, der sozialen Kontrolle zu entgehen, war nicht einfach.

Vor der Strandhalle war ein mobiler Grillstand aufgebaut. Mütze spürte, dass sich der Hunger wieder meldete. So ein Fischsüppchen sättigte doch nicht wirklich. Er ließ sich eine Thüringer im Brötchen geben, quetschte reichlich Senf hinein und gönnte sich zum Runterspülen ein eisgekühltes Fläschchen Jever. Mit diesen Köstlichkeiten beladen, schlug er den Weg zum Strand ein. Vor ihm ging ein junger Mann mit einer Rückentrage. Das kleine Mädchen darin war eingeschlafen und lehnte ihr erhitztes Köpfchen an die Schultern ihres Papas. Gut, dass Karl-Dieter nicht dabei war. Er hätte wieder diese wehmütigen Augen bekommen. Wie Mütze diesen Blick hasste. Was sollten sie denn mit einem Kind? Es fehlte ihnen an nichts, sie lebten doch ein erfülltes Leben, hatten ihre Arbeit, ihre Freunde, ihre schöne Wohnung. Und außerdem hatten sie Micky, ihren Wellensittich. Warum reichte das nicht? Mütze setzte sich auf eine Bank und biss so kräftig in sein Wurstbrötchen, dass es den Senf links und rechts rausquetschte.

Die Bank hatte er nicht zufällig gewählt. Von hier aus hatte man einen guten Blick auf Strandkorb 513. Der Strandkorbwächter schien tatsächlich dagewesen zu sein. Jedenfalls war der Korb wieder mit seinem Gitter versperrt und unten an der Kette baumelte ein neues Vorhängeschloss. Ordnung muss sein, dachte Mütze grinsend und biss in seine Wurst. Was hatte es mit Nummer 513 auf sich? Als Anhänger der alten systematischen Schule ging er alle Möglichkeiten durch. Der Zottel hatte im offenen Strandkorb gesessen. Wer aber hatte den aufgeschlossen? Das Opfer oder der Täter, der den Korb vielleicht gemietet und den Mann hierher gelockt hatte? Oder war das Opfer selbst der Mieter und war hier nur zufällig seinem Mörder begegnet? Dann musste der Mörder dem toten Zottel den Schlüssel entwendet haben, um den Strandkorb wieder zu verschließen. Warum aber hatte er sich diese Mühe gemacht? Er war doch in höchster Eile gewesen, hatte dringend noch die Leiche verstecken müssen. Warum sollte er sich da mit dem Schloss abmühen? Es gab nur eine Erklärung: Der Täter hatte alle Spuren verwischen wollen. Er wollte glauben machen, es habe keinen Toten gegeben.

Warum aber legte der Täter so viel Wert darauf, dass man nicht nach der Leiche suchte? Auch dafür gab es nur einen vernünftigen Grund. Mütze nahm einen tiefen Schluck aus seiner Pulle und kniff die Augen zusammen. Man durfte den Toten nicht finden, weil er die Spur zum Täter war. So musste es sein! Täter und

Opfer kannten sich. Wer das Opfer entdeckte, der fand auch den Weg zum Mörder. Eine zufällige Begegnung, einen spontanen Raubüberfall konnte man so gut wie sicher ausschließen. Jeder Raubmörder würde sein Opfer einfach liegenlassen. Außer er musste damit rechnen, an dessen Körper DNA-Spuren hinterlassen zu haben. Blut zum Beispiel, wenn es zum Kampf gekommen war. Aber äußere Verletzungszeichen waren Karl-Dieter nicht aufgefallen. Mütze war sich immer sicherer: Sie hatten es mit einer Beziehungstat zu tun.

Mit etwas Glück würde Rudi ihnen den Mörder auf dem Tablett servieren. Unter zwei Bedingungen: Wenn der Täter registriert war und wenn man seine Fingerabdrücke auf dem Schloss fand. Beides aber war keinesfalls sicher. Es hatte ja wie verrückt geregnet an jenem Tag, dazu ein Sturm wie ein Sandstrahlgebläse. Deshalb würden ihnen vermutlich auch die Sachen im Müllbeutel nicht weiterhelfen. Sie konnten von überall hergeweht worden sein. Selbst der Babyschnuller. Nein, auf eventuelle Tatortspuren durfte man sich nicht verlassen. Mütze blickte hinauf zum Strandkorbverleih und nahm den letzten Schluck aus der Pulle. Er musste weitere Ermittlungen anstellen. Auf in den Kampf!

»Nichts zu machen, alle Strandkörbe weg!«

Mütze merkte, dass dieser Spruch heute schon oft runtergerasselt worden sein musste. Mütze kannte den jungen Mann. Es war derselbe, der ihnen am Samstag ihren Korb vermietet hatte, solche Ohren vergisst man nicht. Offensichtlich war das Segelohr hauptberuflicher Strandkorbvermieter und ein unhöflicher noch dazu. Er hielt es noch nicht mal für notwendig, während der knappen Standardantwort wenigstens mal kurz von seinem Smartphone aufzublicken.

»Und was ist mit Strandkorb 513, der sieht unbenutzt aus.«

Genervt blickte das Segelohr auf und starrte Mütze an. »Es gibt keinen freien Korb, sagte ich!«

»Schon gut, ich frag ja nur«, erwiderte Mütze und ließ nun seinerseits einen vorbereiteten Spruch los. »Gehört der Korb vielleicht Familie Müntefeller? Sind Pensionsnachbarn, die morgen abreisen wollen.«

»Es gibt keinen freien Korb. Hab ich mich verständlich ausgedrückt?«

»Alles klar, habe verstanden. Schönen Tag noch!«

Wie er es hasste, Undercover ermitteln zu müssen! Liebend gerne hätte er dem Segelohr seinen Dienstausweis unter die Nase geknallt und sich die Karteikarte von Nummer 513 aushändigen lassen. Jeder Strandkorb hatte nämlich seine eigene Karte, auf der die Namen der Mieter verzeichnet waren und die genauen Daten, von wann bis wann der Korb vermietet war. Mütze wusste das deshalb so genau, weil er dabei gewesen war, als Karl-Dieter ihren Korb gemietet hatte. Er hatte darauf bestanden, nicht nur seinen, sondern ihre beiden Namen in der Karte eintragen zu lassen. Ein einziger Name hätte natürlich völlig ausgereicht, aber Karl-Dieter kam es auf die Symbolik an. Er ging in letzter Zeit immer offensiver dazu über, Gott und der Welt zu zeigen, dass sie zusammengehörten, und wenn auch nur einem segelbeohrten Strandkorbverleiher.

Um den Namen des Besitzers von Korb 513 zu erfahren, hatte sich Mütze den Trick mit der angeblichen Familie Müntefeller ausgedacht, doch das Segelohr war nicht darauf reingefallen. Nicht dass Mütze so naiv war anzunehmen, der Name auf der Karteikarte müsse stimmen. Dies war höchstens der Fall, wenn der arme Zottel der Mieter gewesen wäre. Der Mörder aber würde nicht so blöd gewesen sein, seinen richtigen Namen anzugeben. Dennoch, Mütze hätte zumindest erfahren, seit wann er den Korb gemietet hatte, was eine wichtige Information gewesen wäre. »Kai« hatte auf dem kleinen Schild auf der Theke des Strandkorbverleihs gestanden. Täuschte sich Mütze, oder hatte das Segelohr nicht auffällig pampig reagiert? Zunächst hatte der Typ Mütze gar nicht wahrgenommen, bei der Nennung des Strandkorbs 513 aber hatte es ihn förmlich durchzuckt. Ob das allein durch die Geschichte mit dem entwendeten Schloss erklärt werden konnte? Komischer Typ, mit keiner Miene hatte er sich anmerken lassen, ob er Mütze wiedererkannt hatte.

Mütze musste sich Bewegung verschaffen und schlug den Weg Richtung Oststrand ein. An die Verleihdaten würde er schon noch herankommen, das konnte sich dieser Kai hinter seine Ohren schreiben. Dort war ja Platz genug! Mütze hatte seine Möglichkeiten und die würde er nutzen. Entschlossen zog er seine Schuhe aus, krempelte seine Jeans hoch und ging zum Meer hinunter, um direkt an der Wasserkante entlangzuwandern. Hin und wieder züngelte eine vorwitzige Welle um seine Füße, manchmal musste er ein paar Ausweichschritte machen, um nicht nass zu werden. Das Wasser und der feuchte Sand taten ihm gut, die Hitze hatte noch zugenommen. Die wenigen Wolken hatten sich wieder verzogen und ließen die Sonne nun ungestört die Welt verbrennen.

Je weiter man sich vom Badestrand entfernte, desto einsamer wurde die Insel. Das heißt, richtig einsam war man um diese Tageszeit nirgends, denn neben den Badegästen gab es die »Strandläufer«, die allein oder zu zweit, selten auch in kleinen Gruppen unterwegs waren. Da aber der Sandstreifen immer breiter wurde, je tiefer man nach Osten kam, verteilten sich die Menschen auf einer zunehmend größeren Fläche, und man konnte in Ruhe seinen Gedanken nachhängen. In der Ferne flirrte die hitzige Luft, aus der sich der Turm von Wangerooge wie eine Fata Morgana zu erheben schien.

Mütze spürte zu seinem Kummer, dass er wieder kleinmütiger wurde. Was, wenn alles doch lediglich ein Zufall war? Wenn die Todesfälle nichts miteinander zu tun hatten, ja, Karl-Dieters Baumarktzausel am Ende wirklich nur geschlafen hatte? Sie hatten nichts in der Hand, nicht den kleinsten belastbaren Hinweis, nur das Jucken seiner Nase. Aber war es nicht hirnrissig, sich allein auf seine Nase zu verlassen? Vielleicht ließ sein Riecher ja langsam nach? Viele Sinne machten mit den Jahren schlapp, das war eine traurige, aber unabänderliche Tatsache. Die Augen, die Ohren, alles näherte sich dem Verfallsdatum, warum nicht auch seine Nase? Er war zwar mit Ende vierzig fürwahr noch kein Greis, hatte sich auch gut gehalten, dennoch hatte auch er nicht die ewige Jugend abonniert. Die Natur nahm ihren Lauf, langsam, aber unerbittlich. Alles nahm ab. Nur solch unsinnige Dinge wie die Haare, die plötzlich aus Ohren und Nasen wuchsen, stemmten sich gegen den Trend.

Ab und an musste Mütze umkehren und wieder ein Stück zurückgehen, weil plötzlich ein Priel seinen Weg versperrte. Einmal verschätzte er sich, lief durch das strömende Wasser und bekam prompt nasse Hosenbeine. Egal, bei der Hitze würde alles schnell wieder trocknen. Nach einer knappen halben Stunde hatte er das dreieckige Seezeichen erreicht. Hier ging es durch die Dünen zur Klinik. Mütze wollte schon nach rechts abschwenken, als prustend ein noch rüstiger älterer Mann aus dem Wasser stieg. Mütze erkannte ihn erst, als er seine Hand wie zum Gruß erhob. Der Leiter der Klinik. Wie hieß er noch gleich? Hotzenplotz? Binsenritz? »Guten Tag, Herr Professor …«

»Bitzenplitz, Herr Kommissar, lassen Sie doch den Professor weg! Sie gestatten?«

Ohne ein Gefühl der Scham zog der Professor seine Badehose vor Mütze aus und hob das bereitliegende Handtuch auf, um sich abzutrocknen. Dann warf er sich einen weißen Frotteemantel über.

»Traurige Sache mit Frau Nordersiel«, sagte er, während er sich gürtete. »Hat es Ihnen unser guter Ahsen schon erzählt? Eben kam das Obduktionsergebnis. Barbiturate, ganz wie wir vermutet hatten. Frau Nordersiel ist von dem Zeug abhängig gewesen, musste einen ganzen Vorrat besessen haben.«

»Ich dachte, Frau Nordersiel litt an Depressionen?«

»Geht leider oft Hand in Hand. Erst die Depressionen, dann Schlafstörungen, dann der Schlafmittelmissbrauch.«

»Kann sie sich nicht nur zufällig vergiftet haben?«

»Nicht anzunehmen. Zwar haben wir keinen Abschiedsbrief gefunden, aber die Menge, die noch im Magen gefunden wurde, spricht eine eindeutige Sprache.«

»Hat sie denn von Selbstmord gesprochen?«

»Kann ich nicht sagen. Ich bin nicht ihr Therapeut gewesen.«

»Ich dachte, Sie sind der Leiter der Klinik?«

»Aber nicht der Therapeut von Frau Nordersiel.«

Während Mütze am Strand unterwegs war, fand unter der kundigen Leitung eines engagierten Rentners die Inselführung statt. »Wege und Straßen unserer Insel Spiekeroog«, lautete das Thema, zu der sich eine kleine Gruppe von zumeist älteren Kulturtouristen eingefunden hatte, mitten darunter Karl-Dieter. Hein Hennigson, ihr Führer, war ein alter Insulaner und überzeugter Hobbyforscher. Kein Straßen- oder Wegename, dessen Herkunft er nicht erklären konnte. Heftig schimpfte er dabei über die Benennung der neu entstandenen Wege.

»Kaapdünenweg! Das muss doch Kaapdünenpad heißen! Die Zugezogenen haben keinen Sinn mehr für unsere Sprache. Was ein Kaap ist, wisst ihr?«

Alle schüttelten den Kopf.

»Genau! Was da so wacklig auf eurem Hals sitzt, das ist euer Kaap. Kaap kommt aus dem Lateinischen, Caput, bedeutet nichts anderes als Kopf. Einst hatte man auf dieser Düne ein markantes Seezeichen errichtet, ein Kaap. Riesiges Ding, hat bis 1912 dort oben gestanden. Dann zerbrach es in einer stürmischen Winternacht und wurde nicht wieder aufgebaut.«

Lauter solche Sachen wusste der Alte zu berichten, ein erstaunlich vitales Männchen mit einer Haut wie aus zerknittertem, braunem Pergament. Gelegentlich schimpfte er über den ein oder anderen Neubau, der so gar nicht zum Inseldorf passen würde. Heuschrecken vom Festland seien daran schuld. Warum man sie gewähren ließe? Nur des schnöden Mammons willen. Man müsse auf der Hut sein, manche wünschten sich die Norderneyisierung von Spiekeroog.

»Das ist der Friederikenweg. In den sechziger Jahren des neunzehnten Jahrhunderts wurde hier großer Mut bewiesen. Forstdirektor Burckhardt aus Hannover ließ neben dem Inseldorf ein Wäldchen anpflanzen. Kiefern, Eichen, Birken und sogar Erlen. Ein Wäldchen auf einer Sandbank wie Spiekeroog! Man hat ihn für verrückt erklärt. Nur an absolut geschützten Standorten war überhaupt daran zu denken, einen Baum zu pflanzen. Und dieser Mensch wollte gleich einen ganzen Wald wachsen lassen! Auf diesem sandigen, salzigen Boden, bei dem ständigen Wind! Doch es hat funktioniert. Weil der Förster seinem Monarchen dankbar war, hat er seine Plantage Friederikenwäldchen genannt, nach einer Hannoveraner Prinzessin. Das Wäldchen haben wir Kinder geliebt! Ostern sind wir den Friederikenweg entlang zum Eierscheeterplatz. Zum Ei-er-schie-ßer-platz! Dort hatten wir unseren Spaß daran, bunte Eier möglichst nahe an ein Ziel zu werfen.«

Wohl eine Frühform des beliebten Boccia-Spiels. Karl-Dieter, der sich wegen der Sonne einen breitkrempigen Strohhut aufgesetzt hatte, hörte interessiert zu. Was der Mann alles zu erzählen wusste! Karl-Dieter mochte Menschen, die ihre Heimat liebten. In Erlangen hatte er sich dem Heimat- und Geschichtsverein angeschlossen und die Patenschaft für eine Marter über- nommen, ein altes steinernes Feldkreuz, das er regelmäßig besuchte, um es mit einer weichen Bürste und milder Lauge vom ätzenden Vogeldreck zu befreien. Zum Glück gab es in Erlangen keinen Möwenschiet, der sollte noch aggressiver sein. Weiter ging's zum Slurpad, unter dessen Namen sich niemand so recht etwas vorstellen konnte.

»Sluren bedeutet schlurfen. Früher haben wir Insulaner Holzpantinen getragen, damit schlurften wir durch den Sand, weshalb die Dinger auch Slurrn hießen. Der

Weg hier führt, wie ihr alle wisst, zum Badestrand. Früher befand er sich weiter westlich, in den dreißiger Jahren des neunzehnten Jahrhunderts hat man ihn verlegt, weil das Dorf nach Osten gewachsen war. Bevor man den Weg durch die Dünen gepflastert hat, soll ihn ein Arbeiter mit seinen Slurrn vermessen haben, Schritt für Schritt, zweitausendfünfhundert Mal. Deshalb der Name Slurrnpad.«

Auch der nächste Straßenname sagte Karl-Dieter nichts. »Bi d'Utkiek?« Was zum Teufel sollte das heißen? Utkiek? War das ein Vogelname?

»Utkiek bedeutet Ausguck. 1864 haben wir Deutschen uns mit den Dänen geprügelt. Um den Feind rechtzeitig entdecken zu können, wurde hier auf einer Düne ein Aussichtsturm errichtet. Mit einer Eisenleiter ging's rauf zu einer Holzplattform. Der Rundblick war einmalig. Später harrte dort oben bei Sturm und Regen der Ausguckposten des Vereins zur Rettung Schiffbrüchiger in Ostfriesland aus. War ein Schiff in Seenot, rief er die Mannschaft des Ruderrettungsbootes, und raus ging's in die raue See. 1938 war der Turm so baufällig, dass man ihn abreißen musste.«

»Schade«, dachte Karl-Dieter. Der Posten hätte vielleicht beobachtet, was sich bei Sturm und Regen an Strandkorb 513 ereignet hatte, und das Verbrechen aufgeklärt. Denn ein Verbrechen war es gewesen. Ganz bestimmt. So regungslos konnte nur ein Toter dasitzen. Noch dazu mit solch verdrehten Augen. Karl-Dieter schauderte wieder, als er daran dachte. Toter ging nicht. Obwohl, Onkel Heinz, der Mann seiner geliebten Tante Dörte, hatte auch viele Male wie eine Leiche in seinem Sessel gelegen. Oft hatte Karl-Dieter nur mit geheimem Gruseln das Wohnzimmer betreten, wo der Onkel sein Mittagsschläfchen hielt. Der Anblick des Gebisses, das schief aus dem offenen Mund heraushing, hatte ihn magisch angezogen. Hätte Onkel Heinz nicht geschnarcht, jeder Arzt hätte ihn für tot erklärt. Der Hornbachzottel aber hatte nicht geschnarcht, das war der Unterschied.

Der Rundgang ging zu Ende, und man spendete dem Führer reichlich Beifall. Dieser schimpfte zum Schluss noch ein wenig über die modernen Zeiten und die Investoren vom Festland, die das schöne Spiekeroog verschandeln wollten, freute sich jedoch offensichtlich über das rege Interesse der Feriengäste. Als Karl-Dieter mit den anderen zum Abschlussapplaus ansetzte, bohrte sich ihm von hinten etwas zwischen die Rippen. Erschrocken drehte er sich um. »Ich werd verrückt«, rief er, »das ABC-Geschwader!«

Drei reizendere ältere Damen kann man sich nicht vorstellen. Agathe, Bertha und Cecilie strahlten, als sie Karl-Dieter begrüßten. Und wie sie ihn begrüßten!

»Ist er nicht ganz der Alte, unser Karl-Dieter?«

»Ich meine, er hat etwas zugelegt, nicht wahr?«

»Nein, wie isses, isses schön!«

Sogleich schwangen die Alten energisch ihre Nordic-Walking-Stöcke und entführten Karl-Dieter zur nahen

»Teetied«, wo sie den letzten freien Tisch auf der Terrasse ergatterten.

»Keine Widerrede, Karl-Dieter, Sie sind selbstverständlich unser Gast.«

Karl-Dieter ließ sich in den Gartenstuhl fallen. Wie hieß es doch bei Goethe so schön? Halb zogen sie ihn, halb sank er hin. Oder so ähnlich.

»Sekt für uns alle«, riefen die Damen dem Kellner zu, »das Wiedersehen muss begossen werden!«

Das ABC-Geschwader war Stammgast auf Spiekeroog. Jedes Jahr zur Sommerzeit packten die unternehmungslustigen Seniorinnen ihre Koffer und sagten dem staubigen Bottrop ade, um vier schöne Wochen auf Spiekeroog zu verbringen. Die drei Damen hatten mit Karl-Dieter Freundschaft geschlossen, als Mütze den Mord an der *Meerjungfrau* aufzuklären hatte. Die Festnahme des Mörders war dabei zu Mützes Verdruss nur mit Hilfe des ABC-Geschwaders gelungen, denn die drei besaßen eine detektivische Energie, die man ihnen nicht zugetraut hätte. Deshalb waren sie nun fast enttäuscht zu hören, dass Karl-Dieter und Mütze dieses Mal nur zum Urlaubmachen gekommen waren.

»Ach kommen Sie, Karl-Dieter, sagen Sie uns die Wahrheit, Sie Schlingel. Bestimmt liegt Ihr Freund Mütze schon wieder auf der Lauer!«

Dabei hoben sie ihre krummen Zeigefinger und drohten damit schalkhaft. Karl-Dieter dachte an Mütze, und sein Lächeln fiel etwas gequält aus. Das ABC-Geschwader war Mütze nämlich ziemlich auf die

Nerven gegangen. Karl-Dieter hingegen mochte den Bottroper Altenclub. Erstens konnte man mit den Damen eine Menge nützlicher Haushaltstipps austauschen, und zweitens hatten sie wie selbstverständlich sein Schwulsein akzeptiert. Keine Spur von Vorurteilen. Davon konnte sich manch Junger eine Scheibe abschneiden. Karl-Dieter hatte ihnen alle seine Wünsche und Hoffnungen anvertrauen können, auch seinen größten Lebenstraum.

»Gibt es denn schon Aussicht auf was Junges?«, wollten die Damen neugierig wissen.

Karl-Dieter seufzte und schüttelte betrübt den Kopf.

Das ABC-Geschwader nickte teilnehmend. Ein Kind sei doch das Tüpfelchen auf dem i jeder Partnerschaft. Sie wüssten, wovon sie sprächen. Auch ihnen sei das Glück der Mutterschaft verwehrt geblieben, sie hätten lange gebraucht, das zu akzeptieren. Karl-Dieter solle nur hartnäckig bleiben.

»Steter Tropfen höhlt den Stein«, kicherte es zu dritt, und zwar so lebhaft, dass die Nachbartische schon herüberzuschauen begannen. Karl-Dieter war froh, als der Kellner mit dem Sekt kam.

Herzlich ließ man die Gläser klingen.

»Auf die Liebe«, rief das ABC-Geschwader. Sie hatten ihre Gläser gerade wieder abgestellt, als die Damen ein neues Opfer erspähten. »Moooin, Herr Wachtmeister! Huu-huu, hier sind wir!«

Ahsen, der gerade vom Hafen kam, blieb stehen und blickte sich suchend um. Als er die Damen lustig winken sah und auch Karl-Dieter erkannte, hob er die Hand zum Gruß und trat näher.

»Setzen Sie sich doch, Herr Wachtmeister, und trinken Sie ein Gläschen mit uns. Oder sind Sie im Dienst?«

»Leider ja«, sagte Ahsen und seine Stimme wurde amtlich, »wir haben einen Todesfall zu beklagen. Eine Patientin der Frieslandklinik. Nun haben wir es offiziell«, – und damit wandte er sich an Karl-Dieter – »Frau Nordersiel ist an Schlafmittelvergiftung gestorben. Suizid.«

»Das ist ja furchtbar«, rief das ABC-Geschwader, »oh Gott, die Arme! Warum denn nur? Liebeskummer?«

»Depressionen, soviel wir wissen«, sagte Ahsen und nahm nun doch die Einladung zu einem Glas Sekt an. Das Leben war zu kurz, um auf jeden Genuss zu verzichten.

Die Nacht hatte sich über die Insel gesenkt, als Karl-Dieter und Mütze vom Abendessen aufbrachen. Genau wie gestern hatten sie noch einen Imbiss auf der Terrasse der Strandbar zu sich genommen, Pizzabrot und Oliven, Mütze noch einen Teller Spaghetti zur Nachspeise. Das Auftauchen des ABC-Geschwaders hatte Mütze zu Karl-Dieters Erleichterung mit Humor genommen. Bestimmt bekäme Karl-Dieter auf diese Weise wieder viele gute alte Kuchenrezepte geliefert. Vor zwei Jahren hatte das Trio Karl-Dieter zum Abschied verraten, wie man die »Bottroper Bottelknopper« backt, eine mehrschichtige Waffeltorte, die vor Eierlikör nur so trieft.

Oben auf dem Panoramaweg stand ein einsamer Strandkorb, der einzige, der nicht mit einem Gitter versperrt war. Karl-Dieter nannte ihn den »Allmende-Korb«. Wie es früher in jedem Dorf eine Weide gegeben hatte, auf die jedermann sein Vieh treiben durfte, war auch dieser Strandkorb für alle da. Zu Karl-Dieters Verwunderung und nicht geringer Freude, steuerte Mütze plötzlich genau diesen Korb an, um es sich dort gemütlich zu machen. Hatte Mütze auf einmal sein lange verstecktes Romantik-Gen entdeckt? Der Sternenhimmel leuchtete aber auch gar zu schön. Solch ein prächtiges Gefunkel gab es über den Städten leider nicht zu sehen. »Meerstern, ich dich grüße!« Tante Dörtes Lieblingslied hatte Karl-Dieter stets verzaubert. Sein Herz begann zu klopfen. Vielleicht war das die erhoffte Chance! Vielleicht würde in diesem einsamen Strandkorb hoch über dem nächtlichen Strand von Spiekeroog die süßeste und zugleich bedeutsamste Entscheidung ihres Lebens fallen!

Kaum hatten sie Platz genommen, als Mütze mit geheimnisvollem Gesicht in die Innentasche seiner Jeansjacke griff. Karl-Dieters Atem stockte. Ein Ring vielleicht? Vielleicht sogar ein Verlobungsring? Gar der schöne goldene mit dem grünen Stein, den sie gestern in dem kleinen Schmuckladen neben der Sparkasse gesehen hatten? War Mütze endlich zu der Ansicht gekommen, dass eine Hochzeit durchaus keine spießige Erfindung der Heteros war? Langsam zog Mütze seine Hand wieder heraus. Karl-Dieters Enttäuschung war riesengroß. Ein Schraubenzieher! Ein öder, blöder Schraubenzieher!

»Der Schlüssel, um das Geheimnis des Schlüssels zu lüften«, sagte Mütze mit geheimnisvoller Stimme.

»Was hast du vor?«

»Warte nur ein Weilchen. Dann werden wir der Schlüsselbude einen Besuch abstatten!«

Es dauerte nicht lange, dann hörte man Stimmengewirr und helles Lachen. Ein paar junge Leute kamen den Panoramaweg entlang und gingen an dem Allmende-Korb vorbei Richtung Dorf. Die Mitarbeiter des Strandcafés. Nun kehrte endgültig Ruhe am Badestrand ein, nur das leise Rauschen der Brandung war noch zu hören, weit entfernt und schläfrig, denn es war Ebbe.

»Lass uns noch ein Minütchen warten«, sagte Mütze zu Karl-Dieter, der sehr einsilbig geworden war.

Manchmal kann der Frieden täuschen. Selbst auf Spiekeroog. Manchmal glaubt man sich allein und ist es nicht. Manchmal wird aus einem Jäger ein Gejagter. Als Mütze und Karl-Dieter gerade aufbrechen wollten, huschte ein dunkler Schatten um die Ecke, zugleich ertönte ein metallisches Klicken, und im Schein des Mondes blitzte eine Knarre auf.

»Keine Bewegung!«, zischte es.

Möwen fliegen manchmal auch in der Nacht. Wie sie sich dabei orientieren, ist schleierhaft. Sie müssen über

äußerst lichtempfindliche Augen verfügen. Die Nacht-
möwe, die am Badestrand von Spiekeroog unterwegs
war, wirkte nervös und aufgeregt. Irgendetwas musste
sie aufgeschreckt haben. Sie gab ein hässliches Krächzen von sich, ließ sich vom Wind in die Höhen tragen,
um gleich darauf im steilen Flug wieder hinabzustür-
zen. Mit einer plötzlichen Wendung jagte sie sodann
über die weißlich-fahlen Wellenkronen, in wildem
Zick-Zack weiter über den schwarzen Strand und die
Randdüne empor, um schließlich mit ausgebreiteten
Flügeln auf einer längst ausgeschalteten Laterne zu lan-
den. Von dort konnte sie zu dem einsamen Strandkorb
blicken. Der Allmende-Korb war nicht leer. Im Gegenteil, dort herrschte ein dichtes Gedränge. In dem Strandkorb saßen nicht mehr nur der Männer zwei, in dem
Korb drängten sich nun der Männer drei: rechts Mütze,
links Karl-Dieter und zwischen ihnen Ahsen. Er war
völlig zerknirscht, seine Pistole hatte er längst wieder
eingesteckt.

»Was für ein fürchterlicher Irrtum, es tut mir so leid!«

»Kein Thema, Ahsen. Ich hätte es genauso gemacht,
wenn ich an Ihrer Stelle gewesen wäre«, tröstete Mütze.

»Wirklich?«

»Klare Kiste!«

Gut, dass es so dunkel war. Nicht nur Ahsen, auch
Karl-Dieter plagten Gewissensbisse. Obwohl er absolut
überzeugt war, alles richtig gemacht zu haben. Er hatte
nur den richtigen Zeitpunkt verpasst, Mütze die Sache
zu beichten. Vielleicht hatte es auch an dem Sekt gele-

gen, jedenfalls hatte er Ahsen auf der Terrasse der »Teetied« im Beisein des ABC-Geschwaders alles erzählt, endlich alles erzählt. Von seiner Sonntagswanderung durch Sturm und Wind und von dem Toten im Strandkorb 513. Das heißt, er hatte sich gehütet, von einem Toten zu sprechen. Einen Leblosen hatte er den Mann genannt. Und dass der Leblose plötzlich verschwunden gewesen sei. Das alles hatte er Ahsen mitgeteilt. Es war schließlich seine verdammte staatsbürgerliche Pflicht, dem Auge des Gesetzes nichts zu verschweigen! Wo kämen wir denn hin, wenn Bürger verdächtige Beobachtungen nicht mehr meldeten? Der einzige Fehler, den er gemacht hatte, war doch, nicht gleich auf der Stelle zu Ahsen gegangen zu sein. Mützes Bedenken hin oder her. Es war Aufgabe der Polizei, das Gesehene zu bewerten. Der zuständigen Polizei. Das musste auch Mütze akzeptieren, dass hier auf Spiekeroog nun mal Ahsen der Zuständige war.

Ahsen hatte wie zu erwarten kein Bohei aus der Sache gemacht. Genau wie Mütze, hatte er angenommen, dass der Baumarktzottel nur ein Nickerchen gehalten hatte. Lediglich das ABC-Geschwader hatte lebhaft die Ohren gespitzt und zugleich bedenklich mit dem Köpfchen gewackelt. Es hätte sich doch so gerne erneut an einer Verbrecherjagd beteiligt! Nach zwei weiteren Gläsern Sekt war man lustig auseinandergegangen.

Ahsen hatte sich ein Weilchen aufs Ohr gelegt, bevor er zu seinem vorabendlichen Kontrollgang aufgebrochen war. Am Badestrand hatte er wie üblich beim Strandkorbverleih vorbeigeschaut. Kai habe schließlich eine gute Übersicht über alles, was sich dort ereigne, meinte Ahsen, an seinem Häuschen müsse ja jeder vorbei. Manchmal gebe es Streit um einen Strandkorb, doch, doch, das sei alles schon vorgekommen. Feiernde Jugendliche hätten sich bereits einen Spaß daraus gemacht, Körbe umzuschmeißen. Aber heute Morgen sei ein Strandkorb aufgebrochen worden, das sei in der Geschichte Spiekeroogs noch nicht aktenkundig geworden. Und ausgerechnet die Nummer 513! Da sei er natürlich hellhörig geworden. Das änderte alles. Nun war aus Karl-Dieters schlafendem Mann auch für Ahsen ein Mordopfer geworden! Ihm war mit einem Schlag klargeworden: Die Täter waren zum Ort des Verbrechens zurückgekehrt, um ihre Spuren zu beseitigen. Leider hatten sie Lunte gerochen und sich rasch entfernt. Strandkorb-Kai hatte sie nicht mehr erwischen, ja nicht einmal mehr sehen können. Vor einer knappen Stunde aber habe ihn ein aufmerksamer Zeuge angesprochen: »Die Einbrecher, die Sie suchen, sitzen im Strandkorb am Panoramaweg.«

»Daraufhin habe ich mich unverzüglich auf den Weg gemacht. Den Rest kennen Sie!«

Natürlich hätte vor allem einer ein schlechtes Gewissen haben müssen: Mütze! An dem ganzen Schlamassel war er ja nicht schuldlos. Aus verschiedenen Gründen. Zunächst, weil er Karl-Dieters Beobachtungen bagatellisiert hatte, sodann, weil er als selbsternannter Privatdetektiv seine eigenen Ermittlungen begonnen hatte. Ein schlechtes Gewissen aber war nicht Mützes Ding. Immerhin wurde ihm klar, dass nun wohl der Zeitpunkt gekommen war, Klarschiff zu machen. Darauf hatte Ahsen einen Anspruch. Und so berichtete Mütze von Rudi und dessen geheimen Analysen.

Ahsen wurde unruhig und wäre am liebsten hin und her gerutscht, was jedoch aufgrund der gequetschten Enge nicht möglich war. Warum erzählte ihm Mütze all das? Er wollte das gar nicht wissen. Was sollte er denn mit diesen dubiosen Informationen anfangen? Mütze wusste doch genau, wie der Dienstweg war. Die Staatsanwältin von Aurich müsste ein Ermittlungsverfahren anordnen, alles andere war illegal. Die Staatsanwältin aber würde den Teufel tun. Auch der Fall Nordersiel war zu den Akten gelegt worden, nachdem von der Pathologie Bremen die Laborergebnisse gekommen waren. Klarer Fall von Selbstmord. Was war denn schon passiert? Ein Mann war im Strandkorb eingeschlafen, und eine Patientin war auf tragische Weise, aber ohne jedes Fremdverschulden gestorben. Spiekeroog war und blieb das friedlichste Fleckchen der Welt. Zum Verbrecherjagen musste sich Mütze einen anderen Ort aussuchen.

Ahsen befreite sich ächzend aus der Strandkorbhöhle: »Gute Nacht, meine Herren. Damit eines klar ist, ich weiß von nichts. Nichts wird in den Akten auftauchen, nicht der schlafende Mann und nicht der

Aufbruch von Korb 513. Und ich darf Sie herzlich bitten, sich künftig auf Ihren Urlaub zu konzentrieren!«

Mütze hatte die Lust verloren, die Schlüsselbude des Strandkorbverleihers zu knacken. Die Sache war aus dem Ruder gelaufen. Warum hatte Karl-Dieter auch tratschen müssen? Noch dazu im Beisein des ABC-Geschwaders!

»Warum hast du's nicht gleich dem Inselboten erzählt?«

Karl-Dieter wusste, dass er einen Fehler begangen hatte. Aber so war das eben: Fing man einmal mit Heimlichkeiten an, verhedderte man sich bald immer mehr im Gestrüpp der Unwahrheiten. Er hätte seiner Lebensdevise treu bleiben sollen, stets den direkten Weg zu gehen. Wäre er gleich zu Ahsen gelaufen, wäre alles halb so schlimm geworden. Zumindest hätten sie sich erspart, in die Mündung einer Pistole schauen zu müssen. Darauf hätte er gern verzichtet. Entsprechend stinkig reagierte Karl-Dieter und sparte seinerseits nicht mit Vorwürfen an Mützes Adresse. Der Tag war im Eimer, das war klar. Bald schwiegen sie beide und gingen wortlos zurück in ihre Wohnung.

Mittwoch

Pfeifend briet Karl-Dieter für Mütze zwei Spiegeleier, zwischen die er neckisch eine gut gebräunte Nürnberger Bratwurst legte. Solche kleinen Frivolitäten waren sonst nicht seine Sache, aber heute Morgen war er eben besonders gut drauf. Wer hatte behauptet, dass es Versöhnungssex nur bei heterosexuellen Pärchen gab?

Mütze lachte, als er seinen Teller betrachtete, und griff herzhaft zu. Sie hatten sich darauf geeinigt, Ahsens Rat zu befolgen und sich ganz auf den Urlaub zu konzentrieren. Zwar waren sie beide keinesfalls restlos davon überzeugt, dass hier kein Verbrechen vorlag, trotzdem würden sie nur noch minimale Energie darauf verwenden, möglichen Spuren nachzugehen. Gestern Nacht hatten sie sich die aktualisierten Vermisstenanzeigen angesehen, auch diesmal war der Baumarktzottel nicht dabei gewesen. Tag für Tag wurde ein Verbrechen unwahrscheinlicher.

Wieder glitzerte die Morgensonne durch die geblümten Gardinen, wieder schien es ein schöner Urlaubstag zu werden. Also nichts wie auf zum Strand! Allerdings hatten die Freunde für den Vormittag ein Kontrastprogramm beschlossen. Während Karl-Dieter es sich mit seinem Jane-Austen-Roman im Strandkorb gemütlich machen wollte, würde Mütze etwas für seine Kondition tun und einen Strandlauf machen.

»Norderloog«, sagte Mütze kopfschüttelnd, als sie aus dem Haus traten, »Süderloog und Westerloog gibt es auch. In Ostfriesland scheint gelogen zu werden, dass sich die Balken biegen.«

»Hat nichts damit zu tun«, belehrte ihn Karl-Dieter, stolz auf sein neu erworbenes Wissen. »Loog heißt nichts anderes als Dorf.«

In der Inselbuchhandlung kaufte Karl-Dieter noch drei Ansichtskarten. Eine für das Team vom Theater Erlangen, eine für ihre Nachbarin Frau Silberhorn, weil sie so nett auf Micky aufpasste, und eine mit Seehund für Tante Dörte. Mütze wartete draußen. Kartenschreiben war nicht seine Sache. Plötzlich lärmte sein Rucksack. Mit gekonntem Griff zog der Kommissar sein Handy hervor. Es war Rudi.

»Und?«

»Drei verschiedene Fingerabdrücke finden sich auf dem Schloss. Ein Abdruck ist nur von mäßiger Qualität. Abgleich mit dem AFIS negativ. Die Untersuchung auf Genmaterial dauert noch, du kennst die Prozedur ja.«

Mütze bedankte sich. AFIS war das automatisierte Fingerabdrucksystem. Eine ungeheure Arbeitserleichterung. Wie mühsam war die Arbeit früher gewesen. Dass das Vorhängeschloss von Strandkorb 513 frei von bekannten Fingerabdrücken war, musste nicht viel bedeuten. Auszuschließen war lediglich, dass ein aktenkundiger Verbrecher den Mord begangen hatte. Wenn es denn ein Mord gewesen war. Mütze war trotzdem zufrieden. Dass man überhaupt Fingerabdrücke gefunden hatte, war schon ein Erfolg. Auf Rudi konnte man sich eben verlassen. Er benutzte die allerneuesten fluoreszierenden Substanzen, spezielle Antikörper, die an die kleinsten Fingerrillenspuren andockten und sie auf diese Weise sichtbar machten. Wenn tatsächlich ein Mord geschehen war, dann hatten sie mit hoher Wahrscheinlichkeit die Fingerabdrücke des Täters.

»Und wenn sie von harmlosen Touristen stammen, weil der Kerl Handschuhe getragen hat?«, fragte Karl-Dieter auf dem Weg zum Strand.

»Warum hätte er welche anziehen sollen? Er war sich doch sicher, den perfekten Mord zu begehen, ganz ohne Leiche. Wer sollte da nach Fingerabdrücken suchen?«

»Nur der perfekte Kommissar«, schmunzelte Karl-Dieter und puffte Mütze scherzhaft in die Seite.

Karl-Dieter hatte den Strandkorb in den Schatten gedreht. Mütze war ja joggen, da konnte er völlig frei schalten und walten. Er wählte eine halb schräge Stellung der Rückenlehne und legte seine Beine auf den herausgezogenen Fußablagekasten. Dazu die fernen Geräusche des Meeres, himmlisch! Weit kam er mit dem Roman nicht. Eine angenehme Dösigkeit befiel ihn bald, so schloss er die Augen und träumte vor sich hin.

Schon so viele Jahre waren Mütze und er ein Paar und noch immer liebten sie sich wie damals, als sie sich im Schwanenboot im Dortmunder Opernhaus nähergekommen waren. Mütze behauptete stets, es sei ein Zufall gewesen, dass sie sich kennengelernt hatten. Wann ermittelte die Kripo schon mal in der Oper? Karl-

Dieter aber war felsenfest davon überzeugt, dass ein glücklicher Stern sie zusammengeführt hatte. Man konnte es auch Schicksal nennen oder Bestimmung, nicht aber Zufall. Was war schon Zufall? »Zufall ist das Pseudonym, das der liebe Gott wählt, wenn er inkognito bleiben will«, hatte Albert Schweitzer einmal gesagt. Und war die Liebe nicht göttlicher Natur?

Ja, die Liebe! Was wäre das Leben ohne sie? Bestimmt hatte die arme Frau Nordersiel ohne Liebe leben müssen. Ein Mensch, der liebt, bringt sich nicht um, davon war Karl-Dieter felsenfest überzeugt. »Und doch, welch Glück, geliebt zu werden, und lieben, Götter, welch ein Glück!« Goethe war auch in diesem Punkte Recht zu geben. Natürlich gab es in jeder Partnerschaft Momente, in denen das Feuer der Liebe weniger stark brannte. Die Kunst bestand eben darin, die Beziehung immer aufs Neue zu beleben. Deshalb war die Entscheidung für ein Kind auch eine Entscheidung für eine Auffrischung der Partnerschaft. Sie durfte sich nicht selbst genügen, sonst würde die Liebe auf Dauer verdorren.

Eine Beziehung musste Früchte tragen, und die süßeste aller Früchte war ein Kind. – »So manches Kind ist ein echtes Früchtchen«, hatte Mütze gespottet. Er ging jeder ernsthaften Diskussion über dieses Thema aus dem Weg. Und wenn er sich doch einmal darauf einließ, dann führte er tausend Gründe an, warum ein Kind für sie nicht in Frage käme. Wie sagte der Volksmund? »Wer etwas will, der findet Wege. Wer etwas nicht will, der findet Gründe.« Karl-Dieter aber gab nicht auf. Wie hatte das ABC-Geschwader ganz richtig bemerkt? Steter Tropfen höhlt den Stein. Und der Stein war nun tief genug ausgehöhlt für den Durchbruch!

Karl-Dieter wusste schon, wie er Mütze rumkriegen würde. Am weichsten wurde der knallharte Herr Kommissar bei einem sauguten Essen. Heute würde er Mützes Lieblingsgericht zubereiten, ein saftiges Rindersteak mit Ofenkartoffeln, grünen Bohnen und Speck. Das Tüpfelchen auf dem i war Karl-Dieters selbstgemachte Kräuterbutter. Dazu würde er kühles Weißbier servieren und zum Nachtisch Birne Helene. Dann würde er große Kulleraugen machen, dem Freund einen kleinen Sanddornschnaps einschenken und ihm die entscheidende Bitte ins Ohr flüstern. Bingo!

Die Gedanken an das Abendessen hatten den unangenehmen Nebeneffekt, dass Karl-Dieters Magen schon wieder zu knurren begann. Ein kleines Eis konnte jetzt nicht schaden. Nur eine einzige Kugel, die aber in einer frisch gebackenen Butterwaffel! Solche Waffeln gab es nur hier auf Spiekeroog. Karl-Dieter legte den Roman aufgeschlagen beiseite und nahm nur seine Kameraausrüstung mit. Sicher ist sicher. Auch wenn auf Spiekeroog kein Diebstahl zu befürchten war und er in kürzester Zeit zurück sein würde. Karl-Dieter konnte nicht ahnen, dass es anderes kommen sollte.

Mütze war erstaunt über seine eigene Form. Er hatte gedacht, auf dem sandigen Boden viel rascher zu ermüden, das Gegenteil aber war der Fall. Vielleicht lag es auch daran, dass gerade Ebbe herrschte und der Sand fast überall eine trittfeste Fläche bildete. In kürzester Zeit hatte er die Strandkörbe erreicht, die zum Hundestrand gehörten. Wie früher die Aussätzigen, mussten Hundebesitzer abgesondert von den anderen hausen. Auch das Seezeichen erreichte Mütze, ohne sein Tempo zu vermindern. Das Laufen tat ihm gut. Als er die weite Ostplatte erreichte, kam er in den Flow, den Zustand, den er so liebte. Jetzt lief er nicht mehr, jetzt lief es ihn. Ein herrliches Gefühl von Freiheit, der Verlust jedes Zeitgefühls, dazu die grandiose Landschaft. Die letzten Dünen, die ihn zur Rechten begleitet hatten, waren längst zurückgewichen. Jetzt gab es nur noch Sand, Himmel und Meer. Und die unglaubliche Weite! Wären nicht die Konturen der Nachbarinsel Wangerooge gewesen, er hätte jeden Orientierungspunkt verloren. Einer inneren Uhr folgend, übertrieb es Mütze aber nicht, sondern kehrte um, als er sich noch mitten im Flow befand. Auf dem Weg zurück hatte er den Wind gegen sich, wodurch ihm die Beine bald schwerer wurden. Heftiger ging nun sein Atem, dennoch hielt er den Laufschritt bis zum Badestrand durch.

Stark erhitzt war er und durchgeschwitzt. Jetzt ein Bad im Meer! Vielleicht kam Karl-Dieter mit? Doch wo war der Freund? Der Strandkorb war leer, von Karl-Dieter keine Spur, nur sein Roman lag aufgeschlagen auf der Bank. Weit konnte er nicht sein. Vielleicht holte er sich ein stilles Wasser. Mütze beschloss, nicht zu warten und sich lieber gleich in die Wellen zu stürzen, bevor sein Freund protestieren konnte. Erhitzt soll man ja nicht baden gehen!

Als Mütze nach einer halben Stunde erfrischt zurückkam, war von Karl-Dieter immer noch nichts zu sehen. Sein Buch lag unberührt an derselben Stelle. Ganz gegen seine Art begann Mütze, sich nun Sorgen zu machen. Wo steckte Karl-Dieter nur? War er nach Hause gegangen? Aber dann hätte er sein Buch mitgenommen und eine Nachricht hinterlassen. Es war überhaupt nicht Karl-Dieters Art, sich unabgesprochen zu entfernen. Irgendetwas musste passiert sein.

Mütze sah sich um. Sollte er den Badestrand ablaufen? Sollte er hoch zum Strandcafé? War es Karl-Dieter vielleicht zu heiß geworden und er hatte sich in den Schatten zurückziehen wollen? Aber auch in diesem Fall hätte er doch eine Nachricht geschrieben. Zudem hätte er niemals sein Buch aufgeschlagen liegen gelassen. Mütze beschloss, beim Strandkorb zu bleiben und zu warten. Am Ende verpassten sie sich noch gegenseitig. Er würde doch nicht allein ins Meer gegangen sein? Nein, so etwas machte Karl-Dieter nicht. Sein Verschwinden hatte sicher eine völlig harmlose Erklärung. Am Ende hatte ihn eine Mutter gebeten, auf ihre Kinder aufzupassen, während sie schwimmen ging. Viele Frauen fassten spontan Vertrauen zu Karl-Dieter.

Mütze ging zur nahen Stranddusche und ließ das Süßwasser über das Salzwasser siegen. Dann trocknete er sich mit seinem knochenharten Handtuch ab. Wie unterschiedlich die Menschen doch waren. Karl-Dieter liebte flauschig weiche Badetücher und nahm stets zwei zum Schwimmen mit. Eines für oben und eines für unten. Die Handtücher! Mütze eilte zum Strandkorb zurück. Karl-Dieters Handtücher lagen unbenutzt in seiner Badetasche. Wo steckte er bloß?

Manchmal konnte Mütze schon von Weitem erkennen, in welcher Stimmung Karl-Dieter war. Sein Gang und seine Körperhaltung waren wie seelische Wetterfähnchen. Plagten ihn trübe Gedanken, wirkte er noch gedrungener als sonst. Das musste an den Schultern liegen, die er dann nach vorne fallen ließ. War Karl-Dieter hingegen fröhlich, kam er trotz seines Übergewichts leicht, ja fast tänzelnd daher. Jetzt näherte er sich in seltsam angespannter, fast verkrampfter Eile. Kopfschüttelnd lief er mit erschöpften Schritten auf Mütze zu und ließ sich ächzend in den Strandkorb fallen.

»Was ist los?«, wollte Mütze wissen.

Karl-Dieter stöhnte nur und sagte dann tonlos: »Ich komme vom Strandkorb 513.«

Auf ein lautes Hupsignal strebten die Badelustigen zum Meer. Zwei junge DLRG-Leute postierten sich am Strand, um den Badebetrieb zu überwachen. Schleierhaft, wie sie dabei die Übersicht behielten. Alles schrie und planschte wild durcheinander, manche stürzten sich kopfüber in die Wellen, andere schwammen weit hinaus, wieder andere parallel zum Strand. In kürzester Zeit war der markierte Abschnitt zwischen den gelben Stangen von einer munteren Horde junger und älterer Wassergeister bevölkert. Wie konnte es da auffallen, wenn plötzlich jemand fehlte, wenn einer der Köpfe nicht mehr auftauchte? Wenn jemand einen Schwächeanfall erlitt und unterging? Und doch schienen die Lebensretter die Ruhe weg zu haben, ja fanden noch Zeit, ihre Späßchen zu machen.

Weder Mütze noch Karl-Dieter jedoch hatten ein Auge für das Badespektakel.

»Ich wollte nur schnell zur Eisbude, als rein zufällig mein Blick auf Strandkorb 513 fiel. Was soll ich sagen? Ich bin mächtig erschrocken, plötzlich jemanden in dem Korb sitzen zu sehen. Mein nächster Gedanke aber war, warum soll der Korb für alle Zeiten leer bleiben? Ist doch klar, dass er wieder vermietet wird, zumal bei dem herrlichen Wetter. So habe ich Frau Gengenbach kennengelernt.«

»Frau Gengenbach?«

»Wart's ab. Ich will schon weiter zur Eisbude, als ich es mir anders überlege. Ich bin hin zur 513 und sprech die Dame an.«

»Was hast du gesagt?«

»Ganz einfach, ich hab sie gefragt, ob sie den Mann kennt, der am Sonntag hier gesessen hat.«

Mützes Stirn verdüsterte sich. Mensch, Karl-Dieter! Das war doch Täterwissen! Das durfte man keinesfalls preisgeben! Mütze beherrschte sich aber, jetzt war nicht

94

der richtige Zeitpunkt für Belehrungen. »Weiter!«, befahl er atemlos.

»Von einem Mann wusste sie nichts. Aber jetzt kommt's! Weißt du, von wem Strandkorb 513 gemietet ist?«

»Erzähl!«

»Von der Frieslandklinik.«

Jetzt war selbst der sonst so supercoole Mütze platt. Wenn das stimmte, was Karl-Dieter erzählte, dann war der Fall endgültig ein Kriminalfall. Dann konnte man nicht mehr von Zufall sprechen, dann waren die Zusammenhänge so eindeutig, wie zwei und zwei vier ergibt. Was sagte Karl-Dieter immer zum Thema Zufall? »Zufall ist das Pseudonym, das der liebe Gott wählt, wenn er inkognito bleiben will.« Das Pseudonym Zufall wählt manchmal auch der Teufel, schoss es Mütze durch den Kopf, und er schaute weiter ungläubig aus der Wäsche.

»Genauso muss ich auch geschaut haben! Frau Gengenbach schien meine Überraschung zum Glück nicht bemerkt zu haben. Sie erklärte mir, die Klinik habe den Strandkorb für die Dauer der gesamten Saison gemietet und stelle ihn den Patienten zur Verfügung. Dann hat sie mir ihre Krankengeschichte erzählt, furchtbar, sag ich dir. Bei einem Verkehrsunfall hat sie ihren Mann und ihre beiden kleinen Töchter verloren. Sind von der Straße abgekommen und einen Wasserfall hinuntergestürzt, irgendwo im Schwarzwald. Klar, dass sie einen Knacks weg hat. In der Frieslandklinik macht sie eine Therapie, wenn man das überhaupt therapieren kann.«

»Los, lass uns noch mal zu ihr hin«, rief Mütze und sprang aus dem Korb.

»Sie ist schon aufgebrochen«, sagte Karl-Dieter, »sie musste zurück zur Klinik.«

Mütze war zu aufgeregt, um sich wieder in den Strandkorb zu setzen. Der Fall hatte eine völlig neue Wendung genommen. Was aber war jetzt zu tun? Er beschloss, einen Strandspaziergang zu machen. Beim Laufen kamen ihm immer die besten Ideen. Am liebsten wäre er dabei allein gewesen, aber Karl-Dieter wollte ihn begleiten, und Mütze konnte ihm die Bitte schlecht abschlagen. So packten sie ihr Zeug und zogen los. Nicht ganz zufällig wählten sie den Weg Richtung Osten. Vielleicht war ja auch diese Frau Gengenbach noch am Strand unterwegs und sie würden sie einholen.

Was hatte das alles zu bedeuten? In Strandkorb 513 hatte ein lebloser Mann gesessen. Strandkorb 513 gehörte zur Frieslandklinik. Dort hatte sich tags drauf eine Patientin das Leben genommen. Wie reimte sich das zusammen? Mütze spürte, wie seine Synapsen sprühten, trat aber dennoch auf die Bremse. Bei aller Euphorie, auch jetzt war eine natürliche Erklärung nicht sicher auszuschließen. Der Baumarktzottel könnte Patient der Klinik gewesen sein, hatte wegen des Wetters Unterschlupf im Strandkorb gesucht, war eingeschlafen und dann zurückgelaufen. Ob er aber tatsächlich bei Sturm und Regen auf die Idee gekommen war, sich den

Strandkorbschlüssel auszuleihen? Auch Karl-Dieter machte sich darüber Gedanken.

»Vielleicht hatte Frau Nordersiel Bekanntschaft mit ihm geschlossen, viele haben doch ihren Kurschatten. Vielleicht ist sie es gewesen, die den Strandkorb an dem Sturmtag aufgeschlossen hat. Als sie sich gesetzt hatten, ist ihr Kurschatten plötzlich verstorben, und sie ist in Panik auf und davon. Das Erlebnis hat sie so sehr aus der Fassung gebracht, dass sie beschloss, ihrem Leben ein Ende zu setzen.«

»Und auf welche Weise konnte der Zottel dann verschwinden?«

»Vielleicht war er tatsächlich nur scheintot.«

»Und dann soll er aufgewacht sein und den Strandkorb wieder ordentlich verschlossen haben?«

Unwahrscheinlich, das musste Karl-Dieter zugeben. Aber welche Erklärung war denn wahrscheinlicher?

»Wir müssen herausfinden, welcher Patient sich den Schlüssel am Sonntag ausgeliehen hat«, sagte Mütze.

Was du heute kannst besorgen, das verschiebe nicht auf morgen! Als sie das dreieckige Seezeichen erreichten, bog Mütze ab und ging auf die Dünen zu.

»Wo willst du hin?«, fragte Karl-Dieter.

»Na, zur Frieslandklinik!«

Karl-Dieter blieb entgeistert stehen.

»Was hast du denn?«, rief Mütze, der schon ein Stück vorgelaufen war.

»Hast du ganz vergessen, was wir Ahsen versprochen haben?«

Ein kleines Palaver folgte. Nur mühsam gelang es Mütze, Karl-Dieter zu überzeugen, dass man Ahsen keineswegs hinterging. Man hatte doch nur ein paar harmlose Fragen, von Ermittlungen im engeren Sinne konnte gar keine Rede sein. Gleich anschließend würden sie ins Dorf zurückmarschieren und Ahsen über alles in Kenntnis setzen.

»Sollst sehen, er wird mit allem einverstanden sein!«

Eine Viertelstunde später standen sie am Empfang der Frieslandklinik. Walter Schafshorn, der gemütliche Pförtner, kannte sie bereits von ihrem ersten Besuch und bedauerte, den Professor nicht rufen zu können, der sei im Dorf unterwegs. Mütze meinte, den Professor brauche man vermutlich gar nicht. Sie hätten nur eine kurze Frage. Vielleicht könne ihnen ja auch Herr Schafshorn weiterhelfen.

Herr Schafshorn strahlte. Natürlich konnte er! »Ja, ich verleihe die Schlüssel für die Strandkörbe. Moment …« Er zog einen Ordner hervor und blätterte nach. »513 … Samstag und Sonntag: Frau Nordersiel«, sagte der Pförtner und bekam ein betrübtes Gesicht, »gestern noch im Strandkorb, heute schon im Sarg. So brutal kann das Leben spielen.«

»Frau Nordersiel? Sind Sie ganz sicher?«, wollte Mütze wissen.

»Ganz sicher.«

»Und wann hat Frau Nordersiel den Schlüssel wieder abgegeben? Noch am Sonntag?«

Der Pförtner musste überlegen. »Nein, wohl erst am Montag … Ja, ich erinnere mich, am Montagmorgen. Ab Sonntagnachmittag ist die Pforte nicht mehr besetzt, da habe ich Feierabend. Ich erinnere mich deshalb so genau, weil es das letzte Mal war, dass ich die Arme gesehen habe.«

»Ist Ihnen etwas an ihr aufgefallen?«

»Sie war noch nervöser als sonst. Und sie wollte noch ins Dorf, was ungewöhnlich war, weil doch Montagmorgen die Atemtherapiegruppe läuft.«

»Hat sie gesagt, was sie im Dorf wollte?«

»Nein. Sie hat mir den Schlüssel gegeben und ist los.«

»Danke, Sie haben uns sehr geholfen! Ach, noch eine Frage. Ist bei Ihnen ein Mann Patient, der so aussieht, wie der Mensch aus der Baumarktwerbung?«

»Wie bitte?«

»Na, so ein etwas zotteliger Bär mit leichtem Bauchansatz.«

»Ein Bär mit Bauchansatz? Wie alt soll er denn sein?«

»So um die fünfzig.«

»Nein, tut mir leid. Das würde ich wissen.«

Um schneller ins Dorf zu kommen, entschieden sich Karl-Dieter und Mütze, die kleine gepflasterte Straße durch die Dünen zu nehmen, den Tranpad. Karl-Dieter wusste jetzt, was dieser Name zu bedeuten hatte. Hein Hennigson, der alte Insulaner und Heimatforscher, der Mann mit der wettergegerbten, zerknitterten Haut, hatte es ihnen erzählt.

Der Tranpad war ein Weg der Mythen und Legenden. Heute noch bekäme so mancher Inselgreis leuchtende Augen, wenn die Rede von dem Tranpad war, und er würde seine persönliche Geschichte vom Strandjen erzählen. Nach so vielen Jahren konnte man das ja tun, die Taten waren längst verjährt. Strandjen war nichts anderes, als strandräubern. Hatte ein Sturm ein Schiff zum Kentern gebracht, lief alles, was Beine hatte, zum Meer. Um Menschen in Seenot zu helfen natürlich, aber auch um angeschwemmte Ladung zu sichern, was so viel hieß wie, etwas für sich beiseitezuschaffen.

Einer der ergiebigsten Funde in Spiekeroogs Geschichte wurde an einem Sturmtag vor gut hundert Jahren gemacht. Einem Transportschiff war bei heftigem Seegang die gesamte Deckladung von Bord gespült worden, eine glückliche Strömung trieb sie an den Spiekerooger Oststrand. Zahllose Fässer voller Tran. Das Öl, das aus erlegten Walen gewonnen wurde, war ein wertvoller Brennstoff. Wie aber sollte man diesen Schatz »sichern«? Es waren einfach zu viele und zu große Fässer, um sie unbemerkt ins Dorf zu bringen. Doch Insulaner sind erfinderisch. Man rollte die Tranfässer in ein besonders tiefes Dünental nahe dem heutigen »Haus Wolfgang« und verbuddelte sie dort. Bei Nacht und Nebel lud jemand den Zollbeamten in die »Linde« ein, um ihn dort reichlich mit Grog abzufüllen. Währenddessen schmuggelten die anderen Spiekerooger die Fässer Stück für Stück ins Dorf. Daher der

Name Tranpad. Jahrelang brauchte man keinen Tran mehr zu kaufen, lustig brannten die Funzeln mit den Strandvorräten.

Karl-Dieter hütete sich, Mütze davon zu erzählen. Nicht jetzt. Alle Konzentration galt nun der Aufklärung dieser dunklen Strandkorbgeschichte. Die Einzige, die wahrscheinlich etwas zu dem verschwundenen Toten sagen konnte, war tot. Aber vielleicht hatte sie sich ja, bevor sie zu den Schlafmitteln gegriffen hatte, jemandem anvertraut. Einem Mitpatienten vielleicht. Oder einem ihrer Therapeuten. Um das herauszufinden, brauchten sie die Genehmigung, offen zu ermitteln. Und dafür standen die Chancen jetzt bestens. Strandkorb 513, der Mordkorb, war von einer Patientin benutzt worden, die sich kurz danach umgebracht hatte. Damit würde selbst die skeptischste Staatsanwältin der Welt ein Ermittlungsverfahren einleiten. Auf zu Ahsen!

Ist schon der Strand von Spiekeroog der Frieden selbst, so gilt das erst recht für das Dorf. »Die grüne Insel« ist stolz auf die alten Bäume, die Wiesen, die Rosenhecken und die vielen Blumenstauden. Die Backsteinhäuser mit den freundlichen weißen Fensterleibungen sind teilweise noch mit Reet gedeckt, grün gestrichene Lattenzäune umgeben gepflegte Rasengrundstücke, auf denen sich buntes Holzspielzeug im Wind dreht. Die perfekte Kulisse für einen Astrid-Lindgren-Film! Friedlich spielende Kinder, entspannte Eltern, keine

Autos, kein Lärm, kein Gestank. Alles trifft das menschliche Maß, alles hat Zeit, alle sind freundlich zueinander. Man ist umgeben von gebildeten, kultivierten Menschen, von Akademikerfamilien ohne finanzielle Sorgen. Die Kinder heißen Sophia, Julia oder Jonas und stehen ordentlich und gut erzogen an der Eisdiele an, kein Kevin oder Dustin fährt einem mit seinem Roller über die Füße. Auch haben die neureichen russischen Proll-Touristen Spiekeroog noch nicht ins Visier genommen, niemand lässt hier die Sektkorken knallen oder wirft mit Kaviar um sich. Das deutsche Bildungsbürgertum ist unter sich. Rüstige Großeltern laden ihre Kinder und Enkelkinder ein und streichen ihrem Nachwuchs voller Stolz über das sonnengebleichte Haar.

Wären Mütze und Karl-Dieter nicht zielstrebig zu dem unauffälligen Häuschen gelaufen, in dem sich die Polizeidienststelle befand, wäre ihnen im versteckten Garten eines kleinen Restaurants vielleicht der Professor aufgefallen, der dort einen Kaffee trank, angeregt ins Gespräch vertieft mit einer Person, die im tiefen Schatten eines Hortensienstrauchs saß.

Ahsen wippte nervös hinter seinem Schreibtisch und versetzte seiner Spiralmöwe einen so heftigen Stoß, dass der hölzerne Vogel wild in die Luft zu picken begann. Dann lehnte sich der Inselpolizist in seinem Stuhl zurück und starrte an die Zimmerdecke. Er schien zu überlegen, wie er seine Worte am besten setzen sollte, bevor er entschlossen zum Hörer griff. Er hatte Glück, die Staatsanwältin war gleich am Apparat. Ahsen räusperte sich und berichtete, was Mütze und Karl-Dieter herausgefunden hatten. Die Staatsanwältin schien nicht gleich zu verstehen, Ahsen musste sich wiederholen.

»Die Frieslandklinik, genau … wo am Montag die Selbstmörderin gefunden worden ist … Schlafmittel, genau … derselbe Strandkorb, in dem der leblose Mann gesichtet worden ist … Nein, nicht vom Kollegen Mütze, von dessen Freund, also dessen Lebenspartner, Sie wissen schon, genau … Sonntagabend, bei Regen und Sturm … nein, er hat ihn nicht angesprochen … nein, nein, aber er muss völlig regungslos dagelegen haben … ja, dann war er weg … Nein, nein, der Strandkorb wurde wieder ordentlich verschlossen angetroffen, genau … Vermisst? Nein, noch niemand … doch, haben wir nachgeguckt … Noch abwarten? … Sind Sie sicher? … Natürlich, natürlich, nein, ich habe Sie verstanden … nein, nein, ich sagte doch, genau … Melde mich, wenn's was Neues geben sollte, selbstverständlich … Wiederhören!«

Die Möwe, die sich gerade erst wieder beruhigt hatte, bekam einen weiteren, noch heftigeren Schlag, so dass sie wieder nervös zu rappeln begann.

»Und?«, fragte Mütze misstrauisch.

»Nichts«, sagte Ahsen, ohne Mütze anzusehen.

»Was heißt, nichts?«

»Es reicht ihr nicht. Ohne konkreten Hinweis auf ein

Verbrechen keine Ermittlungen. Wir sollen noch warten.«

»Worauf?«

»Dass eine Vermisstenmeldung einläuft. Dann erst glaubt sie's.«

»Ahsen! Es gibt sechshundert Strandkörbe auf Spiekeroog. Und ausgerechnet im Strandkorb 513 laufen die Fäden zusammen. Nie im Leben kann das ein Zufall sein.«

Mütze ging der Möwe an den spiraligen Stängel und brachte sie mit seiner Hand abrupt zum Schweigen.

Ahsen war ein Pfundskerl. In kritischen Momenten zeigte sich eben, auf wen man sich verlassen konnte. Ahsen hatte zwar ausdrücklich betont, sich an nichts zu beteiligen, auch nicht an der kleinsten Kleinigkeit. Nicht einmal ein Möwennest würde er observieren. Zugleich hatte er Mütze jedoch versprochen, dessen Ermittlungen zu decken. Selbst das konnte ihn Kopf und Kragen kosten. Gegen die ausdrückliche Anordnung der Staatsanwaltschaft zu ermitteln, war eine Todsünde für einen Polizeibeamten, selbst wenn man nur passiv beteiligt war. Erst recht sollte man sich hüten, sich mit der Staatsanwältin von Aurich anzulegen. Mit der Dame war nicht gut Kirschen essen, das wusste keiner besser als Ahsen. Gott habe die Inseln vom Festland getrennt, weil er gewusst hatte, dass diese Staatsanwältin einmal nach Aurich kommen würde, wurde er nicht müde zu erklären.

Seit sie vor einem Jahr ihren Dienst begonnen hatte, wurde sie von allen nur »das Fallbeil« genannt. Eine äußerst attraktive Blondine, aber knallhart in dienstlichen Angelegenheiten. Sie litt unter dem Ostfriesensyndrom, fühlte sich von nicht-ostfriesischen Kollegen nicht ernst genommen. Am liebsten hätte sie sämtliche Ostfriesenwitze kassiert und deren Verbreitung unter Strafe gestellt, alle Blondinenwitze mit dazu und außerdem alle Beamtenwitze, denn als Staatsanwältin gehörte sie auch dieser Minderheit an. Einmal hatte sie in der Kantine zufällig mitanhören müssen, wie ein Gerichtsdiener in der Schlange vor der Essensausgabe die Frage stellte, was eine Blondine sei, die zwischen zwei Studenten sitze. Die Antwort hatte er gleich selbst herausgeprustet: »Eine Bildungslücke!« Dieser Gerichtsdiener hatte fortan nichts mehr zu lachen. Das Fallbeil traktierte ihn, wo sie nur konnte, und ließ ihn Berge von Akten rauf und runter schleppen, ohne auch nur einen Blick hineinzuwerfen.

Ahsen verspürte nicht die geringste Lust, sich mit dem Fallbeil anzulegen. Umso höher rechnete es ihm Mütze an, dass er die Privatermittlungen auf seiner Insel duldete.

Trifft man einen Bekannten auf Spiekeroog, kann man nicht von einem Zufall sprechen. Es ist unmöglich, sich nicht zu begegnen, am Süderloog, am Kurhaus oder »Bi d'Ukiek«. Spiekeroogs Champs-Elysées aber ist das Norderloog. Lange sind hier auf Sandwegen die Pferdefuhrwerke entlanggefahren. Hatte es geregnet, tummelten sich in den Pfützen Enten und Kinder. Längst aber hat man Spiekeroogs Prachtsträßlein gepflastert, hier flaniert es sich auf das Schönste. Am Norderloog kam Karl-Dieter und Mütze Professor Bitzenplitz entgegen. Freundlich grüßend blieb er stehen. Als er jedoch Mützes Frage vernahm, verdüsterte sich sein Gesicht.

»Mit der Therapeutin der Toten wollen Sie sprechen? Was wollen Sie denn von Kollegin Wullhaupt? Der Ärmsten geht der Tod von Frau Nordersiel sehr nahe, wie Sie sich denken können. Der Selbstmord einer Patientin ist der Super-GAU eines jeden Therapeuten.«

»Ich hab nur ein paar kleine Fragen.«

»Ermittelt die Polizei nun auch bei einem Freitod?« Die Stimme des Professors drückte nicht nur Verwunderung aus, auch Spott und Häme waren deutlich herauszuhören.

»Es hat möglicherweise noch einen Toten gegeben«, antwortete Mütze. Er musste sich vorsichtig ausdrücken.

»Um Gottes willen! Das wusste ich nicht. Um wen handelt es sich?«

»Herr Professor, wann können wir Frau Wullhaupt sprechen?«

Während Mütze mit dem Professor hinaus zur Frieslandklinik wanderte, ging Karl-Dieter einkaufen. Von diesem Abendessen hing so vieles ab, nichts durfte dabei schiefgehen. Leider gab es keine Metzgerei mehr auf Spiekeroog, der kleine Laden hatte dichtgemacht. Aber Karl-Dieter hatte seine Beziehungen. Er kannte Willi gut, den Kellner der »Linde«, der, obwohl in den wohlverdienten Ruhestand verabschiedet, immer noch mal aushelfen kam. Willi war ein echtes Spiekerooger Original. Es war ein Ober der alten Schule, stets korrekt gekleidet, nie ohne Fliege, dabei verbindlich im Auftreten und von einer unerschütterlich guten Laune. Willi organisierte ihm drei wunderbare Rindersteaks aus dem Kühlraum der »Linde«. Alle anderen Zutaten gab es in dem kleinen Supermarkt in der Ortsmitte. Als Karl-Dieter die Waren aufs Band legte, wurde er freudig von dem ABC-Geschwader begrüßt, die ihn durch die Schaufensterscheibe gesehen hatten und kurzerhand eingetreten waren. Neugierig besahen die drei Damen, was Karl-Dieter alles kaufte, und deuteten mit ihren Nordic-Walking-Stöcken darauf.

»Das scheint ja ein Festmahl zu werden«, kicherten sie. »Sind wir auch eingeladen?«

Bis zum Abend war noch genug Zeit und so beschlossen sie, sich auf die Terrasse der »Teetied« zu setzen, um eine Waffel zu essen. Während die Damen die Puderzuckervariante bestellten, entschied Karl-Dieter sich für heiße Kirschen und Sahne als Waffeltopping. Immerhin war er heute schon etliche Kilometer gelaufen, da durfte man sich eine kleine Zwischenmahlzeit gönnen. Außerdem war erst in der letzten »Brigitte« davor gewarnt worden, es mit der Urlaubsdiät zu übertreiben. Man sollte nicht in zu kurzer Zeit zu viel abzunehmen. Das konnte den Organismus überfordern.

»Hat Mütze die Strandkorbleiche schon gefunden?«, fragte das ABC-Geschwader erwartungsfroh.

»Noch nicht«, sagte Karl-Dieter und senkte die Stimme, »aber wir bleiben dran.«

Dann sprach man über das bevorstehende Abendessen, und die Alten waren begeistert, als sie erfuhren, dass Karl-Dieter seine Kräuterbutter selbst herstellen wollte. Gleich gaben sie Karl-Dieter noch ein paar Rezepttipps.

»Die grünen Bohnen nach dem Garen unbedingt kurz mit kaltem Wasser abschrecken, dann behalten sie ihre Farbe.«

»Die Ofenkartoffeln zuvor kurz einstechen, sonst reißen sie.«

»Die Steaks vor dem Servieren fünf Minuten stehen lassen. – Mein Gott, die Steaks! Her mit den Dingern, Karl-Dieter!«

Zögernd zog Karl-Dieter die Steaks aus seiner Strandtasche. Er hatte sich sicherheitshalber drei geben lassen, falls Mütze großen Appetit haben sollte. Das ABC-Geschwader packte die Steaks neben den Waffeltellern aus, drei dunkelrot glänzende Prachtexemplare.

»Großartig! Aber es geht noch besser!«, riefen die Alten und erbaten vom Kellner drei Frischhaltetüten.

Da hinein steckten sie die Rindersteaks, und ehe Karl-Dieter protestieren konnte, schob sich jede ein Steak unter und ließ sich darauf fallen. »Nichts für ungut,

Karl-Dieter, das machen wir wirklich gerne für Sie!«
Und wie zur Bestätigung hopsten die fidelen Seniorinnen auf den Steaks herum. »Echte Kosakensteaks«, riefen sie fröhlich, »so werden sie butterweich!«

Karl-Dieter entwich nur ein überraschtes »Aha!«

»Damit muss der Abend gelingen«, lachten die drei und zwinkerten Karl-Dieter beim Hüpfen verschwörerisch zu. Sie würden ihm auf alle Fälle die Daumen drücken. So viele homosexuelle Eltern gebe es schon. Ja, von Elton John hätten sie auch gelesen. In der »Bunten« wär er mit seinem Mann und den beiden Söhnen abgebildet gewesen, ein wirklich reizendes Familienfoto.

»Und stellen Sie sich vor«, entfuhr es dem ABC-Geschwader, »wer von beiden der Papa ist, also der richtige, das wissen die beiden selber nicht!«

Die Wortwahl der Damen störte Karl-Dieter ein wenig. Sie meinten es sicher nicht böse, aber was war schon ein »richtiger« Vater. Gab es denn auch einen falschen?

»Wissen Sie, wie man das Verfahren nennt?«, wollten die drei Damen wissen, um es dann fröhlich hinauszuposaunen: »Samencocktail!«

Der Kellner blickte überrascht vom Nachbartisch aus hinüber: »Haben Sie einen Getränkewunsch?«

Die Damen kreischten vor Lachen, und auch Karl-Dieter prustete so heftig los, dass er sich beinah verschluckt hätte. Dann gingen sie gemeinsam alle schwulen Paare durch, von deren Vaterschaft sie wussten.

»Ricky Martin hat sogar Zwillinge«, sagte das ABC-Geschwader, während es dazu überging, kreisende Bewegungen aus der Hüfte zu machen, die bewährte Walktechnik, wie sie das nannten. Karl-Dieter musste sich vorstellen, was die drei Rindersteaks da gerade durchmachten, und ihn beschlich ein leicht flaues Gefühl in der Magengrube.

»Und vergessen wir Patrick Lindner nicht, unseren schnuckeligen Schlagerstar. Er hat mit seinem Partner sogar ein russisches Heimkind adoptiert.«

»Das käme für Mütze erst recht nicht infrage«, seufzte Karl-Dieter.

»Muss man aber auch verstehen«, entgegnete das ABC-Geschwader, das nun wieder begonnen hatte, auf und ab zu hüpfen, »wie viel Wodka wird russischen Heimkindern wohl schon im Mutterleib serviert worden sein? Da kann ja nichts mehr draus werden.«

Das war nun doch zu viel für Karl-Dieter. Bei aller Sympathie, aber was wussten sie schon über die Lebensgeschichte des Kindes von Patrick Lindner!

»Richtig«, stimmte das ABC-Geschwader zu, »schlimmer als bei dem Gute-Nacht-Gesang seines Adoptivvaters kann der Kleine in Russland auch nicht gelitten haben!«

Karl-Dieter musste los. Er wollte mit den Essensvorbereitungen nicht in Eile geraten und verabschiedete sich von den lustigen Alten.

»Halt!«, riefen sie ihm hinterher und griffen unter sich, »Karl-Dieter, die Steaks!«

Unterdessen wanderte Mütze in der Begleitung von Professor Bitzenplitz auf dem Tranpad, der sich fröhlich durch die Dünenlandschaft schlängelte, zur Frieslandklinik. Der Professor blieb sehr einsilbig. Nein, die Schlafmittel könnten nicht aus den Beständen seiner Klinik stammen, die Medikamentenschränke seien für Patienten nicht zugänglich und gut gesichert. Nein, so ein Selbstmord sei bislang noch nicht vorgekommen. Er würde auch dringend darum bitten, die Befragungen diskret durchzuführen, die Klinik lebe schließlich von ihrem Ruf. Nein, er habe Frau Nordersiel kaum gekannt, seine Kollegin Frau Wullhaupt würde ihm alles erzählen können. Er habe Frau Wullhaupt ein paar freie Tage angeboten, um den Tod ihrer Patientin in Ruhe verarbeiten zu können, sie aber habe das Angebot abgelehnt. Wer sollte sich denn in dieser Zeit um ihre Patienten kümmern?

»So ist Kollegin Wullhaupt, ein Muster an Zuverlässigkeit«, sagte der Professor und führte Mütze in ein Besprechungszimmer, dessen Wände mit lauter Muschelmotiven bemalt waren. »Warten Sie bitte einen Augenblick, ich bin gleich wieder da.«

Kurz darauf führte er eine schlanke, zierliche, fast knabenhaft wirkende Frau von vielleicht vierzig Jahren ins Zimmer. Die kurzen schwarzen Haare waren zur Seite gescheitelt, das Gesicht war ebenmäßig geschnitten und nur zart geschminkt. Sie trug ein dunkles Baumwollkleid und eine Kette aus farbigen Kugeln um den Hals.

»Gestatten, Maike Wullhaupt – Frau Wullhaupt, Kommissar Mütze.« Darauf ließ sie der Professor allein.

Die Therapeutin nahm Mütze gegenüber Platz. Sie wirkte sehr gefasst. Nichts deutete darauf hin, dass sie gerade erst eine Patientin durch Selbstmord verloren hatte. »Was kann ich für Sie tun?«, fragte sie Mütze.

»Ich hab nur ein paar Fragen«, antwortete der Kommissar. »Wann haben Sie Frau Nordersiel zuletzt gesehen?«

»Bei unserer letzten Therapiestunde, am Samstagvormittag.«

»Ist Ihnen da etwas Besonderes aufgefallen?«

»Frau Nordersiel war immer sehr schweigsam. Sie brauchte lange, bis sie etwas sagte.«

»Auch in der Therapie?«

»Auch in der Therapie.«

»Auch in der letzten Therapiestunde?«

»Auch in der letzten Therapiestunde.«

»Keine Andeutung von Selbstmordgedanken?«

Bei diesen Worten blitzten die dunklen Augen der Therapeutin auf. »Hören Sie, Herr Kommissar, wollen Sie mir die Schuld am Tod von Frau Nordersiel anhängen? Ja, sie hatte Suizidgedanken, aber die waren chronischer Art. Es gab nichts Akutes, was auf einen nahen Suizidversuch hingewiesen hätte.« Die Therapeutin fuhr sich mit beiden Händen über das Gesicht, schloss die Augen und schüttelte leise den Kopf: »Glauben Sie etwa, ich mache mir keine Vorwürfe? Und jetzt kommen auch noch Sie daher.«

»Das tut mir wirklich leid, Frau Wullhaupt. Ich mache Ihnen nicht den geringsten Vorwurf, wie käme ich dazu? Ich ermittle auch nicht im Fall von Frau Nordersiel. Es hat einen anderen Vorfall gegeben, bei dem Frau Nordersiel eine wichtige Zeugin gewesen sein könnte.«

»Ein Vorfall? Was für ein Vorfall?« Die Therapeutin saß plötzlich kerzengerade.

»Darüber kann ich aus ermittlungstaktischen Gründen leider nichts sagen. Es geht um einen verschwundenen Mann. Hat sie vielleicht erwähnt, einen Mann treffen zu wollen?«

»Einen Mann? Nein. Frau Nordersiel war seit drei Wochen bei uns. Sie lebte äußerst zurückgezogen. Auch in der Klinik. Sie hatte kaum Kontakt zu den Mitpatienten, geschweige denn zum Inselleben.«

»Samstag und Sonntag ist sie aber zum Badestrand gegangen.«

»Woher wissen Sie das?«, fragte Frau Wullhaupt erstaunt.

»Der Pförtner hat uns erzählt, dass sie sich den Strandkorbschlüssel ausgeliehen hatte.«

»Dann hat sie also den therapeutischen Auftrag ernst genommen. Frau Nordersiel sollte trainieren, sich unter anderen Menschen zu bewegen. Erste Maßnahme gegen ihre soziophobische Störung.«

Ob sie dabei versagt hatte? Ob ihr diese Aufgabe zu schwer gewesen war? Mütze wagte nicht, diese Fragen zu stellen. Sie hätten ihn vermutlich auch nicht weitergebracht.

»Frau Wullhaupt, eine letzte Frage noch, am Sonntag war doch dieses Sturmwetter. Wissen Sie, ob Ihre Patientin tatsächlich an den Badestrand gegangen ist?«

»Das weiß ich leider nicht. Sonntag hatte ich einen freien Tag. Montagmorgen habe ich Frau Nordersiel zur Atemtherapiegruppe erwartet, sie ist nicht gekommen.« Wieder schlug die Therapeutin ihre Hände vors Gesicht.

Mütze hatte genug erfahren und verabschiedete sich rasch.

Karl-Dieter hatte wirklich an alles gedacht. Natürlich auch an die passende Beleuchtung. Schließlich war er vom Fach. Auch im Theater hing alles vom richtigen Licht ab. Für diesen Abend hatte er sich bei »Nanu Nana« extra noch einen Leuchtturm besorgt, ein goldglänzendes Messingteil, in das man eine Kerze stellte. Die aufsteigende Hitze versetzte das Leuchtfeuer in Drehungen und bald strichen geheimnisvolle bunte Lichter über die Wände der gemütlichen Wohnung. Der Tisch war festlich gedeckt. Auf der Tischdecke tummelten sich lustige Seehunde, die Servietten waren zu Segelbooten gefaltet, und die Gläser blitzten frisch poliert. Die kleine aufgestellte Karte auf der Mitte des Tisches hatte Karl-Dieter selbst gemalt. Zu sehen waren zwei lächelnde Männer in einem kleinen Boot, ein schlanker und ein mittelschlanker. Über ihren Köpfen stand in verschlungener Schrift: »Nur wer sich auf den Weg macht, wird neues Land entdecken.«

Zur Vorspeise gab es halbierte Avocados, gefüllt mit frischen Krabben, die auf einem Bett von geschlagener Sahne lagen, nicht irgendeiner, sondern Biosahne mit einem kleinen Spritzer Zitrone. Dazu gab's zur Einstimmung ein Glas Sekt.

»Auf uns!«

»Auf uns!«

Während Mütze hungrig die Krabben rauskratzte, erzählte er von seinem Gespräch mit der Therapeutin. Karl-Dieter war voller Respekt für deren Arbeit. Die Therapie depressiver Patienten war bestimmt ein schweres Brot. Man musste innerlich sehr stark sein, um nicht selbst in den dunklen Strudel gerissen zu werden. Depressionen waren was Scheußliches. Anders war es mit der Melancholie. Sie war das Vergnügen, traurig zu sein. Karl-Dieter wusste, wovon er sprach, er hatte selbst viele melancholische Momente, und die wollte er durchaus nicht missen. Die größte Melancholie ergriff ihn stets, wenn er an einem Spielplatz vorbeikam und das glückliche Lächeln auf den Gesichtern der Eltern erblickte. Mit dieser Form der Melancholie aber war bald Schluss. Bald würde er selbst im Sandkasten sitzen und vom Sandkuchen probieren, den ihr Kleiner stolz gebacken haben würde. Bald würde er selbst an der Rutsche stehen und seinen Kleinen auffangen, wenn dieser jubelnd hinuntersausen würde, oder ihn tröstend in den Arm nehmen, wäre er von der Schaukel gefallen. Und heute Abend würde der Grundstein dafür gelegt werden. Heute würde er es wagen, heute würde Mütze ihm seinen brennenden Wunsch nicht länger verwehren können.

»Noch ein paar Krabben?«

»Gerne!«

Mütze war beim Gang den Tranpad zurück ziemlich unzufrieden gewesen. Neue Spuren hatten sich nicht ergeben. Weiterhin fehlte das verbindende Glied zwischen der Selbstmörderin und der Strandkorbleiche.

»Angenommen, die Nordersiel ist bei dem Pisswetter tatsächlich zum Badestrand gelaufen. Angenommen, sie hat den Strandkorb aufgeschlossen und sich hineingesetzt, vielleicht sogar recht froh über den Regensturm, denn so konnte sie ihren therapeutischen Auftrag erfüllen, ohne dabei in Stress geraten zu müssen. Es war ja niemand da, der ihr soziophobische Ängste hätte einjagen können. Angenommen, der Hornbachzottel kam in diesem Moment hinzu. Die Nordersiel geriet in Panik. Allein mit einem Mann am weiten Strand! Sie versuchte, sich kreischend hinter den Strandkörben zu verstecken, der Mann in der Absicht, sie zu beruhigen, ihr hinterher. Vielleicht ist er nicht ganz gesund gewesen, vielleicht ein Lungenleiden oder das Herz. Er geriet in Atemnot, taumelte und sank wie tot in den Strandkorb, während sich die Nordersiel zusammengekauert und zitternd irgendwo versteckt hielt. In dem Moment kommst du daher, siehst den Mann im Strandkorb liegen, hältst ihn für tot und läufst los, um mich zu holen. Der Mann wacht wieder auf und macht sich auf den Weg nach Hause. Frau Nordersiel kommt aus ihrem Versteck, schließt den Strandkorb ab und läuft ebenfalls heim.«

»Und am nächsten Morgen, unter dem Einfluss dieses Schreckens, ohne Hoffnung, dass sich an ihrer Störung je etwas ändern wird, würgt sie die Schlafmittel runter«, ergänzte Karl-Dieter.

»So könnte es gewesen sein«, brummte Mütze und wischte mit einem Stück Baguette seinen Teller sauber. »Eines aber ist und bleibt unerklärlich.«

»Und was?«

»Warum ist Frau Nordersiel am Montag noch mal ins Dorf gelaufen? Noch dazu als Soziophobikerin? Das muss doch der Super-GAU sein, das Dorfgewusel auf Spiekeroog.«

»Vielleicht wollte sie noch einen Abschiedsbrief zur Post bringen«, sagte Karl-Dieter, »oder sie wollte zur Apotheke.«

Mütze knurrte. Das könnte passen. Frau Nordersiel hatte sich noch ihre Engeltabletten besorgen müssen. Aber bekam man das Zeug so ohne Weiteres in der Apotheke? Ohne ein Rezept? Barbiturate waren doch echte Hämmer. Natürlich konnte sie ein Rezept gestohlen oder gefälscht haben, das kam ja häufiger vor. Mütze griff hinter sich und öffnete die Schublade mit den Gesellschaftsspielen. Dann zog er einen Plastikbeutel hervor, in dem ein Medikamentenröhrchen baumelte.

Karl-Dieter riss die Augen auf. »Du hast das Röhrchen mitgehen lassen?«

»Was heißt mitgehen lassen? Ich habe Spuren sicher-gestellt.«

Mütze grinste selbstzufrieden. Gut, dass er das Röhr-chen eingesteckt hatte, Ahsen hätte sich nicht darum gekümmert, und die Klinik hätte es achtlos entsorgt. Hatte Frau Nordersiel die Barbiturate von daheim mit-genommen, sicherheitshalber? Oder stammten sie aus der Inselapotheke? Gleich morgen früh würde er dort-hin gehen. Wenn er nur ein Foto der Toten hätte! Zu blöd, dass er sie in der Klinik nicht fotografiert hatte. Vielleicht könnte er die Rechtsmediziner in Bremen da-rum bitten. Leichenfotos waren zwar nicht besonders hübsch, aber besser als nichts.

Wenn sie sich selbst umgebracht hatte, war es da so abwegig, dass sie einen Abschiedsbrief geschrieben und zur Post gebracht hatte, um sicherzugehen, dass er beim Adressaten ankam? Selbst wenn sie äußerst zu-rückgezogen gelebt hatte, Angehörige dürfte sie doch wohl gehabt haben. Vielleicht waren ihre Eltern noch am Leben. Frau Nordersiel war in einem Dorf im Alten Land bei Hamburg zu Hause, für verschiedene Firmen hatte sie die Buchführung gemacht, wohl überwiegend von daheim. Das hatte Mütze noch von der Therapeu-tin erfahren. Zu blöd, dass er nicht offiziell ermitteln durfte. Wenn es tatsächlich einen Abschiedsbrief gab, konnte er wichtige Informationen über die letzten Le-benstage enthalten. Doch wie sollte er darankommen?

Mütze wollte den Plastikbeutel wieder in die Schublade zurücktun, als sein Blick auf den Müllsack mit den Fundsachen fiel, die sie rings um den Strandkorb 513 eingesammelt hatten. Auch ihn holte Mütze hervor und ließ ihn in der Luft baumeln.

»Was glaubst du, liegt hierin vielleicht die Spur zum Täter verborgen?«, fragte er geheimnisvoll.

Karl-Dieter kicherte: »Sicher! Der Mann hat sich in Oldenburg eine spanische Illustrierte gekauft und ist nach Spiekeroog gefahren, um endlich mal wieder gescheite Pommes zu essen. Dann hat er sich in Strandkorb 513 gesetzt, die Haarspange in die Locken geklemmt, die Piratenfahne gehisst und kleines Plastikspielzeug zerlegt. Und zu guter Letzt hat er sich den blauen Babyschnuller in den Mund gestopft, damit ihm der Sturm keinen Sand zwischen die Zähne bläst.«

Die Vorspeise war verputzt. Äußerst verführerische Düfte entwichen der kleinen Küche, in die Karl-Dieter nun wieder verschwand. Mit einem Lächeln kam er gleich darauf zurück und servierte zwei wunderbare Weißbiere. Wo hatte er nur die passenden Gläser her? Gehörten die etwa zum Bestand der Wohnung? Egal!

»Prost, Mütze!«

»Prost, Knuffi!«

Dann folgte der Hauptgang. Karl-Dieter hatte zwar ein mulmiges Gefühl beschlichen, als er die platt gewalzten Steaks aus den Tüten gezogen hatte, dem Fleisch schien die ungewöhnliche Behandlung jedoch nicht geschadet zu haben. Im Gegenteil! Zu Karl-Dieters großer Freude war Mütze voll des Lobes. So ein mürbes, geradezu butterweiches Steak habe er noch nie gegessen. Wie er das nur hinbekommen habe? Karl-Dieter hütete sich, das Geheimnis zu verraten. Irgendetwas sagte ihm, dass es besser war, zu schweigen. Auch die Bohnen waren ausgezeichnet und leuchteten dank des Kaltwasser-Abschreck-Tricks zauberhaft grün. Und die Ofenkartoffeln, ein Traum! Keine ein_zige war aufgeplatzt. Und als Krönung natürlich die selbstgemachte Kräuterbutter. Mütze war hin und weg.

»Noch ein Weißbier?«

»Gerne!«

Alles lief bestens. Dennoch wurde Karl-Dieter immer nervöser. Jetzt noch die Nachspeise und der Sanddornschnaps. Und dann …

Als Karl-Dieter die Birne Helene auftrug, leuchteten Mützes Augen. Für die lief er meilenweit. Birne Helene war nicht gleich Birne Helene! Meist handelte es sich um ein zerkochtes Stückchen Obst, das wässrig auf einer glibbrigen Schokomasse schwamm. Nicht so bei Karl-Dieter. Der Schokopudding war aus handgeriebener Schokolade gemacht, die Birne, frisch aus dem Obstregal gepflückt, war – das war ihr Geheimnis – schon seit einem Tag in einer Schale voll bestem fränkischem Silvaner geschwommen. Mütze machte sich mit Appetit über die Köstlichkeit her, und ein verzücktes Lächeln trat auf seine Lippen. Als Karl-Dieter dieses Lächeln sah, wusste er, dass er gewonnen hatte. Jetzt konnte er von Mütze alles bekommen. Alles! Nun noch schnell den abschließenden Sanddornschnaps serviert.

Karl-Dieter bekam ein feierliches Gesicht, hob sein Glas und sagte mit ruhiger, ernster Stimme einen mit Bedacht ausgesuchten Trinkspruch auf:

»Dem Vergangenen Dank, dem Kommenden: Ja!«

»Shakespeare?«

»Dag Hammerskjöld.«

»Zum Wohle, Knuffi!«

Zart strichen die farbigen Lichter des Leuchtturms über ihre Gesichter, als Karl-Dieter all seinen Mut zusammennahm. Nun war er gekommen, der große Moment. Der Moment, von dem an nichts mehr so sein würde wie früher. Der Beginn eines neuen Lebensabschnitts lag vor ihnen. Kein einfacher, das war Karl-Dieter klar, ein Abschnitt voller Herausforderungen, Anstrengungen, durchwachter Nächte. Die Drei-Monats-Koliken, die Furcht vor der Impfnadel, der erste Zahn, der Trennungsschmerz am Kindergartenzaun, das bedenkliche Gesicht der Grundschullehrerin, der Fünfer in Mathematik, die erste Freundin, der erste Liebeskummer, die Kämpfe in der Pubertät … Karl-Dieter wusste genau, was auf ihn zukam, und dennoch freute er sich auf all das, wie auf nichts zuvor in seinem Leben. Noch einmal füllte er ihre Schnapsgläser, dann setzte er zu seiner Rede an …

Genau in diesem Moment hämmerte es gegen die Scheibe. Wer war das? Jetzt zu dieser Unzeit? Mütze sprang auf und lief zur Tür, den verdatterten Karl-Dieter am Tisch zurücklassend.

Draußen stand Ahsen. »Darf ich reinkommen?«

»Natürlich, Ahsen!«

»Ich hoffe, ich stör nicht«, sagte der Inselpolizist, als er den festlichen Tisch betrachtete.

»Nicht doch«, sagte Mütze und schob einen dritten Stuhl herbei, auf den Ahsen sich fallen ließ.

Karl-Dieter hätte ihn umbringen können. Was war denn das für eine Art? Platzte einfach so bei ihnen herein, mitten in der Nacht und ausgerechnet in diesem alles entscheidenden Moment! Abrupt stand Karl-Dieter auf, packte die Schälchen, dass sie klirrten und lief in die Küche, den Abwasch zu machen. Der Abend war gelaufen.

Ahsen schaute ihm erschrocken hinterher: »Ich glaube, ich komme ungelegen.«

»Ach was«, wiegelte Mütze ab, »es gibt sicher Wichtiges.«

»In der Tat«, sagte Ahsen, und seine Stimme wurde amtlich. »Ich hatte soeben eine äußerst merkwürdige Begegnung.«

»Erzählen Sie doch!«

»Komme ich gerade von meiner letzten Routinepatrouille zurück, als mich vor meinem Haus eine Nachbarin anspricht, Else Landgrön. Ob mich die junge Frau noch erreicht habe, die am Montagmorgen so aufgelöst bei mir geklingelt habe? Von einer jungen Frau wusste ich nichts, und so fragte ich nach. Und jetzt kommt's.«

»Weiter, Ahsen, weiter!«

»Die Personenbeschreibung, die Else mir gegeben hat, passt genau auf Frau Nordersiel.«

»Sind Sie sicher?«

»Absolut!«

Mütze hob die Schnapsflasche fragend hoch, und Ahsen ließ sich nicht lange bitten. Karl-Dieter, der in der Küche alles mitangehört hatte, kam eilig zurück ins Wohnzimmer. Die überraschende Nachricht hatte seine Enttäuschung schlagartig weggewischt. Neugierig setzte er sich mit an den Tisch und ließ sich gleichfalls einen Schnaps einschenken. Wenn das stimmte, bekam die Geschichte eine völlig neue Wendung. Frau Nordersiel musste etwas Verdächtiges beobachtet haben. Warum sonst sollte sie zur Polizei gelaufen sein? Es konnte doch nur dasselbe sein, das auch er, Karl-Dieter, gesehen hatte. Der Tote vom Strandkorb 513. Frau Nordersiel war ebenfalls am Sonntagabend im Sturm unterwegs gewesen. Und sie hatte den Toten gesehen. Panisch war sie umgekehrt, hatte sich eine schlimme Nacht mit dem Erlebnis gequält, hatte dann all ihren Mut zusammengenommen und war trotz ihrer Soziophobie ins Dorf und zur Polizeiwache gegangen. Erst als sie den Polizisten nicht angetroffen hatte, war ihr ganzer Mut wieder in sich zusammengesackt. Entkräftet von den Anstrengungen, war sie in ein noch viel tieferes Loch gefallen, aus dem sie sich nicht mehr hatte befreien können.

»Und wo ist der Tote dann hin? Und wer hat den Strandkorb abgeschlossen? Und wie konnte Frau Nordersiel den Schlüssel beim Portier abgeben?«

Karl-Dieter drehte das Schnapsglas in der Hand.

Mütze hatte natürlich Recht. Es sei denn, Frau Nordersiel war es so ergangen wie ihm. Nach dem ersten Schock über den Toten, war sie zum Strandkorb zurückgelaufen, aber da war plötzlich keine Leiche mehr gewesen. Vielleicht hatte der Zottel ja tatsächlich nur geschlafen. Frau Nordersiel, ganz die ordentliche Buchhalterin, hatte den Korb wieder abgeschlossen und war verwirrt zurück zur Klinik gelaufen. Am nächsten Morgen aber waren ihr Bedenken gekommen. Der Mann hatte doch nicht nur tot ausgesehen, der Mann war tot gewesen! So war sie losgelaufen, um die Polizei zu informieren, was ihr tragischerweise nicht gelungen war. Vielleicht hatte sie das Ganze wahnhaft verarbeitet, in dem Toten plötzlich ein Gespenst aus dem Jenseits gesehen. Wer weiß schon, was in einem seelisch schwer mitgenommenen Menschen alles vorgehen kann, wenn er mit solch einem Anblick konfrontiert wird?

»Und was glauben Sie?«, fragte Mütze den Inselpolizisten.

Ahsen, sichtlich stolz, nach seiner Meinung gefragt zu werden, wiegte seinen Kopf hin und her und brummte: »Mir scheint, an der Sache ist was faul.«

Aber noch nicht faul genug, um damit an die Staatsanwältin herantreten zu können, wie Mütze frustriert anmerkte. Oder ob man es dennoch versuchen sollte?

»Sie kennen das Fallbeil nicht«, winkte Ahsen ab. »Wenn sich unsere Staatsanwältin einmal festgelegt hat, bläst sie kein Nordwest mehr um.«

Gemeinsam leerten sie die Flasche und diskutierten dabei die Ereignisse aus unterschiedlichen Blickwinkeln. Ausgeschlossen war nichts. Immer noch konnte alles mit einer Verkettung unglücklicher Zufälle erklärt werden, immer noch gab es keine klaren Hinweise auf ein Verbrechen. Und doch fuhr ihre Fantasie Achterbahn, wenn sie versuchten, einen natürlichen Verlauf zu konstruieren. Mütze zog sein Smartphone hervor und loggte sich ins Internet ein. Wieder dauerte es Ewigkeiten, bis sich eine Verbindung aufbaute. Selbst in diesem Punkt schienen die Spiekerooger konsequent auf Entschleunigung zu setzen. Endlich gelangte er in den geschützten Dienstbereich und auf die Seite mit den aktuellen Vermisstenanzeigen. Eine Frau aus einem Stader Altenheim, ein Schüler aus Brunsbüttel, sonst nur Archivmeldungen. Der Hornbachzottel war immer noch nicht darunter. Mütze nahm einen letzten Schluck. Ein Mord ohne Leiche war ein einziger Mist.

Donnerstag

Das Frühstück fiel heute dürftiger aus als sonst. Mütze war dankbar für die sauren Heringe, die Karl-Dieter ihm servierte. Während des Essens erledigte er zwei Telefonate. Zunächst rief er Dr. Wühlarm von der Rechtsmedizin in Bremen an, der Frau Nordersiel obduziert hatte und gerade über der Abfassung des Berichts saß. Leider habe sich nichts Neues ergeben, der Tod sei durch zentrale Atemlähmung eingetreten, hervorgerufen durch die Intoxikation mit Barbituraten. In gewaltiger Menge, eine zufällige Überdosierung sei auszuschließen. Die Einnahme musste in klarer Selbsttötungsabsicht erfolgt sein. Geringe Menge Alkohol im Blut: 0,1 Promille. Im Magen Reste einer Spinatlasagne. – Ob er noch Fingerabdrücke der Toten nehmen könne? Kein Problem! Sonst noch was? – Ein Foto der Toten? Ein Porträt? – Aber gerne! Nein, das erledige er gleich: »Wenn sie nicht lächeln muss!«

Mütze bedankte sich. Keine fünf Minuten später hatte er das Foto auf seinem Handy. Wühlarm hatte sich wirklich Mühe gegeben, Karla Nordersiel lebendig aussehen zu lassen, dennoch war klar ersichtlich, dass es sich um ein Leichenfoto handelte. Man wird einfach nicht schöner, wenn man stirbt, stellte Karl-Dieter betrübt fest, als er einen neugierigen Blick auf das Handy warf.

Mit drei Bildschirmwischern leitete Mütze das Foto an Ahsen weiter. Von nun an herrschte Arbeitsteilung.

Ahsen war jetzt mit von der Partie und zwar aus eigenem Antrieb. Fallbeil hin, Fallbeil her. In Ostfriesland herrschten eigene Gesetze, das war schon immer so gewesen.

Der bekannteste Friese, der sich nicht vor der Staatsmacht beugen wollte, war Pidder Lüng gewesen. Als der dänische Steuereintreiber gekommen war, saß Pidder Lüng mit seiner Familie gerade beim Essen. Er weigerte sich, die verlangten Steuern zu zahlen, worauf ihm der verärgerte Steuereintreiber in die Grünkohlsuppe spuckte. Das hätte er nicht tun sollen. Pidder Lüng hatte ihn beim Schlafittchen gepackt und seinen Kopf solange in die Schüssel getunkt, bis der Mann am grünen Gemüse erstickt war.

Ahsen war zwar kein Pidder Lüng und fühlte sich nicht zum Revoluzzer berufen, jetzt aber war es an der Zeit, entschlossen zu handeln. Das war er nicht zuletzt der verstorbenen Frau Nordersiel schuldig. Obwohl er nun wirklich nichts dafür konnte, nicht auf der Wache gewesen zu sein, als sie seine Hilfe gesucht hatte. Vielleicht wäre sie noch am Leben, wenn er nicht sein Schwätzchen mit dem Hafenmeister gehalten hätte. Nun wollte Ahsen sich nützlich machen und versprach, im Ort herumzufragen, wer Frau Nordersiel vielleicht sonst noch gesehen haben könnte. Auf alle Fälle würde er die Apotheke aufsuchen, das war sonnenklar. Das Foto auf seinem Handy würde die Suche kolossal erleichtern. Wenn die Tote doch nur nicht so schrecklich tot aussehen würde!

Sein zweites Telefonat versetzte Mütze in einige Aufregung. »Was? Heute schon? Um vierzehn Uhr, sagen Sie? Na, dann nichts wie los!«

Wie war das möglich? Die Leiche war doch noch in der Bremer Pathologie! Fuhr man sie als Expressgut ins Alte Land? Mütze schaute auf den Fährplan. Er hatte Glück. Die Flut schickte den Fähren genug Wasser unter den Kiel, so dass er schon eine Stunde später an Bord der »Spiekeroog II« stand. Zwar war es heute stark bewölkt und noch recht frisch, dennoch kletterte Mütze, nachdem er sich im Bauch des Schiffes Käse am Stiel und ein Jever besorgt hatte, hinauf aufs Außendeck. Heute ging es ruhig zu, kein Vergleich mit den Wochenenden, besonders mit den Samstagen, wenn das große Ferienwohnungs-Belegwechsel-Spiel gespielt wurde. Mütze liebte es, die Insel vorbeigleiten zu sehen, sah zu, wie die Möwen die Fähre hinauseskortierten und sich gierig auf die Stellen stürzten, wo die Bugwellen an Land schlugen. Welcher Leckerbissen mochte dort auf sie warten? Krebse vielleicht oder kleine Fische? Mütze war mehr nach den großen Fischen, und einen solchen hoffte er, bald an der Angel zu haben.

Routiniert bewältigte die Fähre die Strecke zum Festland in einer halben Stunde, ein tiefes Hupen und sie lief in das mit kleinen Häusern umsäumte Hafenbecken von Neuharlingersiel ein, in dem die Fischkutter so malerisch am Kai dümpelten. Auf den Zubringerbus, der die Reisenden zu den Parkplätzen hinter dem Deich brachte, wartete Mütze nicht. Auch hatte er ja kein Gepäck, brauchte nicht zuzuschauen, wie die silbernen Container von Bord schwebten. Zügig strebte er den Deich hinauf, und keine zehn Minuten später war er bei seinem Wagen, dem alten Opel Kadett. Erneut ärgerte Mütze sich über die saftigen Parkgebühren. Für jeden Quadratmeter Kuhwiese zockten einen die Ostfriesen ab. Dann röhrte er los.

Die Fahrt ging Richtung Osten, durch das Hinterland der Nordsee. Wittmund, Wilhelmshaven, Vargel. Alles sehr flach und sehr grün und kaum Verkehr. Grasende Deichschafe, grasende Kühe, Wälder von rotierenden Windrädern, einsame Höfe mit etwas Gestrüpp drum herum. Mütze kam gut voran. Beerdigungen mied er normalerweise. Frau Nordersiels Begräbnis aber war Pflicht.

Vielleicht hatte es ja doch einen Abschiedsbrief gegeben. Frauen schrieben häufiger als Männer, selbst in ihrer Todesstunde, das war polizeistatistisch belegt. Was erstaunte: Die meisten Abschiedsbriefe waren sehr versöhnlich im Ton. Man hätte ja annehmen können, ein verbitterter, enttäuschter Mensch würde die Gelegenheit zu einem Rundumschlag nutzen. Die harte Kindheit, die gemeinen Eltern, die bösen Kollegen, der Partner, der einen verlassen hatte. Das Gegenteil jedoch war der Fall. In den Abschiedsbriefen entlasteten die meisten Selbstmörder Familie und Freunde, betonten ausdrücklich, dass diese keine Schuld trügen, wünschten ihnen noch alles Gute und dass niemand eine Träne vergießen solle. Wenn man daran dachte, wie schlimm lange Zeit über Selbstmörder geurteilt wurde! Über Jahrhunderte durften sie nicht auf den Friedhöfen bestattet, mussten ohne jede Segnung an einsamer Stelle verscharrt werden, weil ihre Tat als schlimme Sünde galt. Den »guten alten Zeiten« durfte man keine Träne nachweinen. Mütze gab Gummi.

Knappe zwei Stunden später war er am Ziel, Grünendeich im Alten Land. Nomen est omen. Grünendeich bestand wirklich und fast ausschließlich aus einem sehr grünen und sehr langen Deich. Dahinter floss mächtig die Elbe. Nachdem sie Hamburg passiert hatte, schwoll sie zu einem fetten Strom an und freute sich auf die nahe Nordsee, die dem Fluss regelmäßig ihre Fluten zur Begrüßung entgegenschickte. Auf der anderen Seite des Deiches lag das Dorf mit der alten Kirche. Als Mütze eintraf, hatte die kleine Gedenkfeier gerade begonnen.

Die Trauergemeinde war sehr übersichtlich, höchstens zwanzig Personen, schätzte Mütze, der sich in die letzte Bank drückte. Vor dem Chorraum, im Gang des Mittelschiffs, stand ein schlichter Sarg, auf dem nicht einmal Blumen lagen. Der alte Pastor wandte sich in seiner Ansprache an die Mutter, eine kleine, gebückte Frau in der ersten Reihe, die von einer anderen Frau gestützt und getröstet werden musste. Mütze erfuhr, dass die Familie aus Hamburg-Eppendorf stammte, seit Jahrzehnten aber im Alten Land wohnte. Auf das Leben der Verstorbenen ging der Pastor kaum ein, er begnügte sich mit ein paar Floskeln. Wiederholt war von Gottes unergründlichem Ratschluss zu hören, eine Wendung, die Mütze nie begriffen hatte. Warum wussten wir immer noch nicht, was Gottes Wille war? Wozu die jahrhundertelange Forschung, die Bücherproduktionen der Theologen, weshalb all die schlauen Denker, die zahllosen Professoren, wenn man bis heute nichts über Gottes Ratschluss wusste?

»O Haupt voll Blut und Wunden«, wurde angestimmt. Ein altes Lied, das Mütze gut gefiel, vielleicht wegen seiner schlichten Ehrlichkeit. Dann folgte ein Gebet und ein weiteres, tröstendes Lied zum Abschluss: »Von guten Mächten wunderbar geborgen«. Zu den Klängen der asthmatischen Kirchenorgel trugen die Friedhofsdiener den Sarg hinaus, gefolgt vom Pastor und der still weinenden Mutter, die immer noch von ihrer Banknachbarin gestützt wurde. Die anderen Gäste schlossen sich an, und so ging's hinaus, nicht auf den angrenzenden Friedhof, sondern auf eine benachbarte Wiese, auf der schlichte Stelen verrieten, dass es sich auch hierbei um einen Gottesacker handelte. Keines der Gräber war geschmückt, nirgends standen Grablichter oder andere Kultgegenstände. Eine weite Grasdecke lag über dem Gräberfeld, nur schlichte Steine erinnerten an die Toten.

»Im Tod sind wir alle gleich«, ging es Mütze angesichts dieser seltsamen grünen Begräbnisstätte durch den Sinn. Nicht unsympathisch, keinen der Toten besonders hervorzuheben. Was trieb anderenorts manch ein Geck für einen Aufwand, die Bedeutung seiner

Verstorbenen durch monumentale Gräber zu unterstreichen. Es musste doch reichen, schon auf der Erde ständig unnütz rivalisiert zu haben, unter der Erde sollten Fehden und Eitelkeiten für alle Ewigkeiten begraben sein.

Der Sarg wurde vorsichtig in die Grube gesenkt, ein paar letzte formalhafte Gebete sollten von dem schrecklichen Moment ablenken, dann warf jeder noch eine Handvoll Erde in die dunkle Grube und ging seines Weges, auch der Pastor. Mütze, der in einigem Abstand stehen geblieben war, trat nun näher und sprach die Mutter der Verstorbenen an.

»Frau Nordersiel, nicht wahr?«

Mütze war froh, als er wieder in seinem Auto saß. Gespräche mit Angehörigen, die gerade einen geliebten Menschen verloren hatten, zählten nicht gerade zu seinen Lieblingsbeschäftigungen. Die alte Frau Nordersiel hatte sehr überrascht gewirkt, dass plötzlich ein Kommissar auftauchte und Fragen stellte. Nein, einen Abschiedsbrief habe sie keinen erhalten, auch keinen erwartet. Ihre Tochter habe ihr all die Jahre nichts mehr mitzuteilen gehabt, warum sollte sie es im Tode anders handhaben? Nein, die ganzen drei Wochen in der Klinik habe sich Karla nicht gerührt, keine Postkarte, kein Telefonat, nichts. So sei ihre Tochter eben gewesen. Mütze hatte sich schnell wieder verabschiedet. Er spürte, hier war nichts für ihn zu holen.

Zur selben Stunde lief Karl-Dieter durch die Wiesen an der Wattseite von Spiekeroog. Auf der dem Festland zugewandten Inselhälfte, war es wesentlich einsamer. Auch wenn das Wetter bedeckt war, gingen doch alle lieber zum Strand als zu den Wiesen. Karl-Dieter war froh, für sich sein zu können. Nur ein paar Reiter waren unterwegs und ließen sich von genügsamen Shetlandponys durch das blühende Grün tragen. Hin und wieder blieb Karl-Dieter stehen und bückte sich, um eine Blüte ganz aus der Nähe zu fotografieren. Bis auf die Heckenrosen mit ihren großen Labberblättern waren fast alle Inselblumen klein und unscheinbar. Es schien, als müssten sie sich vor dem oft rauen Klima verstecken.

Der Gang in die freie Natur tat Karl-Dieter gut. Die Enttäuschung über den Verlauf des gestrigen Abends steckte ihm noch in den Knochen. Dabei ärgerte er sich nicht mehr über Ahsen, sondern nur noch über sich selbst. Was für ein erbärmliches Spiel hatte er da eigentlich spielen wollen? Was war denn das für eine Partnerschaft, in der er seinen Freund durch ein besonderes Essen milde stimmen musste, um etwas doch nur Selbstverständliches zu erhalten? Vielleicht war es gerade gut gewesen, dass Ahsen hereingeplatzt war. Hätte Mütze tatsächlich seinem Babywunsch zugestimmt, was wäre dieses Zugeständnis denn wert gewesen? Karl-Dieter war entschlossen, eine solch unwürdige Aktion nicht zu wiederholen. Ein Festmahl kochen, das schon, nicht aber um danach Männchen zu machen und »bitte, bitte« zu winseln. Mütze sollte nüchtern und frei seine Meinung sagen, nur dann war sicher, dass er auch wirklich dahinterstand. Bei einer solchen Entscheidung, bei einem Anliegen von derartiger Tragweite, war eine reife Willensentscheidung eine dringende Bedingung. Was half denn ein dahingesagtes Ja, ausgesprochen in einem Moment der Schwäche? Es war so viel wert, wie ein in den Sand gemaltes Herz.

Karl-Dieter kam ein Spruch von Antoine de Saint-Exupéry in den Sinn: »Das, worauf es ankommt, können wir nicht vorausberechnen. Die schönste Freude erlebt man immer da, wo man sie am wenigsten erwartet.« Karl-Dieter liebte Saint-Exupéry, vor allem seinen kleinen Prinzen hatte er ins Herz geschlossen. War nicht alle Lebensweisheit in diesem Büchlein versammelt? Saint-Exupéry hatte sicher Recht. Man sollte nicht zu viele Pläne machen. Man verkrampfte nur und machte dadurch nichts besser. Den richtigen Moment abzupassen, den Zeitpunkt, den die Griechen »Kairos« nannten, darauf kam es an. Man musste dem Leben und seiner Spontanität vertrauen. Dann würde jedem die größte Freude zuteilwerden.

Karl-Dieter blickte sich um und sah, wie sich in der Ferne die Pferdebahn näherte. Diese schnucklige Schmalspurstrecke war die letzte ununterbrochen betriebene Pferdebahn Deutschlands, und sie war keineswegs ausschließlich bei den Kindern beliebt. Kurz überlegte Karl-Dieter, ein Foto zu schießen, ein wirklich malerisches Motiv vor der Dünenlandschaft. Dann aber ließ er die Kamera wieder sinken. Die klassischen Touristenfotos waren ihm verhasst. Es wurde ohnehin zu viel fotografiert. Nein, er wollte sich weiter auf Blumen beschränken.

Als die Pferdebahn auf der Höhe von Karl-Dieter angelangt war, hielt der Lokführer plötzlich an. Oder musste man von einem Kutscher sprechen? Der Halt erstaunte Karl-Dieter, denn eigentlich fuhr das Inselbähnchen ohne Zwischenstopp bis zur Endhaltestelle durch. Er konnte aus der Ferne beobachten, wie sich im vorderen Bereich des Waggons zwei Personen erhoben und ausstiegen. Gerade als sich das Zugpferd wieder in Trab setzen wollte, verließ eine weitere Person den rückwärtigen Teil des Wagens und duckte sich hinter einen Ginsterstrauch. Nun nahm Karl-Dieter doch seine Kamera und schaute durch den Sucher. Die beiden Männer aus dem vorderen Teil des Waggons entfernten sich und überquerten den gepflasterten Weg, der parallel zur Bahnstrecke verlief. Dann gingen sie durch die Dünen zielstrebig auf ein großes Haus zu, das oben auf dem Dünenkamm thronte. Einer der beiden trug einen Anzug, der andere rote Freizeitkleidung. Den Mann in Jogginghose und T-Shirt erkannte Karl-Dieter sofort wieder: Das war doch niemand anderes als der Muskelprotz vom Strand!

Ein kleiner Schwenk nach rechts und Karl-Dieter hatte den dritten Mann im Visier. Dieser hatte sein Versteck hinter dem Ginster verlassen und war den beiden anderen in gehörigem Abstand hinterhergeschlichen.

Gehüllt in eine dicke Kapuzenjacke, die ein abgenagtes Fischskelett verunzierte, querte er ebenfalls das »Westend« und setzte sich dann in den Schatten einer Düne. Von dort konnte er die beiden anderen weiter beobachten. Die waren nun am Zaun angekommen, der das Dünenhaus weiträumig umgab, und blieben dort stehen. Es hatte den Anschein, als würden sie sich angeregt unterhalten. Der Muskelprotz zog etwas aus der Tasche, um es dem Anzugträger zu zeigen. Nach gut zehn Minuten kehrten die beiden um und kamen dabei dicht an dem Kapuzenmann vorbei. Sie bemerkten ihn jedoch nicht und schlenderten über das gepflasterte Westend zurück zum Dorf, gefolgt von dem Kapuzenmann.

Karl-Dieter kniff die Augen zu schmalen Schlitzen zusammen. Was hatte das alles zu bedeuten? Warum spielten erwachsene Menschen Räuber und Gendarm? Was machte der Muskelprotz hier draußen mit einem Anzugträger, statt mit seinem Jungen Strandburgen zu bauen? Und warum verfolgte der Mann mit der Kapuzenjacke die beiden?

Unterdessen gab sich Ahsen redlich Mühe, mithilfe des Handyfotos herauszufinden, wer Frau Nordersiel an ihrem letzten Tag im Dorf noch gesehen haben konnte. Die ungewohnte Recherchetätigkeit fiel Ahsen nicht leicht. Auf der Insel galt er als Gute-Laune-Polizist, der überall gerne gesehen wurde, eben weil es für ihn nichts zu tun gab. Nichts Dienstliches jedenfalls. Es fiel ihm schwer, Menschen, die ihn mit einem fröhlichen »Moin« begrüßten, ein Gruselbild unter die Nase zu halten. Auch wenn er durchaus etwas Stolz empfand, endlich einen richtigen Kriminalpolizisten zu geben, so überwog doch das Gefühl der Peinlichkeit. Zumal die Menschen erschrocken reagierten und ihm lästige Fragen nach der Toten stellten, die er weder beantworten konnte noch durfte.

Ahsen besuchte systematisch alle Geschäfte von Spiekeroog, was eine übersichtliche Angelegenheit war. Er vergaß niemanden, doch keiner konnte ihm weiterhelfen. Die Frau auf dem Handy war nirgends gesehen worden. Auch von der Apothekerin nicht. Wenn eine Kundin Barbiturate verlangt hätte, dann hätte sie diese Frau sicher ganz genau in Augenschein genommen und über die Gefährlichkeit des Mittels aufgeklärt. Ahsen verließ die Apotheke mit dem Gefühl größter Enttäuschung. So gerne hätte er Mütze einen Erfolg vermeldet. Er hatte sein Bestes gegeben und nichts erreicht.

Am Abend trafen sich Mütze und Karl-Dieter wieder an ihrem Lieblingsplatz, der Terrasse vor der Strandhalle. Mütze erzählte von der Beerdigung und dem Gespräch mit der alten Frau Nordersiel. Leider habe er nichts Interessantes erfahren können. Kein Abschiedsbrief, kein Hinweis auf einen Verehrer. Depressiv sei Karla Nordersiel seit ihrer frühen Jugend gewesen. Mit Ach und Krach habe sie eine kaufmännische Ausbildung absolviert. Etwas besser sei es ihr gegangen, als sie von Hamburg ins Alte Land gezogen sei, in die Nähe der Mutter. Die Ruhe dort draußen habe ihren gequälten Nerven offensichtlich gutgetan. Oft sei sie den Deich entlanggegangen, aber nur an Tagen, an denen dort keine anderen Menschen zu erwarten waren. Selbst zur engsten Familie habe sie den Kontakt gemieden, einen Freund habe sie nie gehabt, ja nicht einmal eine gute Freundin.

»Ein Leben in selbstgewählter Isolation«, sagte Mütze und griff zu seinem Weißbier.

Was im Leben ist schon selbstgewählt, dachte Karl-Dieter, und leichte Wehmut überkam ihn.

Mützes Handy begann zu jodeln. Es war Ahsen. Nichts. Gar nichts. Niemand konnte sich erinnern, Karla Nordersiel im Dorf gesehen zu haben, nicht am Montagmorgen und nicht irgendwann sonst. Auch die Apothekerin nicht.

»Mir will nicht aus dem Kopf, was mir die Tote wohl noch hatte mitteilen wollen«, sagte Ahsen zerknirscht.

»Wenn wir das wüssten, könnten wir den Fall bald ad acta legen«, antwortete Mütze.

Vorausgesetzt es gab überhaupt einen Fall. Vielleicht hatte die Staatsanwältin ja Recht, und sie jagten einem Phantom hinterher. Der Hornbachzottel war längst wieder zu Hause in Wanne-Eickel oder schlimmer noch in Castrop-Rauxel und goss seine Geranien. Was immer wahrscheinlicher wurde: Karla Nordersiel hatte ihren Selbstmord schon von daheim aus geplant. Zumindest hatte sie für den Fall der Fälle genügend Schlafmittel dabeigehabt.

Mütze spülte seine Enttäuschung mit dem Weißbier runter. Nun war Karl-Dieters Stunde gekommen. Er nippte nur kurz an seinem Pinot grigio, dann holte er seine Kamera hervor und drückte ein paar Knöpfe. Als er Mütze das Display hinhielt, sagte er mit bedeutungsvoller Stimme: »Schau dir das mal an!«

»Oh nee, bitte Karl-Dieter! Bleib mir jetzt weg mit deinen Blumen.«

»Quatsch, Blumen!«

Geistesgegenwärtig hatte Karl-Dieter Fotos von dem seltsamen Versteckspiel geschossen. Mit dem Vierhunderter Teleobjektiv hatte er die Männer nahe herangezoomt.

Auch Mütze erkannte den Muskelprotz sofort wieder, klickte mehrmals vor und zurück und kratzte sich dann am Kopf.

»Und das ist der Kapuzenmann«, sagte Karl-Dieter. »Schau, wie er sich hinter die Düne duckt!«

Es sah tatsächlich verdächtig aus, wie sich der Mann verhielt. Auch der abgenagte Fisch auf der Jacke machte ihn nicht unbedingt sympathischer. Eine wirklich mysteriöse Sache, das musste Mütze zugeben. Nur: Was sollte die Dünenjagd mit ihrem Fall zu tun haben? Wer wusste, was für ein seltsames Spiel die drei dort spielten? Auf einem der Bilder sah man das Dünenhaus in Großaufnahme. Es war ein ziemlicher Kasten. Entweder war der Besitzer Millionär oder das Haus gehörte einer Organisation. Der Muskelprotz und der Anzugmann standen dem Haus zugewandt.

»Was ist das Seltsames auf dem Dach?«, fragte Mütze Karl-Dieter.

Dort war ein grüner Kasten zu sehen, der den ganzen mittleren Teil einnahm, möglicherweise bestand er aus oxidiertem Kupferblech. Oben war der Kasten mit einer Art Brüstung versehen.

»Vielleicht ein Ausguck oder 'ne Sonnenterrasse«, vermutete Karl-Dieter. Von dort musste man einen super Blick über Land und Meer haben.

»Und nach zehn Minuten sind sie wieder weg?«, fragte Mütze.

»Genau. Und der Kapuzenmann in großem Abstand hinterher.«

»Gib noch mal her!« Erneut musterte Mütze die Aufnahmen, als hinter ihnen fröhlich ein mehrstimmiges »Hallöchen!« erklang. Das Bottroper Dreigestirn!

»Zwei einsame Herren an einem Tisch, das kann man ja nicht mit ansehen. Dürfen wir uns dazusetzen?«

Noch bevor Mütze protestieren konnte, rückte das ABC-Geschwader schon die Stühle heran. »Na, haben die Kosakensteaks geschmeckt?«, wollten die Damen von Mütze wissen und zwinkerten Karl-Dieter zugleich schelmisch zu.

»Kosakensteaks? Wieso Kosakensteaks?«

Mütze begriff nicht.

»Na, das Festmahl gestern Abend«, lachte das ABC-Geschwader und fing wieder an, sich synchron auf und ab zu bewegen, um dann mit gesenkter Stimme zu fragen: »Aber was uns viel brennender interessiert: Haben Sie sich schon auf einen Namen einigen können?«

Mütze glotzte sie verblüfft an. Wollten ihn die Alten auf den Arm nehmen? Was sollte das Gehopse? Und warum sollten sie den Steaks Namen geben? Karl-Dieter war die Befragung hochnotpeinlich und er erkundigte sich bei den Damen hastig, wie ihnen denn der heutige Strandtag gefallen habe.

»Oh, Karl-Dieter, wundervoll, ganz wundervoll!«, schwärmte das Trio, um die Stimme sogleich konspirativ zu senken, »und stellen Sie sich vor, mit wem wir Freundschaft geschlossen haben! Mit einer reizenden Dame vom legendären Strandkorb 513!«

Legendärer Strandkorb 513! Das durfte ja nicht wahr sein! Nun war Mütze endgültig bedient. Mensch Karl-Dieter, hatte es denn wirklich sein müssen, alle Details auszuplaudern? War doch klar, dass sich die alten Schachteln wieder einmischten. Einen Strandkorb, in dem ein mögliches Mordopfer gelegen hatte, da musste man gleich nachsehen gehen und womöglich einer darin sitzenden Klinikpatientin alles brühwarm auftischen, was man gehört hatte. Die Hobbydetektivinnen schienen Mützes Gedanken zu erraten.

»Keine Sorge, die Herren«, raunten sie. »Sie kennen uns doch, wir waren natürlich verschwiegen wie die Nacht.«

Und dann begannen sie, von Frau Gengenbach zu erzählen. Nein, so ein armes Seelchen! Was für ein

Schicksal! Auf einen Schlag Mann und Kinder zu verlieren. Bloß wegen so eines blöden Idioten, der ihnen die Vorfahrt genommen hatte. Jede Sekunde des Unfalls sei der Ärmsten noch in Erinnerung, habe sich unauslöschlich in ihr Gedächtnis gebrannt. Die Leitplanke, die immer näherkam, das verzweifelte Kurbeln ihres Mannes am Lenkrad, der dumpfe Aufprall, das Schreien der Kinder, der Flug über die Böschung, der Baum, an den das Auto mit solcher Wucht prallte, dass es sich zu drehen und zu überschlagen begann, der steile Sturz den Hang hinunter, der harte Aufprall, das Splittern der Scheiben und der Sturz den Wasserfall hinunter. Filmriss dann. Alles schwarz und totenstill.

Als sie wieder aufgewacht sei, habe sie ein strahlend helles Licht umgeben, und ein weißer, blonder Engel habe sich über sie gebeugt. Leider jedoch sei sie noch nicht im Himmel gewesen, sondern nur auf der Intensivstation des Freiburger Universitätsklinikums. »Wo sind meine Kleinen?« Diese Frage habe sie ständig wiederholt, lauter und lauter werdend: »Wo sind meine Kleinen?« Als man ihr die Wahrheit sagte, verwandelte sich die Klinik für sie in eine Hölle. »Das ist nicht wahr«, rief sie wieder und wieder, schrie wie eine Wilde, wollte aufstehen, ihre Kleinen suchen. Man hielt sie fest, drückte sie mit Gewalt zurück ins Bett, gab ihr eine Spritze. Ab dieser Stunde war nichts mehr so, wie es einmal gewesen war. Wie ein amputiertes Wesen torkelte sie nur noch durch das Leben, funktionierte rein mechanisch, besuchte die Gräber, ließ mitleidig-tröstende Worte an sich vorbeiziehen. Ihr Hausarzt versorgte sie mit Pillen und wies sie schließlich in die Frieslandklinik ein. Seit gut vier Wochen war sie nun hier, und tatsächlich ging es etwas aufwärts. Zum ersten Mal konnte sie wieder etwas wie Kälte oder Wärme wahrnehmen, etwas wie hart oder weich, dunkel oder hell, süß oder bitter. Das habe sie alles ihrer tollen Therapeutin zu verdanken, einer Spezialistin auf dem Gebiet der Traumatherapie.

»Frau Dr. Wullhaupt?«

Das konnte das ABC-Geschwader Mütze nicht sagen. Was es aber wusste, und das würde die Herren vielleicht interessieren, Frau Gengenbach habe auch die tote Frau Nordersiel gekannt, sie seien sogar gemeinsam in einer der Therapiegruppen gewesen. Frau Nordersiel habe niemanden näher an sich herangelassen, auch wenn sich bei ihr erste zarte Zeichen einer Besserung gezeigt hätten. Sie sei ebenfalls schwer traumatisiert gewesen, aber auf völlig andere Weise.

»Auf welche Weise denn?« Mütze wurde hellhörig.

»Frau Gengenbach hat gesagt, Frau Nordersiel sei als kleines Mädchen schlimm missbraucht worden. Sie wissen schon, von so einem Kinderschänder. Aber wir wollen Ihnen nicht den Abend verderben. Wir müssen sowieso dringend los, ab in die Klappe. Gute Nacht, die Herren! War schön mit Ihnen zu plaudern. Beim nächsten Mal müssen wir nur die Sitzordnung ändern, eine gemischte Reihe ist doch viel lustiger!«

Kurz vor Sonnenuntergang hatten sich die Wolken wieder verzogen und die Dünen von Spiekeroog leuchteten in den wärmsten Farben. Karl-Dieter und Mütze machten noch einen Spaziergang am Meer entlang. So schön es aussah, wie die letzten Sonnenstrahlen in den Wellen badeten, weder Mütze noch Karl-Dieter hatten heute ein Auge dafür. Karl-Dieters weites Herz floss vor Mitleid über. Abwechselnd waren seine Gedanken bei Frau Gengenbach und bei Frau Nordersiel. Was manche Menschen alles durchmachen mussten! Nicht irgendwo in Afrika oder Indien, sondern mitten in Deutschland. Die arme Frau Gengenbach! Zwar kannte er ihre Geschichte ja bereits, dennoch hatte er bei der Erzählung der drei Alten erneut die Tränen unterdrücken müssen. Am schlimmsten war die Szene im Krankenhaus gewesen. Aufzuwachen und nach seinen toten Kindern zu rufen, wie furchtbar!

Aber auch das Schicksal von Frau Nordersiel bewegte Karl-Dieter. Kein Wunder, dass die Arme so menschenscheu gewesen war, dass sie sich so sehr zurückgezogen und niemanden an sich rangelassen hatte. Was musste sie alles durchgestanden haben? Dieser gemeine Verbrecher hatte ihr nicht nur die Kindheit geraubt, er hatte ihr ganzes Leben zerstört. Depressionen, Schlaflosigkeit, Selbstmordgedanken waren nur die bittere Konsequenz gewesen. Die Ursache aber lag woanders, eine nässende, nie heilende Wunde. Karl-Dieter fragte sich, ob in so einem schweren Fall eine Psychotherapie wirklich helfen konnte.

Mütze fragte sich etwas ganz anderes. Weshalb hatten weder der Professor noch Frau Wullhaupt ihm etwas von dem Missbrauch erzählt? Immer war nur von Depressionen und soziophobischen Ängsten die Rede gewesen, nicht aber von deren Ursachen. Warum hatte man den Missbrauch verschwiegen? Zufall? Absicht? Und wenn Absicht, warum? Wollte man andere Patienten schützen, die man in der Klinik behandelte? Wollte man verhindern, dass die Polizei über deren Biographien spekulierte?

»Olé, BVB, olé, olé ...« Mütze zog sein Handy aus der Tasche. Rudi war dran. Dr. Wühlarm hatte Mütze wie vereinbart die Fingerabdrücke von Frau Nordersiel geschickt. Treffer! Einer der drei Abdrücke von dem kleinen Vorhängeschloss sei mit dem des Zeigefingers von Frau Nordersiel identisch. Mütze bedankte sich und fragte noch nach den Genanalysen. Rudi musste ihn vertrösten. Das dauere noch. Er würde sich wieder melden.

Mütze steckte das Handy wieder ein. Die Nachricht von den Fingerabdrücken half ihm kaum weiter. Sie hatten ja bereits so gut wie sicher gewusst, dass Frau Nordersiel den Strandkorb 513 benutzt hatte. Nun hatten sie den endgültigen Beweis, ohne jedoch viel damit anfangen zu können. Mütze beschäftigte weiter die Frage, was Frau Nordersiel in den letzten 24 Stunden vor ihrem Tod erlebt hatte. Was hatte sie so aufgewühlt, dass sie sich sogar ins Dorf getraut hatte? Was hatte sie Ahsen mitteilen wollen? Wenn alles stimmte, was das ABC-Geschwader erzählt hatte, dann war es ihr doch in der Klinik erstmals besser gegangen. Warum dann der plötzliche Rückfall? Fragen über Fragen!

Und auch die drei Männer, die Karl-Dieter beobachtet hatte, gaben ihnen Rätsel auf. Wer waren sie? Gab es da einen Zusammenhang zu ihrem Fall? Der Muskelprotz war ihm von Anfang an unsympathisch gewesen, aber was hieß das schon? Wenn alle unsympathischen Menschen Verbrecher wären, müsste man Gefängnisse bauen so groß wie das Westfalenstadion. Mindestens. Dennoch: Was hatte der Muskelprotz mit dem Anzugtypen bei dem Haus gewollt? Ein seltsames Gebaren für einen Spiekeroog-Touristen. Und wer war der Kapuzenmann und warum war er ihnen hinterhergeschlichen?

»Zeig mir doch noch das Dünenhaus!«

Als sie dort ankamen, war die Nacht bereits hereingebrochen. Die Freunde standen genau an der Stelle am Zaun, an der gegen Mittag der Muskelprotz und der Anzugmann gestanden hatten. Das Haus lag in völliger Dunkelheit. Das Tor war verschlossen, an dem kleinen Briefkasten war kein Name notiert, auch eine Klingel gab es nicht. Gegen den Abendhimmel hob sich die Dachterrasse ab. Mütze hatte genug gesehen.

»Gehen wir zum Dorf zurück!«

Die Freunde beschlossen, auf die abendliche Malefizpartie zu verzichten und lieber noch einen Absacker im Capitänshaus zu nehmen. Sie kamen an dem kleinen Inselmuseum vorbei, in dessen Fenster zwei Porzellanhunde standen und auf die Dorfstraße sahen.

»Ein Mitbringsel aus England«, wusste Karl-Dieter zu erzählen. »Hat ein Matrose in einem Londoner Puff erstanden, lange her. Bekam die Mannschaft beim Landgang dicke Eier, mussten sie darauf achten, wo die Porzellanhunde im Fenster standen. Die wurden dort hingestellt, sobald der letzte Freier gegangen war und das Mädchen wieder zu Diensten stand. Offiziell handelten die Dirnen mit den Dingern, jeder Kunde bekam nach dem Schäferstündchen einen Hund in die Hand gedrückt. Tricksereien im puritanischen Großbritannien, um die verbotene Prostitution zu verschleiern.«

Mütze wunderte sich einmal mehr, was Karl-Dieter so alles wusste.

»Hab ich von Hein Hennigson, dem Inselführer.«

Das Capitänshaus, ein uriges Restaurant, war gut besucht. Mütze bestellte sich ein Weißbier, Karl-Dieter eine Cola light. Zusammen gingen sie noch mal den Tag durch. Karl-Dieter holte erneut die Kamera hervor, um Mütze auf dem großen Display die Fotos zu zeigen. Je öfter man die Aufnahmen betrachtete, desto verdächtiger schien sich der Kapuzenmann zu verhalten. Was hatten die drei Gestalten am Dünenhaus gewollt? Eine Frage, die wahrscheinlich völlig unnütz war. Was sollten sie mit der Strandkorbleiche zu tun haben oder mit der Selbstmörderin? Anderseits stagnierten ihre Ermittlungen derart, dass sie sich an jede verdächtige Beobachtung klammern mussten.

Unauffällig stupste Karl-Dieter Mütze an und deutete zu einem der hinteren Tische. Dort saßen drei Männer beim Skat. Das Segelohr, der Pförtner der Frieslandklinik und Sven Svenson, der Inseldoktor.

Freitag

War es zwei Uhr in der Früh? Oder war es schon drei? Plötzlich riss es Mütze aus dem Bett. Was war das für ein Geräusch? Das kam nicht von Karl-Dieter. Da hatte doch was gescheppert! Das kam von draußen! Da, schon wieder! Da warf jemand was gegen ihre Scheibe!

Ohne das Licht einzuschalten, schlich Mütze schnell ans Fenster und spähte in die Finsternis. Nichts war zu erkennen. Die Nacht war bewölkt, kein Mond erleuchtete die Szenerie. Mütze wartete einige Augenblicke ab. Als sich nichts tat, schlüpfte er in Schuhe und Bademantel und verließ das Haus. Wenn jemand etwas an ihr Fenster geworfen hatte, dann musste er sich auf dem kleinen Friedhof versteckt haben. Vielleicht hinter dem Grabstein, den dankbare Schiffbrüchige ihrem Retter gestiftet hatten. Mütze schlich gebückt näher heran. Doch dahinter war niemand. Auch nicht bei der alten Inselkirche. Das ganze Dorf schien friedlich zu schlafen. Mütze ging zum Haus zurück und betrachtete die Fassade. Auf der Fensterbank lag ein Briefumschlag. Mütze griff ihn mit einer Ecke seines Bademantels und trug ihn in die Wohnung. Sich müde die Augen reibend, kam Karl-Dieter aus dem Schlafzimmer.

»Was ist denn?«, gähnte er.

Mütze machte Licht und deutete auf den braunen Umschlag: »Einen Moment!«

Dann streifte er Plastikhandschuhe über und erbrach das Kuvert. Ein weißer Zettel steckte darin. Mit ungelenker Hand, fast an eine Kinderzeichnung erinnernd, war eine grässliche Totenfratze darauf gemalt, darunter zwei gekreuzte Knochen, wie man sie von Piratenfahnen kennt. Unter der Zeichnung stand mit fettem schwarzen Filzstift geschrieben: »Verpisst Euch! Auf Spiekeroog werdet Ihr nicht glücklich werden!«

Um drei Uhr morgens Kaffee zu kochen, war ganz und gar gegen Karl-Dieters Gewohnheit. Auf der anderen Seite, was war die Alternative? Sich wieder ins Bett zu legen, war unmöglich. Nicht nach diesem Vorfall. Wer um alles in der Welt wollte sie mit dieser plumpen Drohung einschüchtern? Das konnte doch nur jemand sein, der mit dem Strandkorbmann zu tun hatte. Vielleicht sein Mörder? Dann schien es geraten, die Drohung ernst zu nehmen. Karl-Dieter gab einen zusätzlichen Löffel Kaffeepulver in die Melitta-Filtertüte. Auf frische Brötchen mussten sie um diese Uhrzeit leider verzichten. Karl-Dieter entschied, stattdessen schnell zwei Pfannkuchen zu machen.

»Ist kein Aufwand, wirklich nicht, Mütze!«

Karl-Dieter hatte am Vormittag einen Friseurtermin, und Mütze war nicht unglücklich darüber. Sein Tag war dicht gepackt. Zunächst ging er zur Post, kopierte das Blatt mit dem grinsenden Totenschädel und versandte das Original samt Umschlag sauber eingeschlagen an Rudi. Wenn sich auf dem Drohbrief dieselben Fingerabdrücke wie auf dem Schloss vom Strandkorb 513 finden ließen, wären sie einen entscheidenden Schritt weiter. Dann würden sich auf einen Schlag zwei Fragen lösen: Es wäre dann ziemlich sicher, dass erstens der Strandkorbmann tatsächlich ermordet worden war. Zweitens, dass sich der Mörder weiter auf der Insel befand.

Völlig nebulös allerdings blieben weiterhin dessen Motive. Bei der Strandkorbleiche könnte man ja über allerlei spekulieren, warum um alles in der Welt aber wollte der Typ auch ihnen an den Kragen? Die Drohung war eindeutig im Plural abgefasst, auch Karl-Dieter war gemeint. Wusste der Kerl, dass Mütze, ein Kriminaler war und gegen ihn ermittelte? Und dass Karl-Dieter sein Freund war? Doch selbst wenn der Kerl das wusste, wie blöd musste er sein, eine solch primitive Drohung zu hinterlassen? Und damit eine Spur! Es sei denn, er war von der oberschlauen Sorte und der eigentliche Zweck seiner Totenkopfzeichnung bestand darin, sie mit diesem Blödsinn auf eine falsche Fährte zu locken.

Nachdem Mütze den Brief aufgegeben hatte, machte er sich auf den Weg zum Badestrand. Das traumhafte Wetter sah Mütze mit Freuden, es würde selbst den wasserscheusten Gesellen hierherlocken. Vielleicht hatte er ja Glück mit seinem Plan, der auf den Erzählungen des ABC-Geschwaders beruhte. Auch wenn die drei ihm auf den Senkel gingen, immerhin hatten sie vielleicht etwas nicht Unwichtiges herausgefunden.

Vielleicht! Wenn sie in ihrem Altersschussel nicht alles durcheinandergebracht hatten. Auch das war nicht wirklich auszuschließen.

Waren die Alten vor zwei Jahren schon seltsam gewesen, so schienen sie nun endgültig überzuschnappen. Dieses Gehopse gestern Abend, diese alberne Witzelsucht, dieses Gerede von Kosakensteaks und deren Vornamen! Und wie sie Karl-Dieter so vertraut zugezwinkert hatten, fast verschwörerisch. Die tickten doch nicht richtig. Konnte gut sein, dass an der Missbrauchsgeschichte nichts dran war. Denn: Wenn Karla Nordersiel als Kind tatsächlich missbraucht worden war, warum hatte ihm das niemand mitgeteilt? Professor Bitzenplitz nicht, Frau Dr. Wullhaupt nicht und nicht ihre Mutter. Zugegeben, sexueller Missbrauch war immer noch ein heikles Thema, aber doch nicht so heikel, um es einem ermittelnden Kripobeamten zu verschweigen.

Die Urlauber schoben sich den schmalen Slurpad entlang, voller Vorfreude auf einen weiteren schönen Strandtag, eine kleine Völkerwanderung. Vor Mützes Nase zog ein Vater seine beiden Kleinen im Bollerwagen. Beide waren im schönsten Kindergartenalter und trugen Schirmmützen mit einem weiten Nackenschutz gegen die Sonnenstrahlen. Der vielleicht ein knappes Jahr ältere Junge erzählte seiner Schwester, gestern habe er einen Dinosaurier gesehen, der sei sooo groß gewesen. Dabei streckte er seine Arme soweit er konnte auseinander.

»Und ich hab einen Dinosauria geseht, der war sooo dooß!«, antwortete ihm seine Schwester und streckte gleichfalls mächtig ihre Ärmchen aus.

Mütze verdrehte die Augen. Und solch ein Gebrabbel wollte sich Karl-Dieter freiwillig anhören! Mütze machte, dass er an dem Bollerwagen vorbeikam. Wenn sie zurück in Erlangen waren, würde er beim Bauern in Kosbach nach einem Katzenbaby fragen. Ein Kollege hatte ihm den Tipp gegeben. Mit einem Katzenbaby habe dieser die Schwangerschaftsmanie seiner Frau für ganze drei Jahre unterdrücken können. Drei gewonnene Jahre, die waren etwas Katzenschiss schon wert. Und danach wären sie definitiv zu alt für Kinder.

Bald hatte Mütze die letzte Düne erreicht, der Badestrand lag vor ihm und damit der unendliche Ozean, der heute auf Mittelmeer machte und in azurblauen Farben schimmerte. In der Ferne konnte man ein paar Riesenkähne erblicken, die auf dem Horizont balancierten. Am Strand wuselte schon alles durcheinander, auch oben beim Stand des Strandkorbverleihs drängten sich die Leute. Jeder wollte einen Blick auf die elektronische Wetterstation werfen, die man an die Seitenwand genagelt hatte. So war der moderne Mensch. Es reichte ihm nicht, dass die Sonne schien. Er wollte, dass ihm die Technik das schöne Wetter auch bestätigte.

Mütze schaute beim Vorübergehen kurz in den Stand hinein. Das Segelohr war damit beschäftigt, auf seinem Smartphone herumzuwischen, und bemerkte ihn nicht. Sah etwas mitgenommen aus, der Kerl, vielleicht hatte die Skatrunde gestern noch länger gedauert. Die Insulaner schienen einen vertrauten Umgang miteinander zu pflegen, was wohl zum Überleben auch nötig war, denn die Freizeitaktivitäten waren doch eher begrenzt. Mütze ging den rechten Bretterweg hinunter. Unten angekommen orientierte er sich kurz. Rasch hatte er sein Ziel gefunden.

Im Strandkorb 513 saß tatsächlich eine Dame. Ob das Frau Gengenbach war? Konnte sein. Mütze hatte sich von Karl-Dieter eine genaue Personenbeschreibung geben lassen, und auf die war Verlass, darin war Karl-Dieter gut. Blondierte kurze Haare, geblümter Einteiler, violette Badelatschen mit rotem Blümchenbesatz. Zurückgelehnt saß sie da und las eine Illustrierte. Doch wie spricht man eine Dame im Strandkorb an? Selbst als mit allen Wassern gewaschener Kommissar tut man sich da nicht leicht. Mütze trat näher, um etwa zwei Meter vor dem Strandkorb stehen zu bleiben und sich vernehmlich zu räuspern. Doch erst nach dem zweiten, etwas lauteren Räuspern ließ die Dame ihre Illustrierte sinken und blickte ihn erstaunt an.

»Frau Gengenbach? Gestatten, Kommissar Mütze!«

Das ABC-Geschwader hatte sich nicht getäuscht. Frau Nordersiel war tatsächlich nach Spiekeroog gekommen, um hier eine Traumatherapie zu machen. Es gab nicht viele Kliniken in Deutschland, die diese noch recht junge Methode anboten. Als kleines Mädchen sei Frau Nordersiel von einem Nachbarn wohl über einige

Jahre missbraucht worden, meinte Frau Gengenbach, wenn sie das richtig verstanden habe. In den Gruppentherapien sei es meist um andere Themen gegangen. Die eigentliche Traumatherapie fände in den Einzelsitzungen statt, deshalb wisse sie leider nichts Genaues.

Frau Nordersiel sei etwa zur gleichen Zeit in die Frieslandklinik gekommen wie sie selbst. Gute drei Wochen sei das jetzt her. Keiner habe zu Karla einen näheren Kontakt gehabt, sie sei verschlossen gewesen wie eine Muschel. Erst in letzter Zeit habe sie sich etwas geöffnet. Herrn Schafshorn, dem jovialen Pförtner, sei es sogar gelungen, sie zum Lachen zu bringen. Allerdings sei die Stimmung am Ende wieder gekippt. Das letzte Mal habe sie Karla am Montag beim Abendessen gesehen. Da sei sie wieder völlig schweigsam gewesen, versunken in ihre eigene Welt.

Mütze bedankte sich und ging hinunter zum Meer, um an der Brandung angekommen nach rechts abzuschwenken. Zügig und ohne auf das herrliche und immer wieder neue Spiel der sich überschlagenden Wellen zu achten, schritt er geradeaus. Eigentlich hätte er nach dem Vorfall in der Nacht sogleich Ahsen informieren müssen, schließlich waren sie ja jetzt ein Ermittlerteam, und dazu gehörte es, dass man sich intensiv und zeitnah austauschte. Mütze beschloss, das Versäumnis umgehend nachzuholen und nach seinem Besuch in der Frieslandklinik bei Ahsen vorbeizuschauen. Er musste sowieso noch mit ihm reden und würde ihm zugleich von seinen Recherchen in der Frieslandklinik erzählen können.

Fest stand jetzt: Karla Nordersiels Depressionen und Menschenscheu resultierten aus einem frühen Missbrauchserlebnis. Mütze musste nun unbedingt herausfinden, warum ihm die Ärzte in der Klinik keinen reinen Wein eingeschenkt hatten. Und ob sie ihm möglicherweise noch etwas anderes verschwiegen. Wenn Mütze im Laufe seines langen Berufslebens eine Erfahrung gemacht hatte, dann die: Auf eine verschwiegene Information, kommen zwei weitere. Beim raschen Vorwärtsschreiten spürte er, wie er darüber immer wütender wurde. Wenn er etwas nicht ausstehen konnte, dann diese Heimlichtuereien. Zum Teufel, eine Frau war ums Leben gekommen und ein Mann auf ungeklärte Weise verschwunden, vermutlich sogar getötet worden. Und ein Typ lief nachts über die Insel und verteilte Drohbotschaften. Außerdem noch die eigentümliche Sache mit dem Kapuzenmann. Mütze brauchte jetzt eines: Klarheit und verlässliche Informationen. Auf irgendeine Weise hing alles mit dem Strandkorb 513 und der Selbstmörderin zusammen, und wenn jemand etwas über sie wusste, dann doch wohl ihre Ärzte!

Was gab es Schöneres, als sich vom Friseur verwöhnen zu lassen? Hingebungsvoll genoss Karl-Dieter die angenehme Behandlung. Er hatte Glück gehabt und war nicht gleich an die Reihe gekommen. So hatte er in aller

Ruhe noch die neuesten Klatschblätter lesen können. Niemals hätte er sich die »Bunte« oder die »Bild der Frau« gekauft, aber wenn sie schon mal auslagen! Es beruhigte ihn jedes Mal aufs Neue, dass auch die Schönen und Reichen mit denselben Allerweltsproblemen zu kämpfen hatten, wie Otto Normalverbraucher: Ehekrisen, Scheidungen, sich verlieben, sich entlieben, Kampf gegen den Krebs, Streit ums Erbe, Schicksalsschläge, Intrigen ... Am meisten aber liebte Karl-Dieter es, wenn sich in einem der fürstlichen Häuser eine Wiege frisch gefüllt hatte. Solche Reportagen verschlang er geradezu. Wie jetzt die Berichte vom englischen Königshaus, der neugeborenen Prinzessin und ihrem Bruder. Also dieser kleine George, was für reizende Pausbäckchen! Ganz der Vater.

Als Karl-Dieter von Jacqueline, der nicht mehr ganz jungen, aber freundlich sächselnden Salonbesitzerin, zum Waschbecken gebeten wurde, hatte er die rührende Story gerade zu Ende gelesen. Während er die Augen schloss und Jacqueline ihm sanft, aber energisch die Kopfhaut massierte, musste er weiter an den kleinen George denken. Irgendwann würde auch er so ein süßes Bengelchen in den Armen halten. Denn ob Fürstenspross oder Bürgerbaby, süß waren sie doch alle!

»Ist es recht so?«, fragte Jacqueline, als sie das Wasser aufdrehte.

Karl-Dieter nickte. Es war immer recht so, dennoch musste diese Frage kommen. Er liebte solche Rituale. Auch das herrliche Gefühl, wenn die Meisterin der

Haarpflege ihm nach der Spülung den Kopf mit dem kuschelweichen Frotteehandtuch umwickelte, um ihm das Haar mit leicht kreisenden Bewegungen zu trocknen. Was für eine Wärme ging davon aus, was für eine Zärtlichkeit! Fast wie damals als Kind bei Tante Dörte. Er hätte täglich zum Friseur gehen können.

»Bitte einen Fassonschnitt!«

Jacqueline kam aus Sachsen und wusste noch, was darunter zu verstehen war. Bei der neuen Generation von Hairstylisten konnte man sich da nicht sicher sein. Karl-Dieter gehörte nicht zu diesen Ängstlichen, die immer nur dieselbe Friseurin an ihre Haare ließen. Geschweige denn denselben Friseur. Es mochte Schwule geben, die ausschließlich zu einem Mann gingen. Karl-Dieter aber konnte es auch sehr genießen, wenn eine Frau sich hingebungsvoll um Kopf und Haare kümmerte. Vielleicht sogar noch mehr. Für ihn war der Frisiergenuss zwar nicht ohne jegliche Erotik, aber doch völlig asexuell. Es hätte ihn vielmehr gestört, würden sich aufreizende Berührungen hineinmischen. Einmal hatte ihm ein junger Kerl die Haare geschnitten und dabei seinen Schritt an Karl-Dieters Oberarm gerieben. Vielleicht war es auch nur Einbildung gewesen, dennoch hatte er sich unangenehm berührt gefühlt.

Seltsamerweise wurde der heutige Friseurbesuch in keiner Weise durch die Ereignisse der gestrigen Nacht getrübt. Der Totenkopf hatte Karl-Dieter keinerlei Angst eingejagt. Dafür hatte er schon zu viele echte Gefahrensituationen durchstehen müssen. Am schlimmsten war es vielleicht beim Fall Rückert gewesen, als er in der alten Coburger Bibliothek dem Tod ins Auge geblickt hatte. Und zwar bis zur Netzhaut! Vor einem Mann, der Kinderzeichnungen malte und mit lächerlichen Kieselsteinchen gegen Fensterscheiben warf, brauchte man sich jedenfalls nicht zu fürchten, das war klar wie Kloßbrühe. Mehr beschäftigte Karl-Dieter das Räuber-und-Gendarm-Spiel, das er in der Dünenlandschaft beobachtet hatte. Was hatten die drei bei dem einsamen Dünenhaus zu suchen, das augenscheinlich unbewohnt war?

»Darf ich Ihnen die Augenbrauen stutzen?«

Warum nicht? Sie wuchsen in letzter Zeit stärker, weshalb auch immer. Gegen etwas Wachs in den Haaren hatte Karl-Dieter ebenfalls nichts einzuwenden, eine männlich-markante Note konnte nicht schaden. Das einzige, was er nur widerwillig über sich ergehen ließ, war der drohend brummende Schneideapparat, mit dem ihm Jacqueline ungefragt in die Ohrhöhlen fuhr. Klar, auch um diese Haare musste sich gekümmert werden, leider Gottes, dennoch führte diese Prozedur stets zu einer kleinen Missstimmung in der doch sonst so wunderbaren Wohlfühlwelt.

»Recht so?« Jacqueline hielt ihm einen kleinen Rundspiegel hinter den Kopf, so dass sich Karl-Dieter von allen Seiten betrachten konnte. Als er zufrieden nickte, bürstete sie seinen Nacken entschlossen sauber und half ihm dann aus dem schwarzen Satinumhang. Karl-Dieter bedankte sich und gab reichlich Trinkgeld. Im nächsten Jahr würde er sicher wieder vorbeischauen. Falls er dann noch Haare hätte, fügte er neckisch hinzu, obwohl ihm das gar keine Sorgen bereitete, denn sein Schopf war zwar schon etwas angegraut, aber noch immer recht voll. Mal sehen, was das ABC-Geschwader zu seinem neuen Schnitt sagen würde. Mit den Damen hatte er sich zum Dünensingen verabredet.

Das Dünensingen ist eine alte Spiekerooger Tradition. Man trifft sich in einer Art natürlichem Amphitheater, das von einigen alten Dünen hinter der Strandhalle geformt worden ist. Überall sonst ist das Betreten der Dünen streng verboten, aus gutem Grund. Beschädigt man die Grasnarbe, ist der Sand schutzlos den Winden ausgesetzt. Den Dünen verdankt Spiekeroog schließlich seine Existenz, wie alle ostfriesischen Inseln. Eigentlich sind sie nichts anderes, als aufgespülte Sandbänke, auf die Möwen Grassamen geschissen haben. Diese drei, Sand, Möwen und Grassamen, sind die eigentlichen Mütter und Väter der Insel, die Baumeister der Dünen. Dort zu singen, ist ein besonderes Vergnügen, Familien und Rentner, Touristen und Einheimische, alle kommen sie herbeigeströmt.

Die in bunte Kleidung gehüllten Chormitglieder saßen im Halbkreis und warteten auf den Maestro, den erfahrenen Inselmusiker Knut Kniepensen, der mit seiner Klampfe die unterschiedlichen Vorlieben der Gäste für die optimale Tonhöhe zu vereinheitlichen sucht, nicht immer ohne Erfolg. Das ABC-Geschwader war schon da, als Karl-Dieter eintraf, das Singen aber hatte noch nicht begonnen.

»Du hast die Haare schön«, sangen die drei Alten mit vergnügtem Krächzen zu seiner Begrüßung.

Karl-Dieter konnte ihnen nicht böse sein, auch wenn sich einige andere Chorsänger sichtbar amüsierten. Sollten sie nur! Ein bisschen Spaß muss sein.

»Und?«, wollte das Geschwader neugierig wissen, als sich Karl-Dieter neben ihnen niederließ. »Gibt es Neuigkeiten vom Strandkorbmörder?«

Karl-Dieter musste sie enttäuschen. Nichts Neues gab es zu berichten. Den Totenkopfbrief verschwieg er lieber, bloß nicht zu viel ausplaudern, er wollte auf gar keinen Fall eine neue Ehekrise riskieren. Ach, wenn es doch nur eine Ehekrise geben könnte! Also eine richtige. Aber Mütze hatte ja jeden Vorstoß in dieser Richtung ausgebremst. Die Ehe sei etwas für heterosexuelle Neandertaler, war sein ständiger Spruch, ein Auslaufmodell, das man nicht künstlich beatmen solle, erst recht nicht als fortschrittlicher Homo. Karl-Dieter hatte den Traum längst aufgegeben, einmal selbst am Traualtar zu stehen, was zu schade war, allein wegen des schönen Festes. Wann wurde denn schon noch fröhlich gefeiert? Nur noch Beerdigungen schien es zu geben und vierzigste oder gar fünfzigste Geburtstage, was doch auf dasselbe hinauslief. In der Hochzeitsfrage hatte Karl-Dieter schweren Herzens nachgeben müssen, in der Kinderfrage aber war nun Mütze dran, seinem Herzen einen Stoß zu geben.

161

Ein sehniger Alter erschien mit seiner Klampfe, der Dünenmaestro. Bald erschallten die ersten Akkorde: »Wenn die bunten Fahnen wehen, geht die Fahrt wohl über's Meer ...« Der bunte Chor schien eine eingeschworene Truppe zu sein, kräftig fielen alle mit ein, auch das ABC-Geschwader. »Heute an Bord, morgen geht's fort, Schiff auf hoher See« und »Wir lagen vor Madagaskar« folgten und das sehnsüchtig-sentimentale »Winde wehn, Schiffe gehn, weit in fremde Land. Und des Matrosens allerliebster Schatz bleibt weinend stehn am Strand.« Bei der Stelle: »Wein doch nicht, lieb Gesicht, wisch die Tränen ab ...« war das ABC-Geschwader so gerührt, dass es zum bestickten Taschentuch greifen musste. Vom Jungen, der bald wiederkommen soll, sang man, von der Großfahrt, auf die man einst gehen wollte, und natürlich durfte auch die Ostfriesenhymne nicht fehlen: »An der Nordseeküste, am plattdeutschen Strand ...« Als Zugabe schmetterten dann alle fröhlich: »War einst ein kleines Segelschiffchen!«

Nachdem sich der bunte Chor wieder zerstreut hatte und alle zum nahen Badestrand liefen oder sich in der Strandbar ein Eis gönnten, blieben das ABC-Geschwader und Karl-Dieter noch etwas auf der Naturbühne sitzen. »Dürfen wir ein Selfie mit Ihnen schießen?«, fragten ihn die Alten.

Karl-Dieter schaute überrascht. Waren sie nun ebenfalls unter die Fotografen gegangen? Lachend rückten sie eng zusammen und nahmen Karl-Dieter in ihre

Mitte. »Soll ich das Foto vielleicht schießen?«, bot er sich höflich an, verfügte er doch über die längsten Arme.

»Nicht nötig«, lachte das Trio, »wir haben da so unsere eigene Technik!« Darauf zogen sie eine kleine Digitalkamera hervor, schraubten sie auf das Ende eines ihrer Nordic-Walking-Stöcke, drückten ein paar Knöpfe und hielten den Stock dann weit vor sich hin. »Spaghetti!«, riefen die Bottroper Silver Ager so übermütig, dass ihre Goldzähne funkelten, und schon machte es Klick.

Karl-Dieter schaute wie ein Eichhörnchen, wenn's blitzt. Die drei waren nicht zu unterschätzen, gingen wirklich mit der Zeit. Wenn sie ihr nicht sogar voraus waren. Und das Foto war tatsächlich was geworden.

»Schauen Sie, wir haben schon eine ganze Sammlung!«, sagte das ABC-Geschwader und hielt Karl-Dieter die Kamera hin.

Bottrop auf der Fähre mit einem Matrosen in der Mitte, Bottrop am Hafen, Bottrop, wie es die Möwen fütterte, Bottrop beim Sonnenuntergang, Bottrop mit dem Kellner in der »Teetied«, Bottrop am Badestrand, Bottrop beim Bocciaspiel …

»Moment mal, bitte noch mal zurück!«, bat Karl-Dieter.

»Gefallen wir Ihnen?« Geschmeichelt legte das ABC-Geschwader den Rückwärtsgang ein.

»Stopp!«, rief Karl-Dieter, »können Sie den Ausschnitt hier oben rechts mal vergrößern?«

Die Damen taten wie gewünscht. Zwei Menschen, die sich zufällig im Hintergrund aufhielten, wurden größer und größer. Karl-Dieter kniff die Augen zusammen. Der eine war zweifellos das Segelohr. Keine Frage, der Strandkorbverleiher war unverwechselbar. Die Frau aber, mit der er zu sprechen schien, das war doch, das war doch ... Karla Nordersiel! Oder etwa nicht? Sie war nur im Halbprofil zu sehen, zudem etwas unscharf abgebildet.

»Das ist Kai, der Meister aller Strandkörbe«, juchzten die Alten, »gefällt er Ihnen, Karl-Dieter? Keine Sorge, wir verraten Mütze nichts! So schöne Ohren, da muss man doch schwach werden ...«

Karl-Dieter verdrehte die Augen. Lieber gestand er nicht, dass er vor allem an der Frau interessiert war. Sie hätten es ihm ohnehin nicht geglaubt. Jetzt musste er dafür sorgen, dass er an eine Kopie des Fotos kam, besser noch Mütze, was sich als einfacher erwies als gedacht. Das ABC-Geschwader besaß eine Kamera mit WLAN und beherrschte sogar die Technik, seine Fotos mittels MIFI auf das eigene Handy zu schicken. Schwupps, beamten die Alten das Foto hinüber.

»Olé, BVB, olé, olé ...« Unwillig zog Mütze das Handy aus der Tasche. Wer rief ihn in diesem ungünstigen Moment an? Gerade hatte er Professor Bitzenplitz aus der Badegruppe rufen lassen, um ihn mit der Missbrauchsgeschichte zu konfrontieren, und jetzt diese Störung. Die Nummer auf dem Display sagte Mütze nichts. Aber vielleicht war es ja was Wichtiges, vielleicht war es Rudis Labor. So nahm er den Anruf entgegen. Es war Karl-Dieter.

»Ein Foto? Schick's mir per WhatsApp!«

Wie aber schwoll Mütze der Kamm, als er sah, was auf seinem Minibildschirm erschien! Da grinste ihn das ABC-Geschwader an! Vom Badestrand! Zornig versenkte Mütze das Handy wieder in der Tasche. Jetzt kannten die alten Hexen auch noch seine Nummer. Mensch, Karl-Dieter. War der Kerl denn übergeschnappt? Was ging das ABC-Geschwader seine Handynummer an? Mühsam schluckte er seinen Ärger hinunter. Vorerst.

»Entschuldigen Sie«, sagte er zum Professor, »entschuldigen Sie auch, dass ich Sie aus der Badegruppe habe rufen lassen.«

»Balint-Gruppe«, korrigierte der Professor mit sibyllinischem Lächeln.

»Ich will's kurz machen«, sagte Mütze, »es geht noch mal um Frau Nordersiel. Stimmt es, dass sie als Mädchen missbraucht worden ist?«

Der Professor schien für einen Moment die Kontrolle über seine Gesichtsmuskulatur zu verlieren, fing sich jedoch schnell wieder. »Ich wüsste nicht, was das für eine Rolle spielt«, sagte er, nahm seine Brille ab und begann, am linken Bügel zu nagen.

»Frau Nordersiel ist tot, da spielt alles eine Rolle«, sagte Mütze, und seine Stimme wurde eine Spur schärfer.

»Frau Nordersiel hat sich umgebracht, was niemand mehr bedauert als wir«, erwiderte der Bitzenplitz mit gleicher Schärfe.

»Ist sie missbraucht worden?«

»Ja, das ist sie.«

»Und sie war bei Ihnen, um von diesem Trauma geheilt zu werden?«

»Um das Trauma zu bearbeiten.«

»Was ist der Unterschied?«

»Eine Heilung ist nicht möglich, wohl aber eine deutliche Verbesserung der Symptome.«

»Depressionen? Menschenscheu?«

»So ist es.«

»Auch die Schlafstörungen?«

»Auch diese.«

Der Professor kooperierte nur unwillig. Offensichtlich hatte er Angst, der Ruf seiner Klinik könnte leiden. Ein Selbstmord war für ihn wohl ein lästiger Betriebsunfall, so schnell wie möglich sollte wieder Routine einkehren. Mütze hatte erfahren, dass sich in der Frieslandklinik viele Privatpatienten behandeln ließen. Dieses Geschäftsmodell wollte man natürlich nicht gefährden. Mütze entließ ihn in seine Balintgruppe und bat stattdessen Frau Wullhaupt zu sich. Die Therapeutin trug wieder ihr schlichtes, schwarzes Kleid, als sie ins Besprechungszimmer trat. Sie wirkte sichtlich nervös und setzte sich mit deutlichem Abstand an Mützes Tisch. Mütze stellte ihr zunächst dieselben Fragen wie dem Professor und bekam identische Antworten. Dann wollte Mütze wissen, welche Fortschritte Frau Nordersiel in der Therapie gemacht hatte.

»Sind Sie mein Supervisor?«, fragte Frau Wullhaupt schnippisch.

»Frau Wullhaupt, Ihre Patientin ist möglicherweise Zeugin eines Verbrechens geworden, bitte beantworten Sie meine Fragen.«

»Zeugin eines Verbrechens? Oh ja! Nicht nur Zeugin, sondern Opfer sogar. Weitere Zeugen hat es damals leider nicht gegeben, sonst wäre ihr Leben wohl anders verlaufen. Aber alle haben ja weggeguckt, keiner wollte es wahrhaben. Der nette Herr Nachbar, so ein freundlicher Mann, kümmerte sich freiwillig um die Heizungsanlage im Keller. – Heizungsanlage! Der ließ sich durch ganz andere Dinge anheizen, der widerliche Schuft!«

»Hat sie ihn angezeigt?«

»Jetzt? Nach mehr als dreißig Jahren? Alles doch längst verjährt. So sind unsere Gesetze. Und außerdem ist der Mann bereits verstorben.«

»Noch mal, Frau Wullhaupt, wie ist die Therapie bei Ihnen verlaufen? Gab es Fortschritte und wenn ja, worin haben sie sich gezeigt?«

Die Therapeutin schien sich nach dem Ausbruch wieder etwas beruhigt zu haben. Ja, es habe Fortschritte gegeben, kleine, bescheidene, gewiss, aber für Frau Nordersiel doch durchaus bedeutende. Sie habe erstmals in ihrem Leben wieder ohne Angst mit einem Mann reden können.

»Mit wem?«

»Mit Herrn Schafshorn, unserem Pförtner.«

»Hat sie Ihnen das erzählt?«

»Ich war ihre Therapeutin!«

»Was hat sie am Montagmorgen im Dorf gewollt?«

»Das weiß ich nicht, immer noch nicht, Herr Kommissar.«

»Haben Sie eine Vermutung?«

»Leider nein.«

»Wir haben erfahren, dass es Frau Nordersiel in den letzten Tagen wieder schlechter gegangen ist. Stimmt das?«

»Wer hat Ihnen denn das erzählt?«

»Stimmt das?«

»Rückfälle kommen vor. Bei der Traumaarbeit beginnt man zunächst mit der Stabilisierung des Patienten. Erst dann erfolgt eine behutsame Bearbeitung der verletzenden Ereignisse, was immer eine kritische Phase ist.«

»Und an diesem Punkt waren Sie gerade?«

Frau Wullhaupt nickte. Im selben Augenblick erschallte erneut die BVB-Hymne. Wenn das wieder die Bottroper Dreierbande war, na, die würde was erleben! Es war aber nicht das ABC-Geschwader, es war Ahsen. Ob er sofort kommen könne? Mütze sah Frau Wullhaupt an, die schwer atmend auf ihrem Stuhl saß. Einen dümmeren Moment hätte sich Ahsen nicht aussuchen können. »Auf der Stelle? Warum zum Teufel … Nein, nein, Ahsen, ist schon gut … habe verstanden, bin schon unterwegs!«

Den Mann, der bei Ahsen auf der kleinen Wache saß, erkannte Mütze auf Anhieb wieder. Das war doch der Anzugmann vom Räuber-und-Gendarm-Spiel! Er trug seinen Anzug immer noch, dazu die Krawatte, was auf Spiekeroog so exotisch wirkte, wie eine Bikini-Schönheit in Alaska. Der Mann fühlte sich offensichtlich nicht wohl, sein Gesicht war gerötet, und auf seiner Stirn glänzte es feucht.

»Herr Vorndran aus München«, sagte Ahsen, um dann auf seinen Schreibtisch zu klopfen, »sehen Sie das hier, Mütze!«

Neben der leicht wippenden Spiralmöwe stand eine leere Weinflasche, daneben lag ein weißes Blatt Papier, auf dem jemand mit krakeliger Hand einen Totenkopf gemalt hatte. Darüber stand in wohlvertrauter Schrift: »Ein hübsches Plätzchen auf Spiekeroog? Wie wär's mit dem Drinkeldodenkarkhof!«

»Drinkeldodenkarkhof?« Mütze schaute Ahsen fragend an.

»Friedhof der Ertrunkenen«, sagte Ahsen. »Herr Vorndran ist Geschäftsmann. Er vertritt eine Gruppe Münchner Investoren, für die er ein Objekt auf Spiekeroog erwerben will. Heute bekam er zum Frühstück diese Flaschenpost serviert.«

»Spätaufsteherfrühstück in der *Linde*. Ich kam gerade vom Buffet zurück, als diese Flasche hier auf meinem Platz stand. Niemand wusste, wie sie dorthin gekommen war, auch Willi nicht, der Kellner. Zunächst dachte ich an einen netten Gag, meinen Schock beim

Herauspurzeln dieses Zettels können Sie sich vorstellen!«

»Welches Objekt haben Sie ins Auge gefasst?«, wollte Mütze wissen.

»Tut mir leid, Geschäftsgeheimnis, Herr Kommissar.«

»Vielleicht das Haus auf der Düne? Das mit der Aussichtsterrasse?«

Der Anzugsmann erbleichte. »Woher wissen Sie das?«, stotterte er.

»Wer interessiert sich denn sonst noch dafür?«

»Keine Ahnung. Da müssen Sie Mägdefrau fragen. Den hat die Erbengemeinschaft als Makler beauftragt.«

»Mägdefrau? Ist das dieser muskelbepackte blonde Kerl?«

Nun war auch Ahsen sprachlos. Dieser Mütze! Unfassbar! Ein Genie! Was der alles wusste! War erst zum zweiten Mal in seinem Leben auf Spiekeroog, dazu dieses Jahr nur als Tourist, und kannte die intimsten Einzelheiten des Insellebens! Wirklich unglaublich! Mütze sonnte sich im Glanz der Verblüffung. Was gab es für einen Polizisten Größeres als die Bewunderung durch einen anderen Polizisten? Und aus Übermut packte er noch 'ne Schippe drauf. »Hat dieser Mägdefrau nicht so eine Nixe an der Seite, Typ Spielerfrau, und dazu einen missratenen Sohn?«

Ahsen wurde es langsam unheimlich. Woher wusste Mütze das alles? Das ging doch nicht mit rechten Dingen zu!

»Und heißt das Gör nicht Leon?«

Ahsen goss sich ein Glas Wasser ein und nahm einen tiefen Schluck. Sherlock Holmes war ein blutiger Anfänger dagegen. Wenn einem die Lösung dieses Falles gelingen konnte, dann nur Mütze!

»Bringen Sie den Kerl her!«

Ahsen ließ sich von Vorndran Mägdefraus Handynummer geben, räusperte sich und gab sich krampfhaft Mühe, betont amtlich und korrekt zu wirken. »Nein, Manfred, du, ich mach keine Witze! Du kommst sofort auf die Wache, hörst du?«

Keine fünf Minuten später ging die Tür auf, und Manfred Mägdefrau stürmte herein. Als er Mütze sah, stoppte er, und ein erleichtertes, ja triumphierendes Lächeln glitt über sein Gesicht.

»Hast du ihn dir geschnappt, Ahsen? Na, gratuliere! Fehlt bloß noch sein dicker Komplize. Willst du meine Zeugenaussage aufnehmen?«, und an den Anzugträger gewandt: »Hat er Ihren Strandkorb etwa auch aufgebrochen?«

»Noch mal zum Mitschreiben!« Karl-Dieter kam nicht ganz hinterher. »Der Muskelprotz ist Immobilienmakler? Und der Anzugträger ein Münchner Geschäftsmann? Und irgendein Unbekannter versucht, Interessenten des Dünenhauses zu verschrecken? – Okay, okay, das verstehe ich ja alles noch, aber warum soll dieser Unbekannte auch uns drohen? Wüsste nicht, dass wir ein Haus erwerben wollen.«

»Er muss uns beobachtet haben, als wir gestern Nacht noch am Zaun des Dünenhauses gestanden haben«, sagte Mütze und nahm einen Schluck aus der Pulle.

Die beiden Freunde hatten sich wie beim Frühstück vereinbart im Laramie getroffen, einer entlegenen Kneipe am Westend, in der Nähe des Zeltplatzes. Dort saßen sie im Freien und tranken ihr Pils aus grünen Flaschen.

»Der Kapuzenmann?«

»Vermutlich. Habe Mägdefrau und den Münchner Immofritzen auf fünf Uhr noch mal zu Ahsen bestellt. Dafür brauche ich deine Kamera mit der Aufnahme vom Kapuzenmann. Apropos, wo wir schon mal bei Aufnahmen sind, was um alles in der Welt haben die Bottroper Hexen auf meinem Handy zu suchen?«

Karl-Dieter verschluckte sich prustend. »Zeig mal!«, sagte er mit gespielter Unschuld.

Mütze kramte sein Handy hervor und hielt Karl-Dieter das Beweisfoto unter die Nase. »Leugnen zwecklos! Das kostet dich eine Runde Bier. Mindestens!«

»Langsam, langsam«, mahnte Karl-Dieter, »schau dir das Foto mal genauer an.«

»Den Teufel werd ich tun«, knurrte Mütze, um es dann aber doch noch mal anzusehen. Jetzt stutzte auch er. Verflucht, warum war ihm das nicht gleich aufgefallen? Gespannt zoomte er den Bildausschnitt näher heran.

»Mensch, Karl-Dieter! Warum sagst du das denn nicht gleich?«

Auch Mütze glaubte, Karla Nordersiel zu erkennen. Dieser zarte, etwas ängstliche Ausdruck war ihm doch vertraut. Wie ein Reh auf der Flucht. Ein tiefgezogener Strohhut verdeckte einen Teil des Gesichts, das ohnehin nur im Halbprofil zu sehen war, der Mund aber war leicht geöffnet. Tatsächlich konnte man glauben, sie würde sich mit dem Segelohr unterhalten. Es konnte aber auch Zufall sein, eine flüchtige Begegnung ohne Kontaktaufnahme. Der Blick von Frau Nordersiel schien an Strandkorb-Kai vorbeizugehen, während der wiederum die Patientin klar zu fixieren schien.

»Ist das das einzige Foto?«, fragte Mütze.

Karl-Dieter nickte. Aber war diese Frau tatsächlich Karla Nordersiel? Man müsste auf Nummer sicher gehen und jemanden aus der Klinik fragen. An solch einen Strohhut würde man sich erinnern. Der Wochentag jedenfalls konnte stimmen. Am Samstag hatte Frau Nordersiel den Strandkorb 513 für sich reserviert. Aber warum sollte sie Kontakt mit dem Segelohr aufgenommen haben? Den Schlüssel hatte sie doch vom Pförtner bekommen, der sie sogar zum Lachen gebracht hatte. Ihre Männerphobie hatte sich also zu bessern begonnen, aber ob ihr neugewonnener Mut zu einem Gespräch am Badestrand ausgereicht hatte? Außerdem sei es ihr doch zuletzt wieder schlechter gegangen. Mütze sah auf die Uhr. Sein Entschluss stand fest. Bevor er auf die Wache ging, um Vorndran und diesen Mägdefrau zu treffen, würde er noch zum Badestrand gehen. Es schien ihm ratsam, das Segelohr direkt mit dem Foto zu konfrontieren.

»Was ist nun, leihst du mir deine Kamera?«

Karl-Dieter war leicht gekränkt, weil Mütze schon wieder allein losziehen wollte. Unter einem gemeinsamen Urlaub hatte er sich eigentlich etwas anderes vorgestellt. Strandkorbleiche hin, Strandkorbleiche her, es gab ja auch noch andere Dinge im Leben. Zum Badestrand hätten sie doch gemeinsam gehen können. Aber Mütze fand tausend Gründe, warum es besser sei, sich erst am Abend wieder zu treffen. »Dafür lade ich dich heute Abend in die Bahnhofspizzeria ein!«, hatte er dem Freund versprochen. Karl-Dieter beschloss, das Beste draus zu machen und sich ein Dampfbad zu gönnen. Erstens entspannte man nirgends angenehmer, und zweitens gab es nichts Besseres für die Haut. Danach sah man fünf Jahre jünger aus. Mindestens. Und fühlte sich auch jünger. Und Menschen, die sich jünger fühlen, leben auch länger. Das hatten die Wissenschaftler neulich erst herausgefunden.

Die Spiekerooger Panorama-Dünensauna ist einer der wunderbarsten Wohlfühlorte auf diesem Planeten. Der Wellnessbereich wirbt sogar mit einer Pärchenbadewanne und einem Massageraum für zwei. Karl-Dieter bedauerte tief, dass er Mütze dafür wohl niemals begeistern könnte. Mütze setzte sich ja noch nicht einmal allein in eine Wanne, weil ein Wannenbad unmännlich wäre. So ein Quatsch, schon die alten Römer hatten es sich im Bad gemütlich gemacht, und die hatten die halbe Welt erobert.

Karl-Dieter ging den Weg an den Wattwiesen vorbei zum Dorf zurück. Zwischen den Ginsterbüschen stritten sich zwei wütende Fasanenmännchen, während das Weibchen ein Stück weiter im Sand pickte und völlig unbeteiligt tat. Der Hahnenkampf wurde mit heftigen Schnabelattacken geführt, und bald flogen Federn im Wind. Karl-Dieter versuchte, die Streithähne durch lautes Klatschen auseinanderzutreiben. Es gelang nur für kurze Zeit, eine Düne weiter setzten sie ihren Streit unverändert fort. Wenn es mehr schwule Tiere gäbe, wäre auch die Tierwelt friedlicher, stellte Karl-Dieter fest. Für die Menschen galt das sowieso. Wie viele Kriege wären gar nicht erst geführt worden! Zum Beispiel, der Kampf um Troja. Den ganzen Ärger hätte es nicht gegeben, wenn nicht alle verrückt nach dieser Helena gewesen wären. Hätte sich Paris stattdessen in Agamemnon verliebt, es wäre nicht zum Krieg gekommen. – Der nächste Friedensnobelpreis sollte einer Schwulenorganisation verliehen werden. Karl-Dieter war froh und glücklich, schwul zu sein.

Links vom Weg tauchte aus den Dünen ein hohes Zeltdach auf. Die katholische Inselkirche. Spontan machte Karl-Dieter einen Abstecher. Er liebte das stille Dünenkirchlein, betrat den Raum mit Andacht. Seitlich brannten ein paar Kerzen. Karl-Dieter zündete selbst eine an und sprach ein stilles Gebet, eher einen Wunsch. Dann verließ er die Kirche wieder.

Vom Westend war es ein gutes Stück zum Badestrand. Das Meer hatte sich weit zurückgezogen und eine riesige Sandbank freigegeben, vielleicht würde eines Tages eine neue Insel daraus entstehen. Mütze hatte es eilig. Wie die Ereignisse der letzten Tage miteinander zusammenhingen, war ihm weiter schleierhaft. Fest stand jedenfalls, dass dieses Spiekeroog keinesfalls so harmlos war, wie es immer tat. Zu viele seltsame Dinge passierten hier. Was hatte es mit dem Dünenhaus auf sich, das eine Erbengemeinschaft verkaufen wollte? Wer hatte ein Interesse daran, den Verkauf zu torpedieren? War der Baumarktzottel Opfer seiner Kaufgier geworden? Mägdefrau hatte zwar lebhaft versichert, am letzten Wochenende keinen Interessenten empfangen zu haben, aber was hieß das schon? Die Erfahrung lehrte, dass bei begehrten Objekten auch an den offiziellen Maklern vorbei gebaggert wurde. Und außerdem: War diesem Mägdefrau zu trauen? Bestand möglicherweise doch eine Beziehung zwischen ihm und dem Strandkorbmann? Wie hatte sich der Muskelprotz echauffiert, als sie Strandkorb 513 auf mögliche Spuren untersucht hatten. War die Überreaktion Ausdruck eines schlechten Gewissens?

Am Stand des Schlüsselverleihs fand er eine junge Frau. Sie sei nur die Vertretung, nein, Kai komme heute nicht mehr und wohl auch die nächsten Tage nicht. Er habe sich krankgemeldet, man müsse nun mit ihr vorliebnehmen. – Handynummer? Von Kai? Kai Siebenhaar? Sie wisse nicht, warum sie die herausgeben solle. – Polizei? Ach so. Das sei natürlich etwas anderes, bitte schön!

»Hat Kai denn was ausgefressen?«

»Keine Spur. Nur eine kleine Zeugenaussage.«

Mütze versuchte es gleich vom Badestrand aus. Die Mailbox meldete sich. Er verzichtete drauf, eine Nachricht zu hinterlassen. Stattdessen ging er noch mal zu der jungen Frau und fragte nach der Adresse von Segelohr.

»Melksett? Wo ist denn das?«

Die junge Frau beschrieb ihm den Weg, Mütze dankte und zog los. Das Segelohr würde er sich schon noch vorknöpfen, vorher aber musste er zur Wache. Und wehe, dieser Mägdefrau würde nicht erscheinen! Bei dem Münchner Anzugmann, diesem Vorndran, war sich Mütze hingegen sicher. Auf Anzugmänner war in solchen Dingen Verlass. Typisch, dass es ausgerechnet Münchner waren, die sich das Traumhaus unter den Nagel reißen wollten. Hallo? Was hatten die Bayern denn in Ostfriesland verloren? Aber so waren sie nun mal. Auch seinen glorreichen BVB versuchten sie, systematisch kaputtzukaufen. Kaum spielte ein Dortmunder auf Weltniveau, zückten die Münchner ihr Portemonnaie. Sie glaubten wohl, alles auf der Welt sei käuflich. Insofern hielt sich Mützes Mitleid mit dem Anzugmann in Grenzen. Er hätte nicht übel Lust, auch den Machern von Bayern München mal einen Totenkopfbrief zu senden.

Just in dem Augenblick, als Mütze an der Dünensauna vorbeieilte, betrat Karl-Dieter das Dampfbad. Heiße Schwaden schlugen ihm entgegen. Schnell zog er die Tür hinter sich zu. Er wusste, wie unangenehm es für die bereits anwesenden Gäste war, wenn kühler Zug die feuchtnasse Haut streifte. Karl-Dieter hatte Glück. Im Dunst entdeckte er eine Bank, die noch frei war. Kaum jedoch hatte er sich gesetzt, als aus dem kochenden Nebel sechs faltige Händchen herauswedelten: »Hallöchen, Karl-Dieter, nein, was für eine Überraschung!«

Karl-Dieter schlug die Augen nieder und grüßte hastig zurück. Er liebte die drei alten Damen, keine Frage, aber in der Sauna war ihm jede Begegnung mit Bekannten unangenehm. Das Dampfbad war ein Ort der Kontemplation und des Rückzugs, kein Ort des Kontaktes und der Kommunikation. Dummerweise nur schien das in Bottrop anders zu sein. Das ABC-Geschwader war begeistert, Karl-Dieter zu treffen.

»Jetzt können Sie es uns ja verraten«, tönte es aus dem weißen Dunst, »hat Mütze Ja zu dem Kleinen gesagt?«

Karl-Dieter wäre am liebsten in den Boden versunken. Sie waren schließlich nicht unter sich. Dahinten im Nebel saßen doch noch andere Badegäste! Er verspürte nicht die geringste Lust, seine Familienplanung an einem solchen Ort zu diskutieren. Also brummte er etwas Unverständliches.

»Wie bitte?«, rief es aus den Wolken, »wir hören nicht mehr so gut, könnten Sie es bitte wiederholen, Karl-Dieter?«

Seine angeborene Höflichkeit wurde auf eine harte Probe gestellt. »Nicht so ganz«, brummte er etwas lauter.

»Wir verstehen Sie einfach nicht«, klang es zurück, »ist vielleicht noch Platz auf Ihrer Bank?«

Karl-Dieter überfiel ein plötzlicher Hustenreiz. Abrupt stand er auf und entschuldigte sich. Bloß raus hier!

»Schade«, rief es ihm hinterher, »dabei haben wir doch solche Neuigkeiten!«

Vorndran und auch Mägdefrau waren bereits auf der Wache, als Mütze eintraf. Ahsen begrüßte den Kollegen dankbar, er war offensichtlich froh, die Sache hinter sich zu bringen. Mütze hielt sich auch nicht lange bei der Vorrede auf. Ganz wie es seine Art war, kam er gleich auf den Punkt. »Kennen Sie diesen Mann?« Er hielt den dreien die Aufnahme vom Kapuzenmann hin.

Karl-Dieter hatte eine ausgezeichnete Kamera, ein echtes Profigerät. Sie verfügte über ein extragroßes Display, das man bequem betrachten konnte. Der Kapuzenmann war scharf abgebildet. Durch die Kameraposition bedingt konnte man ihn allerdings nur von hinten betrachten, das Gesicht sah man nicht einmal von der Seite. Lauernd lag er im Schatten der Düne, das Fischskelett auf seiner Jacke sah bedrohlich aus.

Herr Vorndran, der immer noch seinen Anzug trug, war der erste, der abwinkte. »Nie gesehen.«

Ahsen und Mägdefrau ließen sich mehr Zeit, schüttelten dann jedoch ebenfalls den Kopf.

»War's das?«, fragte Mägdefrau.

»Haben Sie selbst auch ein Drohschreiben erhalten?«, wollte Mütze wissen.

Mägdefrau verneinte.

»Hatten Sie bei den Besichtigungen des Dünenhauses das Gefühl, beschattet zu werden?«

Erneut verneinte Mägdefrau. Mütze gab der Spiralmöwe einen seitlichen Stoß, so dass sie in einer seltsamen Achterbewegung zu schwanken begann.

»Was ist mit den Eigentümern, dieser Erbengemeinschaft? Sind die sich einig?«

Mägdefrau schaute Mütze missmutig an und schwieg.

»Würden Sie die Frage bitte beantworten, Herr Mägdefrau?«

»Bei Erbengemeinschaften gibt es oft unterschiedliche Vorstellungen.«

»Geht's etwas konkreter?«

»Ein Cousin, der in Spanien lebt, will noch nicht verkaufen.«

Ahsen war froh, endlich mit Mütze allein zu sein. Die letzten Szenen waren nicht besonders erfreulich gewesen. Auf die Nachricht von dem spanischen Cousin, war Vorndran empört aufgesprungen und hatte Mägdefrau wüst beschimpft, hatte ihn einen ausgeschamten Hund genannt und einen Krippel, einen verreckten, was immer das sein sollte, jedenfalls nichts Gutes, das hatten sein Ton, seine Mimik und seine Gestik verraten. Wieso er den weiten Weg nach Spiekeroog gemacht habe, wenn sich die Verkäufer noch nicht einig wären? Da hätte er auch in München bleiben können. Er betrachtete die Geschäftsbeziehung als erledigt. Und die Rechnung der »Linde« würde natürlich Mägdefrau übernehmen, »der Saupreiß, der dammische«! Nach Vorndran hatte auch Mägdefrau die Wache verlassen, wie ein begossener Pudel hatte er sich davongeschlichen.

Mütze gab der Spiralmöwe eins auf den Schnabel. »Wer um alles in der Welt ist daran interessiert, dass das Dünenhaus nicht verkauft wird?«

Ahsen hatte nicht die geringste Ahnung. Natürlich gab es auf der Insel unterschiedliche Interessen, auch manch Insulaner spekulierte möglicherweise auf das Haus, wollte Auswärtige verschrecken und den Preis drücken. Aber doch nicht mit solchen Methoden. Die rabiate Tour sei den Spiekeroogern fremd. Nur einmal habe es eine Anzeige gegeben, Jahre her. Da sei Willi auf die Wache gekommen, der nette Kellner der »Linde«, und habe den Diebstahl seiner Tür gemeldet.

»Seiner Tür?« Mütze runzelte die Stirn.

»Seiner Zimmertür. Willi hat früher in einem anderen Haus gearbeitet. Sein Ex-Chef hat seine Angestellten in übelster Weise malträtiert, aber Willi hat sich das nicht gefallen lassen. Darauf hat ihm sein Chef gekündigt, und um ihn rauszuschmeißen, hat er ihm die Tür ausgehängt.«

Nicht gerade die feine, englische Art, das fand auch Mütze.

»Können wir gerade noch mal die aktuellen Vermisstenanzeigen durchgehen?«

Dienstbeflissen begab Ahsen sich zu seinem Rechner.
Er war froh, sich nützlich machen zu können, und hatte
die entsprechende Webseite auch erstaunlich rasch auf
dem Monitor. Zum Glück schien sich wenigstens der
Polizeicomputer der Spiekerooger Entschleunigung zu
entziehen, zumindest durchforstete das Gerät das
Internet deutlich schneller als Mützes Handy.

Mütze musste erneut darüber staunen, wie viele Menschen täglich neu als vermisst gemeldet wurden. In den
letzten vierundzwanzig Stunden waren deutschland-
weit 187 hinzugekommen, es konnten an manchen
Tagen aber auch durchaus 250 sein. 250 Schicksale,
250 Familien und Bekannte in größter Sorge. Davon er-
ledigten sich allerdings die Hälfte glücklicherweise
innerhalb einer Woche, innerhalb eines Monats mehr
als achtzig Prozent. Länger als ein Jahr blieben nur drei
Prozent verschwunden, und auch von diesen mussten
keineswegs alle einem Verbrechen zum Opfer gefallen
sein. Da gab es den Ehemann, der nur mal kurz eine
Packung Zigaretten ums Eck ziehen wollte und sich
für immer verdünnisierte. Da gab es die verwirrte Oma
aus dem Altenheim, die sich verlief und erst Jahre später von Pilzsammlern in traurigem Zustand gefunden
wurde. Da gab es die schockierende Geschichte von
dem kleinen Kind, das in einen Bach gefallen war und
nie wieder auftauchte. Es gab nichts, was es nicht gab.
So viele erschütternde Schicksale. Einmal hatte eine

ältere Dame, vom Besuch einer Freundin zurückgekehrt, ihren Mann vermisst. Sie gab eine Anzeige auf. Niemand hatte eine Ahnung, wo er steckte, spurlos war er verschwunden. Im nächsten Frühjahr kam der Kaminkehrer und machte vom Dach aus eine furchtbare Entdeckung: Der Ehemann, besser seine Leiche, klebte auf dem Garagendach. Dieses hatte er mit Bitumen abdichten wollen, war ausgerutscht und auf dem heißen Teer kleben geblieben. Exitus.

Ahsen klickte Foto für Foto der neuen Vermissten durch. Wenn überhaupt, dann wiesen zwei Männer entfernte Ähnlichkeit mit dem Hornbachmann auf. Der eine stammte zwar aus Ostfriesland, fehlte aber erst seit Dienstag bei der Arbeit, schied also aus. Der andere war am Samstag verschwunden, stammte aus dem Bayerischen Wald und war dort auch zuletzt gesehen worden. Eher unwahrscheinlich, dass es ihn bis in den hohen Norden verschlagen haben sollte. Doch auszuschließen war natürlich nichts. Selbst unter den Bayern gab es Spiekeroog-Fans, wie zuletzt der Anzugmann bewiesen hatte. Blöd, dass Karl-Dieter jetzt nicht dabei war, dann hätte man das gleich klären können. Egal, er würde ihm das Foto eben in der Pizzeria zeigen.

»Was ist dieser Kai vom Strandkorbverleih für ein Typ?«, fragte Mütze Ahsen noch beim Verlassen der Wache.

»Strandkorb-Kai? Zuverlässiger Mann. Achtet penibel darauf, dass seine Körbe tipptopp in Schuss sind. Wieso?«

Mütze zeigte Ahsen das Selfie vom ABC-Geschwader und zoomte auf die Personen im Hintergrund.

»Das ist er doch, oder?«

Ahsen nickte und erbleichte. Auch er hatte Karla Nordersiel erkannt.

»Scheinen sich miteinander zu unterhalten«, murmelte er.

»Deshalb muss ich ihn sprechen.«

Mütze musste zweimal schellen, bis ihm geöffnet wurde. Kai Siebenhaar bewohnte eine kleine Dachwohnung am Watt, nicht weit vom Hafen. Er sah müde aus, die verschwitzten Haare hatte er zurückgekämmt, so dass seine Ohren noch weiter abstanden als gewöhnlich. Als er Mütze sah, verdüsterte sich sein Blick.

Mütze zeigte seinen Ausweis vor.

»Polizei? Was wollen Sie denn jetzt schon wieder?«

»Herr Siebenhaar, kennen Sie Frau Nordersiel?«

»Ne, wer soll das sein?«

»Bewohnte letztes Wochenende Strandkorb 513.« Mütze zog sein Handy hervor und zeigte Segelohr das Foto der Toten.

»Nie gesehen.«

»Sind Sie sicher?«

»Todsicher. Strandkorb 513 ist ein Dauerleihkorb. Die Leute brauchen sich keinen Schlüssel bei mir holen.«

»Vielleicht erkennen Sie Frau Nordersiel auf diesem Foto!« Mütze wischte über das Display, und das ABC-Selfie erschien. Als er den oberen rechten Ausschnitt vergrößerte, klappte dem Segelohr der Unterkiefer nach unten. »Nun?«, fragte Mütze.

»Nun was?«

»Herr Siebenhaar, halten sie mich nicht für blöd! Was hatten Sie mit Frau Nordersiel zu besprechen?«

»Nichts! Ich meine, ich kenne keine Frau Nordersiel! Und falls sie die Dame mit dem Strohhut meinen, keine Ahnung, wer das ist.«

»Und dennoch sprechen Sie mit ihr.«

»So ein Käse! Ich spreche mit niemandem, jedenfalls nicht hier!«

Siebenhaar begann, mit dem Zeigefinger so heftig auf das Smartphone einzustechen, dass das Bild verrutschte und Mütze es wieder herholen musste.

»Herr Siebenhaar, wo waren Sie am Sonntagnachmittag?«

Strandkorb-Kai schien nicht zu verstehen.

»Am Sonntag, Sie wissen schon, als es so stürmte.«

»Da hatte ich frei. Bei so 'nem Schietwetter habe ich immer frei, da feiere ich meine Überstunden ab.«

»Und wo sind Sie gewesen?«

»In meiner Wohnung.«

»Alleine?«

»Ja, zum Klabautermann, ist das verboten?«

Die Pizzeria im alten Inselbahnhof war wie immer gut besucht. In weiser Voraussicht hatte Mütze einen Tisch reservieren lassen. Bahnhof war ein großes Wort für die Endstation der kleinen Pferdebahn. Drinnen saß man dicht an dicht, aber auch draußen war es recht gemütlich. Karl-Dieters Saunagesicht glänzte wie ein frisch gebadeter Säuglingspopo. Mütze hütete sich jedoch, den Vergleich auszusprechen. Bei Karl-Dieter musste man höllisch aufpassen, das Gespräch nicht auf gefährliche Bahnen zu lenken.

»Ich weiß was Neues«, strahlte Karl-Dieter, stolz wie ein Hündchen, das ein Stöckchen apportiert hatte.

»Erzähl!«

»Die Dame mit dem Strohhut ist Frau Nordersiel. Definitiv!«

»Woher hast du diese Weisheit?«

»Vom ABC-Geschwader!«

Natürlich! Mütze hatte es befürchtet. Ging denn nichts mehr ohne die drei Weiber? Hatten nichts Besseres zu tun gehabt, als schnurstracks zum Strandkorb 513 zu dackeln und Frau Gengenbach das Selfie zu zeigen.

»Frau Gengenbach ist sich absolut sicher gewesen. Auch ohne den Strohhut hätte sie die Mitpatientin erkannt. Und das Erinnerungsvermögen von Frau Gengenbach ist phänomenal.«

»Woher weißt du denn das schon wieder?«

»Sie kann sich sogar an den Schurken erinnern, der das Leben ihrer Familie auf dem Gewissen hat, du weißt schon, der Todesfahrer bei den Wasserfällen. Sie hat sein Gesicht nur für den Bruchteil einer Sekunde gesehen, es hat sich ihr für immer eingebrannt.«

»Hat man den Kerl erwischt?«

»Bis heute nicht.«

Mütze bestellte sich eine Pizza »mit allem« und ein Weißbier, Karl-Dieter den Friesensalat und ein stilles Wasser.

»Und bitte ein kleines Gläschen Weißwein!«

Während sie auf die Getränke warteten, erzählte Mütze von seinem Besuch beim Segelohr. Schwer einzuschätzen, der Junge. Die Art, wie er auf das Foto reagiert hatte. Warum die Aggressionen, wenn man ein reines Gewissen hatte? Ob er wirklich am Sonntag daheim am Melksett gehockt hatte?

»Melksett?«

Karl-Dieter horchte auf. Am Melksett habe man früher die Kühe gemolken, wusste er zu erzählen. Lange her. Zur Melkzeit sei halb Spiekeroog dort zusammengekommen, es wurden die neuesten Nachrichten ausgetauscht. Manchmal seien diese auch aus der Luft gekommen.

»Die Nachrichten? Aus der Luft?«

»In den dreißiger Jahren hat ein Flieger an genau der Stelle die Tageszeitungen abgeworfen.«

Karl-Dieter wusste noch mehr. Im Jahr 1970 habe die letzte Milchkuh die Insel verlassen. Bis zu hundert habe es mal auf Spiekeroog gegeben. Seekühe sozusagen.

Mütze grinste, griff in seine Tasche, holte sein Handy hervor und zeigte Karl-Dieter das Vermisstenfoto von dem Bayernwalder. Karl-Dieter musterte es hochkonzentriert.

»Ich weiß nicht. Sieht ihm zumindest ähnlich. Wer ist das?«

»Franz-Josef Weinhuber. Bauer aus Sankt Englmar.« Mütze scrollte weiter. »Wird seit Samstag vermisst. Zum letzten Mal von seiner alten Mutter gesehen worden, war mit seinem Bulldog auf dem Weg zum Acker.«

»Und was ist mit dem Hund? Hat man ihn gefunden?«

»Hund?«

»Na, der Bulldog!«

»Mensch, Karl-Dieter, Bulldog ist das bayerische Wort für Traktor. Und der Hund nennt sich Bulldogge!«

Sie mussten lachen. Der Kellner kam und brachte ein großes Weißbier und einen kleinen Weißwein. Sah komisch aus, damit anzustoßen, erneut lachten sie los. Der Mensch ist ein Gewohnheitstier. Mütze wusste ganz genau, dass Karl-Dieter später ein weiteres Achtel ordern würde. Dabei wäre es deutlich günstiger, gleich ein Viertel zu bestellen. In einer solch langjährigen Beziehung lernte man sich sehr genau kennen, ob man wollte oder nicht. Über manche von Karl-Dieters Gewohnheiten musste Mütze heimlich den Kopf schütteln. Zum Beispiel, dass er das Klopapier immer auf den Heizkörper legen musste. Als wär das bisschen Wärme entscheidend! Oder die Art, wie er die Zahnpasta herauspresste. Zwanghaft von hinten! Mütze drückte einfach irgendwohin, was wiederum Karl-Dieter wahnsinnig machen konnte. Manche Beziehung soll es gegeben haben, die an solchen Alltäglichkeiten zerbrochen ist. Diesen Menschen fehlte es wohl an Humor. Humor – davon waren sowohl Mütze als auch Karl-Dieter überzeugt – war das zuverlässigste Kit einer Partnerschaft. Zum Glück verfügten sie beide über eine dicke Portion davon.

»Und was soll dieser Bayernwaldbauer mit seinem Bulldog auf Spiekeroog gewollt haben?«

»Vielleicht ist er vor seiner alten Mutter geflüchtet!«

Es tat gut, mal wieder herumzualbern. Das machte den Kopf frei. Und einen freien Kopf brauchte Mütze dringend. Zu konfus war dieser Fall, von dem immer noch nicht feststand, ob es überhaupt einer war. Ehrlicherweise musste er gestehen, dass er auch nichts in den Händen hatte. Zumindest nichts, um offiziell ermitteln zu können. Die Staatsanwältin würde ihm was husten! Mütze nahm einen tiefen Schluck Weißbier. Auf keinen Fall durfte das Fallbeil irgendetwas erfahren. Nicht bis es deutlichere Indizien für ein Verbrechen gab. Ahsen würde sonst einen Mordsärger bekommen, und das galt es unbedingt zu vermeiden. Vielleicht würde man ihn strafversetzen, vielleicht sogar nach Baltrum, der kleinsten der ostfriesischen Inseln, von der Ahsen nur mit deutlichem Grusel in der Stimme sprach. Baltrum sei die Höchststrafe. Hier wäre das brutalste aller möglichen Verbrechen ein zertretener Wattwurm! Im Vergleich dazu sei Spiekeroog eine echte Urlaubsmetropole und ein Inselpolizist eine Respektsperson!

Sie stießen erneut an. Die erste Ferienwoche war schon fast vorüber, stellten sie mit Bedauern fest.

»Auf Spiekeroog!«

»Auf uns!«

Als sie beim Nachtisch saßen – Karl-Dieter hatte sich, weil es so ein schöner Abend war, noch ein drittes Achtel bestellt – kam in einem unbeobachteten Moment ein kleiner Junge vom Nachbartisch auf sie zugestapft. Er mochte wohl gerade anderthalb Jahre alt sein und war noch sehr unbeholfen unterwegs. Die Hände zu Fäustchen geballt, hielt er beide Arme emporgerissen und blieb in dieser Haltung schwankend vor dem Tisch der Freunde stehen. Stolz wanderte sein Blick zwischen Mütze und Karl-Dieter hin und her, dann ging ihm plötzlich die Puste aus, und er fiel auf seinen Po, sanft gebremst durch seine Windel. Dies geschah auf eine solch drollige Art, dass nicht nur Karl-Dieter, sondern auch Mütze lachen musste. Sofort stand die Mutter des Kleinen auf und holte ihn zu ihrem Tisch zurück.

Karl-Dieter trank schnell einen Schluck Wein. Ein heißer Schauer war ihm über den Rücken gejagt. Mütze hatte gelacht! Das war das erste Mal, dass er Mütze über ein Kind hatte lachen sehen. Was für eine Freude! Vielleicht erwachte nun auch in Mütze die Lust, Vater zu werden. Vielleicht war dies der Abend, eine neue Zukunft zu planen. Vielleicht würden sie nächstes Jahr schon zu dritt ihre Zelte auf Spiekeroog aufschlagen. Und wenn sie dann im Inselbahnhof ihre Pizza knabberten, würde neben ihnen im Kinderwagen ihr Kleiner liegen, selig lächelnd, und alle Omas würden einen neugierigen Blick auf ihn werfen wollen. Natürlich könnte es auch ein Mädchen sein, das war doch völlig egal. Eine Tochter würde er genauso lieben, redete Karl-Dieter sich ein. Wenngleich ein Mädchen vielleicht mehr als ein Junge eine Mutter bräuchte. Darüber hatte er schon häufiger nachgedacht, ohne zu einem Ergebnis zu kommen. Sicher aber war er sich, dass heute der Abend der Abende war. Bevor sie nach Hause gingen, würden sie noch einen Schlenker zum Strand machen. Dort, angesichts des Meeres, würde er Mütze fragen. Nie standen die Sterne besser.

Als sie von der Pizzeria aufbrachen, wurden sie beide ganz schweigsam, und Karl-Dieter spürte, wie sein Herz höher schlug. Mütze hatte zugestimmt, dem Meer noch einen Besuch abzustatten. Als sie jedoch den Norderpad erreichten, blieb er stehen. Es tue ihm leid, aber ihm sei da noch ein Gedanke durch den Kopf geschossen, den er gerne gleich klären wolle. Hierzu aber benötige er Ahsens Polizeicomputer. Ob man den Nachtspaziergang zum Meer vielleicht auf morgen verschieben könne?

»Natürlich«, erwiderte Karl-Dieter hastig und eilte weiter, ohne sich noch mal umzudrehen.

»Ich bin in einer Stunde fertig«, rief ihm Mütze hinterher. Er spürte, dass er den Freund enttäuscht hatte, aber er wollte die Sache nicht aufschieben. Es war ohnehin schon zu viel Zeit vergangen. In einer guten Woche mussten sie zurück nach Erlangen, dann war endgültig Schluss mit den Ermittlungen im Strandkorbfall. Doch wer sollte die Sache aufklären, wenn nicht er? Aber für das, was er recherchieren wollte, reichte sein Handy nicht aus.

Mütze zog sein Smartphone hervor. Zum Glück ging Ahsen gleich dran: »Meinen Computer? Auf der Wache? – Natürlich! … Nein, kein Problem.«

Karl-Dieter schaute auf die Uhr. Seit drei Stunden wartete er nun schon auf Mütze. In der ersten Stunde hatte er ihn verflucht, in der zweiten Stunde hatte er sich langsam wieder beruhigt, in der dritten Stunde hatte er begonnen, sich Sorgen zu machen. Wo blieb Mütze nur? Es war ganz und gar nicht seine Art, vereinbarte Zeiten zu überziehen.

Immer öfter ging Karl-Dieter zum Fenster und starrte hinaus in die Dunkelheit. Nichts war zu sehen. Seine Sorge wuchs. Sollte er zur Wache gehen und nachschauen? Nein, nie im Leben! Nachlaufen würde er Mütze nicht! Niemals!

Als Karl-Dieter vor der Wache auftauchte, sah er Licht brennen. Er trat ans Fenster und sah Mütze vor dem Computer sitzen. Karl-Dieter fiel ein Stein vom Herzen, zugleich aber kehrte die Wut zurück. Heftig klopfte er an die Scheibe. Mütze sah auf, winkte ihm zu und ließ ihn ein.

»Gut, dass du kommst! Ich brauche dich dringend. Warum hast du auch kein Handy dabei?«

Karl-Dieter war so überrumpelt, dass er gar nicht dazu kam, seine Schimpftirade loszuwerden. Verblüfft ließ er sich auf den hingeschobenen Bürostuhl plumpsen.

»Bin noch mal alle Vermisstenfälle des letzten Jahres durchgegangen, alles, was oben im Norden gemeldet worden ist. Dabei bin ich auf dieses Foto hier gestoßen.« Auf dem Bildschirm erschien das Gesicht eines ungepflegten Mannes mit Zottelbart, darunter ein Name, Gundolf Radbruch. »Ich meine, er sieht ein bisschen aus wie deine Phantomzeichnungen. Was meinst du?«

Karl-Dieter musterte das Foto mit zusammengekniffenen Augen, schüttelte dann jedoch langsam den Kopf. Eine gewisse Ähnlichkeit sei da, das sei nicht abzustreiten, aber dieser Mann da sei es sicher nicht. Die Augen ständen etwas zu weit auseinander, und der Bart sei nicht so dunkel gewesen.

»Der Mann, alleinstehend, ist zuletzt von seinen Kollegen aus dem kleinen Elektrounternehmen gesehen worden, an einem Freitag im April, seinem letzten Arbeitstag vor einer dreiwöchigen Fernreise nach Indonesien. Galt als äußerst zuverlässig. Als er nach dem Urlaub nicht zurückkehrte, war er von seinen Arbeitskollegen als vermisst gemeldet worden. Keine Postkarten aus dem Urlaub und – so, jetzt kommt's – sein Handy wurde in einem Schließfach des Bahnhofs Oldenburg gefunden. Sonst keine verwertbaren Spuren.«

Karl-Dieter zuckte die Schultern. Seltsame Sache, zweifelsohne. Und doch war es nicht ihr Strandkorbmann. Wäre doch auch merkwürdig. Seit April wäre dieser Radbruch dann mehrere Monate unerkannt unterwegs gewesen, um schließlich im Strandkorb 513 sein Leben auszuhauchen.

»Moment«, sagte Mütze, »ich hab da noch etwas.« Wieder ließ er seine Maus tänzerisch über die Schreibtischplatte gleiten. Ein weiteres Porträtfoto tauchte auf dem Bildschirm auf.

»Ne, ne«, winkte Karl-Dieter ab, »dieser dünne Schmachtlappen war's ganz bestimmt nicht. Nie im Leben!«

»Der Mann wird bereits seit Januar vermisst«, sagte Mütze, »Rainhard Hovendüppel, stammt aus Buxtehude. Ähnliche Geschichte, ebenfalls nicht vom Urlaub zurückgekehrt, ebenfalls Junggeselle. Und was das Verrückteste ist: Sein Handy wurde ebenfalls in Oldenburg in einem Bahnhofsschließfach gefunden. Oldenburg! Dämmert dir denn nichts?«

Der Fahrschein! Verdammt! Den sie verknüllt in der Nähe des Strandkorbs gefunden hatten. Neben der spanischen Illustrierten und dem Schnuller! »Oldenburg-Spiekeroog«, hatte darauf gestanden. Datum und Uhrzeit waren nicht mehr zu entziffern gewesen, die Tinte hatte der Regen verwischt. Die Fäden schienen sich in Oldenburg zu verknoten. Was aber konnte man daraus schließen? Wenn die Fahrkarte tatsächlich vom Strandkorbmann stammte, wenn der tatsächlich aus Oldenburg angereist war, was hieß das dann?

»Was das heißt? Keine Ahnung«, gab Mütze zu, »und dennoch, ich bin sicher, die Dinge hängen zusammen.

Schau, die beiden anderen Vermissten hat man auch erst Wochen später gemeldet. Was, wenn es sich bei unserem Strandkorbmann genauso verhält? Wenn er in seinem Umfeld verkündet hat, in Urlaub fahren zu wollen, und ihn deshalb niemand vermisst? Wenn er stattdessen ebenfalls nach Oldenburg ist, sein Handy im Schließfach deponiert hat, um dann weiter nach Spiekeroog zu fahren ...«

»Du meinst, die beiden anderen sind auch hierher?«

»Keine Ahnung, reine Spekulation.«

»Und warum sollten sie nach Spiekeroog? Um hier ihr Leben auszuhauchen?«

»Reine Spekulation, wie gesagt.«

»Spekulation! Du denkst an das Dünenhaus!«

»Ich denke an überhaupt nichts. Ich stelle nur fest und ziehe meine Schlüsse.«

»Deine Schlüsse haben nur einen Schönheitsfehler.«

»Und welchen?«

»Von unserem Strandkorbmann ist bislang kein Handy aufgetaucht.«

»Woher weißt du das?«

Sie hatten wieder Hunger bekommen und plünderten den kleinen Kühlschrank ihrer Ferienwohnung. Karl-Dieter schmierte Stullen und hatte ruckzuck mit ein paar kunstvoll zerschnittenen Essiggürkchen und Cocktailtomaten eine hübsche Brotzeitplatte gezaubert. Dazu gab's Käse von Schröders, Spiekeroogs fantastischem kleinen Käseladen. Zwei schäumende Weißbierchen danebengestellt, was brauchte man mehr! Mütze hatte die Stehlampe herangezogen, saß vornübergebeugt da und starrte auf den glattgestrichenen Fahrschein. Doch so sehr er auch den Kopf hin und her bewegte und den Blickwinkel veränderte, Datum und Uhrzeit waren nicht mehr zu erkennen.

»Werde ihn Rudi schicken, vielleicht kann er die Tinte wieder sichtbar machen.«

Kling! Die Weißbiergläser schlugen zusammen. Es klang, wie die Fanfare vor einer Jagd. Vom Jagdfieber waren sie beide gepackt, nicht nur Mütze, Karl-Dieter genauso.

»Warum haben sie ihre Handys in Schließfächer gesteckt?«, wollte er von Mütze wissen.

»Dafür kann es nur eine vernünftige Erklärung geben.«

»Und die wäre?«

»Sie hatten etwas Ungesetzliches vor.«

»Wie bitte?«

»Sie wollten unter keinen Umständen über ihr Telefon identifiziert werden.«

»Du meinst die Handyortung?«

»Genau. Kein Handy, keine Ortung.«

Karl-Dieter nickte zustimmend. Und doch war etwas faul an dieser Argumentation. »Warum sperren sie die Dinger in ein Schließfach, wenn sie sie dann nicht wieder abholen?«

»Hast du schon mal einen Toten im Bahnhof rumlaufen sehen?«

Karl-Dieter schluckte. Der Strandkorbmann! Auch er hatte keine Chance mehr gehabt, nach Oldenburg zurückzufahren und sein Schließfach zu öffnen. Wenn das aber stimmte, wenn das so war, dann hieß das doch …

»Dann heißt das, jemand hat ihn wie die beiden anderen Vermissten hier auf Spiekeroog um die Ecke gebracht!«

Jetzt schlafen gehen? Ging gar nicht! Sowohl Mütze als auch Karl-Dieter verspürte den Drang, sich noch etwas zu bewegen, auch wenn es schon mitten in der Nacht war. Einen stilleren Ort als Spiekeroog um Mitternacht kann man sich nicht denken. In kaum einem Haus brennt noch Licht, kein Mensch ist mehr unterwegs. Sie schlugen den Weg zum Meer ein. Obwohl es eine bewölkte Nacht war, schimmerten die Strandkörbe milchig weiß vor dem Hintergrund des dunkel brodelnden Meeres. Selbst die schwarzen Zahlen waren zu entziffern. Es zog sie zur Nummer 513. Er war wie seine Nachbarn ordentlich verschlossen.

Die Gedanken der Freunde gingen in dieselbe Richtung. Sollten die beiden vermissten Männer tatsächlich auf Spiekeroog ihr Leben ausgehaucht haben, so wie der Hornbachmann? Und wenn ja, wo waren dann ihre Leichen zu finden? Ob man sie am Rand der Dünen vergraben hatte? Verbuddelt hatte man dort schnell etwas, aber genauso schnell konnte es wieder auftauchen, sehr schnell sogar. Sand war ja keine Erde, Sand war etwas Lebendiges, war immer in Bewegung.

Peitschte der Sturm, formte er die Dünen neu, und die aufgewühlten Wassermassen, welche die Insel bis weit ins Land hinein berannten, spülten den sandigen Untergrund wie ein Nichts beiseite. Hinter den ersten Dünen jedoch festigte sich der Grund, hielten Hecken und Büsche mit ihrem Wurzelwerk den Boden, hier konnte ein Toter sicherer sein, nicht vorzeitig geweckt zu werden.

»Wo würdest du eine Leiche vergraben?«, fragte Mütze.

Karl-Dieter sah sich um. Ihm fiel ein, was der Inselführer über die Tranfässer erzählt hatte.

»In einem Tal zwischen zwei einsamen Binnendünen«, sagte er. Mütze nickte.

Die Freunde gingen zur Strandhalle zurück und schlugen nun den westlichen Weg ein, der sie durch die Dünen hindurch zur Zeltkirche führte und weiter zum Dünenhaus, das sich einsam vom Nachthimmel abhob. Sie nahmen den schmalen Zugangsweg und gingen bis zu dem Zaun, der jedem Unbefugten den Zutritt verwehrte. Hatte das Haus ein Geheimnis? Verbarg es eine Geschichte, die sie nicht kannten? Mütze überlegte kurz, über den Zaun zu steigen und das Haus aus der Nähe anzusehen, kam aber von dem Gedanken wieder ab. Was hätte es schon zu sehen gegeben, zumal mitten in der Nacht?

Als sie den kleinen Zubringer wieder zurückgingen und zu der Straße kamen, die zum westlichen Ende der Insel führte, hörten sie, wie sich aus der Richtung des

Dorfes jemand näherte. Ein lallendes Lied erklang, undeutlich gesungen und mit schwerer Zunge, dann tauchte ein Mann aus dem Dunkeln auf, ein kleinwüchsiger Typ mit deutlicher Schlagseite. Als er Mütze und Karl-Dieter erblickte, verstummte er und blieb schwankend stehen. Er wirkte nicht sonderlich erschrocken oder erstaunt, schaute eher tadelnd und streng, wie ein Lehrer, der zwei unartige Knaben bei einer Dummheit erwischt hatte. Warnend wedelte er mit dem Zeigefinger in Richtung Dünenhaus und lallte: »Lasst die Hütte da oben in Ruh, sie hat allen, allen nur Unheil gebracht!«

Schon wollte er weiter, da stellte sich Mütze ihm in den Weg: »Wie meinen Sie das?«

Der Alte aber schob ihn beiseite, torkelte vorwärts und verschwand in der Dunkelheit.

Samstag

Es war schwer, jemanden um Amtshilfe zu bitten, wenn man dazu offiziell nicht berechtigt war. Zum Glück hatte Ahsen Beziehungen. Hauke, ein Kumpel aus Ausbildungszeiten, arbeitete bei der Oldenburger Bahnpolizei. Es dauerte ein Weilchen, bis Mütze ihm ihr Anliegen begreiflich gemacht hatte. Dann erwies sich der Mann als erfreulich kooperativ: Klaro, für Ahsen laufe er auch bei Flut durchs Watt! Von den beiden Handys der als vermisst gemeldeten Männer hatte Hauke schon mal gehört, Mütze solle nur am Apparat bleiben, er würde gleich beim Fundbüro nachfragen.

Doch, doch, sie hätten noch ein eigenes Bahnfundbüro ... auch die Sachen aus den Schließfächern würden dort abgegeben ... Man glaube ja gar nicht, wie viele ihr Gepäck einfach vergessen täten oder zu faul wären, es zu holen ... Wohlstandsgesellschaft eben ... ganze Rucksäcke manchmal, Kosmetikkoffer ... einmal ein Tütchen Kokain in einer großen Mehltüte ... Ob man von den Babyleichen neulich in Hamburg gehört habe? ... Furchtbar, ganz furchtbar ... Nein, hätten sie in Oldenburg zum Glück noch nicht erlebt ... So, jetzt sei er am Fundbüro, einen Moment ...

Mütze hörte, wie sich der Bahnpolizist mit irgendjemandem unterhielt. Es klackerte und piepste, dann war der Bahnpolizist wieder dran. Tatsächlich, ein Handy sei abgegeben worden ... Wann? ... Letzten Dienstag ...

Nach drei Tagen werde ein verschlossenes Schließfach geöffnet, der Inhalt sichergestellt

»Hauke, können Sie uns einen Gefallen tun?«

»Gerne!«

»Könnten Sie unverzüglich den Besitzer ermitteln?«

»Kleinigkeit«, sagte der Bahnpolizist, »ich rufe dann zurück.«

Die drei Männer sahen sich groß an. Karl-Dieter griff in die große Brötchentüte, die er auf die Schnelle noch beim Inselbäcker besorgt hatte, und bediente sich zudem an Ahsens Kaffeemaschine. Mütze stand auf und tigerte unruhig wie ein Strandläufer in der kleinen Wache auf und ab und rieb sich dabei seine Hände heiß. Er konnte es nicht erwarten, dass dieser Hauke zurückrief. Ahsen, sichtlich stolz auf seine Beziehungen, lobte Hauke in höchsten Tönen. Der Mann sei viel zu gut für die Bahnpolizei, ein verschwendetes Talent.

Natürlich, dachte Mütze mit wohlwollendem Spott, nicht jeder kann es bis zum Inselpolizisten bringen. Was ihn aber viel mehr beschäftigte: Was könnten die Männer auf Spiekeroog gesucht haben wollen? Warum diese Heimlichkeiten, dieses Handyversteckmanöver? Da steckten dunkle Geschäfte dahinter, das war klar, bloß welche?

»Die meisten Bahnhofsschließfächer sind maximal vierundzwanzig Stunden belegbar«, wusste Karl-Dieter.

»Wenn die Männer wirklich nach Spiekeroog gekommen wären, ist das zu schaffen, von Oldenburg hierher und wieder zurück in vierundzwanzig Stunden?«

Die Frage konnte selbst Ahsen nicht zuverlässig beantworten. Möglich wäre es vielleicht, das hinge von den Fahrzeiten der Fähren und damit von den Gezeiten ab. Wer aber würde sich den Stress eines solchen Kurzbesuches antun?

»Nur jemand, für den sich die Sache lohnt«, sagte Mütze.

Karl-Dieter kam da nicht mit. Woran dachte Mütze? Drogen? Waffen? Menschenhandel? In Hamburg vielleicht, vielleicht noch in Wilhelmshaven. Doch nicht auf Spiekeroog! Spiekeroog ist ein Paradies, eine verbrechensfreie Zone. Deshalb kommen die Leute ja hierher, wegen des Inselfriedens, der ungestörten Harmonie. Geschaukelt von Ebbe und Flut ist Spiekeroog eine große Wohlfühlwiege, der Traum von der Vereinigung aller Gegensätze. Kaum hat man die Fähre bestiegen, die einen nach Spiekeroog bringt, lässt man alles zurück, was einem den Sinn verdüstert. Alle Sorgen und Ängste, jede Hektik, jeden Stress. Der Blutdruck sinkt auf Traumwerte, die Gesichtsmuskeln entspannen sich, selbst die Nägel spüren den nachlassenden Druck und beginnen, wie verrückt zu sprießen. Wer sollte dieses Paradies mit finsteren Absichten betreten?

»Denk an die Schlange«, sagte Mütze.

Endlich ging das Telefon. Mütze nahm selbst ab. »Und?«

»Heinz Ostermann. Fünfundfünfzig Jahre, Prokurist aus Hamburg. Auf ihn ist das Handy zugelassen.«

»Gilt er als vermisst?«

»Nein, keine Meldung. Keine Einträge in der Kartei.«

»Danke. Bleiben Sie bitte erreichbar.«

Mütze warf den Hörer auf die Gabel und klickte an Ahsens Dienstcomputer herum, bis die Google-Suchmaske auftauchte. Dann gab er zwei Wörter ein: »Heinz Ostermann« In Bruchteilen einer Sekunde wurden ihm 12.432 Treffer präsentiert. Nach wenigen Klicks war Mütze auf der Seite einer Hamburger Handelsfirma, das Foto von Heinz Ostermann flammte auf.

»Das ist er«, stammelte Karl-Dieter.

»Bist du sicher?«

»Absolut! Das ist der Strandkorbmann.«

Sah tatsächlich aus wie der Mann aus der Hornbach-werbung. Nun war der Fall endgültig ein Fall. Nun war klar, dass ein Verbrechen vorliegen musste, vielleicht sogar zwei oder drei! Nun war es endgültig an der Zeit, höchste Zeit, ein Ermittlungsverfahren einzuleiten. Ahsen und Mütze sahen sich an. Wer wollte es dem Fallbeil sagen? Niemand verspürte große Lust darauf. Wie war das noch in Marathon gewesen? Oder in Sparta? Dem Überbringer der Nachricht hatte man den Kopf abgeschlagen. So würde es auch ihnen ergehen. Denn wie sollten sie der Staatsanwältin die neuen

Erkenntnisse melden, ohne einzugestehen, dass sie eigenmächtig weiterermittelt hatten? Diesen Gedanken hatten sie bislang erfolgreich verdrängt.

Mütze opferte sich heldenmütig. Schließlich war er es gewesen, der Ahsen in den Dreck geritten hatte. Und Mütze hatte ja auch weniger zu verlieren. Schließlich stand er in königlich-bayerischen Diensten und war nur urlaubsweise im Norden. Ahsen schob ihm schweigend die Nummer des Fallbeils rüber.

Es wurde schlimm. Noch schlimmer als befürchtet. Wenn sie wenigstens geschrien hätte, wenn sie ihn angebrüllt, ihn einen Idioten, einen Dämlack genannt hätte. Nichts von alledem. Stattdessen Eiseskälte. Mütze wäre fast das Blut in den Adern gefroren. Sie hatte sich alles genau schildern lassen, jede Kleinigkeit, kalt und nüchtern, hatte sich mit hartem Kugelschreiber alles akribisch notiert, scharfe, kurze Nachfragen gestellt.

»Und dann?«, fragte Ahsen tonlos.

»Dann hat sie gesagt, wir sind raus aus dem Fall.«

»Raus aus dem Fall?«

»Sie schickt zwei Kollegen aus Emden hierher. Die werden die Ermittlungen weiterführen.«

Nur noch weg. Mütze wollte nur noch weg. Weg von Spiekeroog, weg von dieser elenden Sandbank, diesem Touristenkaff. Was sollte denn das noch? Durch die Dünen zu stapfen, so zu tun, als würde man hier Urlaub machen können, als wäre nichts geschehen. Es kam ihm vor, als wären sie schon den ganzen Tag auf den Beinen. Morgen früh würden mit der ersten Fähre zwei Kollegen aus Emden kommen, man würde sich bei Ahsen treffen, alles übergeben, was man erarbeitet hatte. Dann würde er die Wache verlassen wie ein hinausgeprügelter Hund, würde die letzten Spiekeroogtage abreißen, nach Hause fahren und sich dort auf ein Disziplinarverfahren freuen.

Mütze hatte eine Mordswut im Bauch. Dass er das Fallbeil zum Schluss noch eine alte Strandschnepfe genannt hatte, war sicher überflüssig gewesen, und doch bereute er es nicht. Was glaubte die denn, wer sie war? Dass ohne ihn und Ahsen kein Mensch auf die Idee gekommen wäre, hier könnte ein Verbrechen vorliegen, interessierte sie nicht. Vorschriften waren Vorschriften, und die Steigerung von Vorschriften waren Dienstvorschriften. Wer dagegen verstieß, der sägte an seinem eigenen Karriereast, und zwar mit einer 1000-Volt-Kettensäge. Etwas übersehen? Dienst nach Vorschrift? Weggucken, wenn einen etwas nichts anging? War alles okay. Aber den Willen einer unfähigen Staatsanwältin nicht zu beachten, das war das Todesurteil. Kadavergehorsam, darauf kam es im Leben an, aus Leuten, die das befolgten, konnte etwas werden. Was Mütze aber am meisten schmerzte: Dass der arme Ahsen mit drinhing. Baltrum rückte bedrohlich näher! Möwenzählen im Niemandsland. Am liebsten würde Mütze gleich morgen abreisen, wenn er die sogenannte Übergabe erledigt hätte, diese erniedrigende Prozedur. Was für ein bescheuerter Urlaub war das, der schlimmste seines Lebens. Wie aber würde Karl-Dieter reagieren, wenn er vorzeitig die Koffer packte?

Karl-Dieter trottete schweigend neben ihm her. Auch ihm war klar, der Urlaub war vorüber. Alles war vorüber. Die schönen Badetage, die trauten Abende in ihrer gemütlichen Ferienwohnung, vorüber vor allem aber eines: der Traum vom gemeinsamen Kind. Ob er noch mal den Mut finden würde, mit Mütze darüber zu sprechen? Es gab Lebensträume, die überlebten sich. Wenn man den richtigen Zeitpunkt verpasste, war's vorüber. Schon viel zu lange hatte er gezaudert und gezögert, hatte seinen Wunsch nicht mit der richtigen Verve vertreten. Diese eine Chance hatte er noch gehabt, diesen Urlaub auf Spiekeroog. Zweimal war er kurz davor gewesen, zweimal war etwas dazwischengekommen. Nun war's wohl zu spät. Aus und vorbei. Für diesen Urlaub und wahrscheinlich für immer. Sie wurden nicht jünger, beim Friseur waren die ersten grauen Haare auf seinen Umhang gerieselt. Im Großvateralter mit Kindern anzufangen, war doch lächerlich. Abhaken. Akzeptieren. Sich umorientieren. Wenn er es doch nur vermocht hätte.

Sie hatten gerade den Tranpad erreicht, als Mützes Handy losjubelte. Hauke war dran, der Bahnpolizist. Es gebe hier was, was Mütze unbedingt wissen müsse. Natürlich könnte es auch Zufall sein, aber er glaube nicht daran.

»Was ist es denn?«

»Ich stehe hier in unserem Überwachungsraum vor

den Videobildern. Da hat so ein Typ gerade wieder ein Handy eingesperrt.«

Mütze war wie elektrisiert: »Dranbleiben! Unbedingt dranbleiben!«

Der Bahnpolizist versprach, sich wieder zu melden, und legte auf.

»Ich glaub es nicht«, sagte Mütze begeistert zu Karl-Dieter. Wenn das stimmen sollte, wenn der nächste Mann unterwegs nach Spiekeroog wäre! Wenn es gelänge, ihn nicht aus den Augen zu verlieren, ihn bis auf die Insel zu verfolgen. Dann würde er sie direkt zum Täter führen!

»Und das Fallbeil?«

Mütze zögerte und seine Stimmung sank wieder auf den Nullpunkt. Karl-Dieter hatte Recht. Blöderweise hatte er Recht! Was er jetzt zu tun hatte, war, brav in Aurich anzurufen. Nichts weiter. Um dann mit Karl-Dieter weiter durch die Dünen zu spazieren. Alles andere ging ihn nichts mehr an. Dafür waren jetzt die Kollegen aus Emden zuständig. Er war raus, raus aus dem Fall. Abserviert und kaltgestellt. Kaum je zuvor hatte Mütze solch einen Ekel verspürt, wie in diesem Augenblick, als er die Nummer des Fallbeils eintippte. Es tütete und tütete … Niemand ging dran. Und jetzt?

Jetzt gab's nur eines. Schließlich brannte die Hütte! Das war ein Notfall! Wenn sie den Mann nicht beschatteten, war er wohlmöglich das nächste Opfer. Hoffentlich verlor ihn Hauke nicht aus den Augen, hoffentlich blieb er dran. Mütze scrollte auf seinem Handy herum.

Wie lange dauerte es, um mit Zug und Fähre von Oldenburg nach Spiekeroog zu kommen? Bahn.de gab Auskunft. Einige Umstiege waren notwendig: Sande, Esens, Neuharlingersiel. Dort erreichte man die letzte Fähre, die halb zehn auf Spiekeroog eintraf. Jetzt war es kurz vor fünf. Er musste Ahsen Bescheid geben. Und außerdem sollten sie noch etwas futtern. Mütze spürte, wie sein Appetit zurückkam, ein gutes Zeichen. Hoffentlich versemmelte dieser Hauke nicht alles.

»Satt am Watt« hat alles zu bieten, was den Hunger von echten Seebären stillt. Gute, solide Hausmannskost. In dem mobilen Lokal, das in einer Art Kirmeswagen untergebracht ist, servierte ihnen eine Köchin namens Mausi drei Fischfrikadellenburger. Ahsen und Karl-Dieter tranken dazu Tee aus Pappbechern, Mütze ein kaltes Jever. Ahsen war immer noch blass.

»Ahsen, das müssen Sie einsehen, das hier ist ein Notfall!«

Ahsen hatte genickt, dennoch war es ihm nicht leichtgefallen, wieder auf den Zug aufzuspringen. Raus aus dem Fall hieß doch, raus aus dem Fall. Die Sache war ohnehin verfahren genug. Trotzdem war er zum Hafen gekommen, in ungewohntem Zivil, ganz wie Mütze es gewünscht hatte. Er hasste es, sich in der Öffentlichkeit ohne seine schicke Uniform zu zeigen, er kam sich nackt vor. Aber er hatte natürlich eingesehen, dass bei einer Verfolgungsjagd ein anderer Dresscode galt.

Vielleicht war es nicht verkehrt, sich rechtzeitig an Zivilkleidung zu gewöhnen, stellte er mit Bitternis fest. Mit seiner Polizeikarriere war es ohnehin zu Ende. Zumindest auf dem schönen Spiekeroog. Baltrum wäre sein Tod, aber auch der Innendienst in irgendeiner stikkigen Polizeidirektion. Hier auf Spiekeroog war er der König, der alleinige Vertreter der Exekutive, eine geachtete Autoritätsperson, die jedermann respektvoll grüßte. Dazu ein Leben an der frischen Nordseeluft und im Grunde nichts zu tun, herrlich! Und das alles sollte nun so traurig enden. Grauenhaft! Ihm zuliebe hatte Mütze ein zweites Mal versucht, die Staatsanwältin zu erreichen, erneut vergebens. Zu Mützes Erleichterung und zu Ahsens Kummer. Lieber wäre es Ahsen gewesen, das Fallbeil wäre rangegangen und Emden hätte übernommen. So konnte doch alles nur noch schlimmer werden. Und noch etwas lastete auf seiner Seele, er traute sich aber nicht, es anzusprechen. Vielleicht kam ja auch alles ganz anders, so dass ihm wenigstens diese Peinlichkeit erspart blieb.

Der Tee und der Fischburger taten Ahsen gut und auch die Hafenluft, allmählich kehrte etwas von seiner alten Zuversicht zurück. Und außerdem: Wenn schon ein Abgang, dann mit Knalleffekt! Von der Imbissbude hatten sie den kleinen Hafen gut im Blick. Viel war nicht los. Einige Segelschiffe dümpelten an den Kaianlagen, auch die Spiekeroog II sehnte sich nach der Flut. Hinter dem Imbisswagen lagen auf einem grünen Deich umgedrehte Handkarren, die auf ihre Besitzer warteten. Es war erst sieben, noch hatten die Männer eine Menge Zeit, trotzdem hatte sie nichts mehr im Dorf gehalten.

Hauke hatte sich wieder gemeldet. Stolz wie ein Truthahn hatte er von der Verfolgung des Verdächtigen berichtet. Von der Halle mit den Schließfächern hinaus aus dem Bahnhofsgebäude, über den Vorplatz, hinein in die Bahnhofsstraße. Dort habe der Mann einen kleinen Laden betreten, »Second Handy«, so ein Gebrauchtwarengeschäft. Kurze Zeit später sei er wieder herausgekommen, habe auf einem neuen, also wohl auf einem alten Handy herumgedrückt und sei mit dem Ding in der Hand zurück zum Bahnhof, wo er sich an einem Automaten eine Fahrkarte gezogen habe. Dann habe er sich vor ein Café gesetzt und ein Bier getrunken, sei kurz hinein aufs Klo und wieder zurück, und habe weiter auf sein Handy gestarrt. Besonders stolz war der Bahnhofspolizist auf das, was er dann gemacht hatte. Er war nämlich zu dem Fahrkartenautomaten gegangen und hatte herausgefunden, welche Fahrkarte der Mann gelöst hatte.

»Wie hat er das angestellt?«, wollte Karl-Dieter wissen.

»Keine Ahnung, kenne mich mit solchen Automaten nicht aus«, sagte Mütze, »jedenfalls lautet das Ziel Spiekeroog!«

»Zeig noch mal das Foto her!«

Sie hatten es sich weiß Gott wie oft schon angeschaut. Mütze war zunächst auf die Palme gegangen. Wie riskant, den Mann zu fotografieren! Wenn der was gemerkt hätte! Auf der anderen Seite war Mütze dem Bahnpolizisten natürlich dankbar. Ohne Foto, nur mit einer Personenbeschreibung, wäre alles Weitere viel schwieriger geworden. Hauke war wirklich zu gebrauchen. Sein Angebot, den Mann im Zug weiter zu beschatten, aber hatte Mütze dann doch abgelehnt. Nicht aus Höflichkeit. Es war wesentlich sicherer, sich erst wieder auf Spiekeroog an den Typen dranzuhängen, er durfte unter keinen Umständen etwas merken. Und dass der Mann hierher wollte, wussten sie ja jetzt. Neben dem objektiv-kriminalistischen gab es noch einen anderen Grund, warum Mütze die weitere Beschattung nicht wünschte, diesen Grund aber behielt er für sich. Der Grund betraf ihn und Ahsen und ihre weitere Karriere.

»Ich will auch noch mal«, sagte Ahsen.

Auf dem Handyfoto sah man einen etwa 60-jährigen mittelgroßen Mann mit sichtbarem Bauchansatz. Er trug eine helle Baumwolljacke und eine Hose aus demselben Stoff und wirkte recht gemütlich. Wenn man maximal vergrößerte, konnte man sein Gesicht gut erkennen. Sah ein bisschen aus wie Karl-Dieter, dachte sich Mütze, ohne das auszusprechen. Karl-Dieter konnte auf solche Vergleiche empfindlich reagieren.

»Sieht ein bisschen aus wie Karl-Dieter«, sagte Ahsen mampfend, »findet ihr nicht?«

Mütze musste sich ein Grinsen verkneifen. Zwei Doofe, ein Gedanke! Sofort aber bestritt er den Vergleich,

Karl-Dieter sehe erstens viel jünger aus und zweitens viel männlicher. Karl-Dieter lächelte ziemlich säuerlich. Eine Frechheit! Nie im Leben sah er so aus! Allein die albernen Speckbäckchen! Was sollte der blödsinnige Vergleich?

»Wo können wir uns aufhalten, um unauffällig den Hafen zu beobachten?«, fragte Mütze.

Von »Satt am Watt« hatte man zwar einen optimalen Überblick über den Hafen, der Platz erschien Mütze aber als ungeeignet, wenn der Fährenrummel einsetzte. Der Mörder, wer immer er auch war, lauerte mit großer Wahrscheinlichkeit auf Spiekeroog. Vielleicht plante er, sein Opfer schon am Hafen in Empfang zu nehmen. Da durfte ihn keine geballte Polizeipräsenz in Alarm versetzen, das galt es unbedingt zu vermeiden. Auch Mütze war schließlich kein Unbekannter mehr.

»Ich werd mit dem Hafenmeister sprechen«, sagte Ahsen.

Die Idee war blendend. Vom ersten Stock des Hafengebäudes hatten sie eine fantastische Sicht über den Fähranleger, ohne selbst gesehen werden zu können. Zudem versorgte sie der Hafenmeister mit Ostfriesentee und Kuchen, sie saßen zusammen wie bei einem Kaffeekränzchen.

»Ich versteh nicht ganz, was soll eigentlich die Handygeschichte?«, fragte Karl-Dieter und ließ vorsichtig einen Tropfen Sahne in den Tee plumpsen.

»Die ist Teil des Plans«, sagte Mütze, »mit einem Gebrauchthandy mit Prepaidkarte kann jeder sicher sein, nicht geortet zu werden. So ein Handy gibt's in Secondhand-Läden ohne Angabe von Personalien.«

»Und warum besorgten es sich alle unsere Vermissten erst in Oldenburg? Und verstauten ihr eigentliches Handy umständlich in einem Gepäckfach?«

Diese Frage war nicht leicht zu beantworten. Es war kaum möglich, innerhalb von vierundzwanzig Stunden von Spiekeroog wieder zurück zu sein, um sein Handy aus dem Fach zu holen. Warum sich die Männer nicht bequem daheim ein Zweit-Handy besorgt hatten, diese Frage war höchst berechtigt. Im Grunde gab es nur eine plausible Erklärung für dieses seltsame Verhalten.

»Und die wäre?«, fragte Karl-Dieter, während die Sahnewölkchen in seinem Tee aufstiegen.

»Schnitzeljagd«, sagte Mütze.

Hatten sie es wirklich mit einer Schnitzeljagd zu tun? Sah ganz danach aus. Irgendjemand, wahrscheinlich, der Mörder, dirigierte sein Opfer zunächst nach Oldenburg, um es dann aufzufordern, sein Handy einzusperren und sich ein neues Gebrauchthandy zuzulegen. Damit wiederum übermittelte er dem Opfer die Botschaft, sich eine Fahrkarte nach Spiekeroog zu besorgen. Und gab ihm weitere Anweisungen.

»Und das Schließfachhandy?«

»Hm«, brummte Mütze, »vielleicht hat der geheime Dirigent dem Opfer versprochen, es holen zu lassen.«

»Ohne Schlüssel?«

»Den musste das Opfer vielleicht an einem bestimmten Platz hinterlegen.«

»Und wo?«

»Keine Ahnung, vielleicht auf dem Bahnsteig.«

»Oder im Klo des Cafés!«

Mensch, Karl-Dieter, genial! Wer war hier der Kommissar? Man müsste Hauke bitten, nachzusehen.

»Wollen Sie das übernehmen«, fragte Mütze und reichte sein Handy an Ahsen weiter. Es erschien ihm psychologisch wichtig, Ahsen miteinzubinden.

Ahsen zögerte zunächst, schien aber dann ganz froh über das Angebot. Sein Freund, der Bahnpolizist ging gleich ran. »Moin, Hauke, ich bin's, Ahsen. Kannst du mal auf dem Klo vom Café nachsehen? Da befindet sich möglicherweise der Schließfachschlüssel. Aber bitte alles ganz unauffällig ... Was dann? ... Dann das Klo unauffällig bewachen, bis jemand kommt, den Schlüssel zu holen.«

Ahsen war stolz, dass ihm diese Idee gekommen war. Auch wenn er Zivil trug, war er darum immer noch im Dienst! Mütze sah mit Wohlgefallen, dass Ahsen sich wieder zu bekrabbeln schien. Deshalb verzichtete er auch darauf, ihm die Illusionen zu rauben. Es war äußerst unwahrscheinlich, dass ein Kontaktmann des mysteriösen Dirigenten den Schlüssel abholen würde. Das hatte er ja in den zurückliegenden Fällen auch nicht getan, sonst hätte man ja die Handys nicht gefunden. Es diente wohl lediglich dazu, die Opfer in Sicherheit zu wiegen. Wahrscheinlich gab es gar keinen Kontaktmann. Der Dirigent wollte das Risiko minimieren. Keine Mitwisser! Lieber ließ er die Schließzeit verstreichen und die Handys wurden gefunden. War doch egal. Kein Mensch würde eine Verbindung zu ihm herstellen können. Und wenn doch, würde es dauern. Bis dahin wären alle Verbindungsdaten, so sie gespeichert waren, längst wieder gelöscht. Vorratsdatenspeicherung war in Deutschland strenger geregelt als das wilde Pinkeln, darauf konnte sich jeder anständige deutsche Verbrecher verlassen. Zudem lagen zwischen Oldenburg und Spiekeroog viele Kilometer und dazu die Nordsee, wer sollte da einen Zusammenhang vermuten?

Am Hafen wurde es lebendiger. Viele Urlauber machten noch einen Abendspaziergang und wollten nach einem langen Tag am Strand mal was anderes sehen. Spiekeroog ist so schlank, dass man in einer guten halben Stunde von der Meer- zur Wattseite gewandert ist. Mütze nahm den Feldstecher zur Hand, der auf dem Fensterbrett stand, und stellte ihn scharf. Eine Gestalt hatte sein Interesse geweckt, ein magerer, sich etwas gebückt fortbewegender Mann, der ohne Begleitung zu sein schien. Hatte er den Typen nicht schon mal gesehen? Die graue Kapuzenjacke! Mit dem abgenagten Fischskelett! Das war doch der Kerl, der den Muskelprotz und diesen Münchner Immobilienhai zum Dünenhaus verfolgt hatte! Rasch gab er das Glas an Karl-Dieter weiter: »Schau mal!«

Auch Karl-Dieter erkannte ihn sofort wieder. Das war der Mann, keine Frage! Wieder hatte er sich die Kapuze übergezogen, dabei war es ein so milder

Abend. Der Kapuzenmann drehte sich um und ging zum Imbisstand hinüber.

»Was sollen wir machen?«, fragte Karl-Dieter.

Mütze zögerte und reichte den Feldstecher an Ahsen weiter. Der tat sich schwer mit dem Scharfstellen, und als er schließlich die richtige Schärfe gefunden hatte, war der Mann schon weitergegangen. Rasch war er am Imbiss vorbei den Deich hinauf. Vermutlich war er auf dem Weg zurück zum Dorf.

»Hinterher?«, fragte Ahsen, doch Mütze winkte ab. Es schien ihm klüger, in Ruhe abzuwarten. Keine unachtsamen, vorschnellen Aktionen! Sie mussten sich jetzt ganz auf den Köder konzentrieren, der inzwischen fast den Bahnhof von Sande erreicht haben musste.

»Was hat es mit dem alten Dünenhaus auf sich?«, wollte Mütze von Ahsen wissen und berichtete ihm von der Begegnung gestern Nacht.

»Das muss der kleine Moritzen gewesen sein«, lachte Ahsen, »Moritz Moritzen, ein echtes Inselunikum. Der größte Trinker vor dem Herrn. Wahrscheinlich hat man ihn wieder aus dem *Blanken Hans* rausgeschmissen, seiner Lieblingskneipe. Er wohnt hinten am Westend, in einem ausgebauten Schuppen. Er liebt alte Insellegenden, glauben darf man ihm kein Wort.«

»Was erzählt er denn über das Dünenhaus?«

»Das Dünenhaus? Er behauptet, dort gehe es um. Es gehörte früher einer alten Spiekerooger Familie. Während der Nazijahre soll sie vielen Juden zur Flucht verholfen haben, so das Gerücht. Was Genaues weiß man nicht. Angeblich seien die meisten aus Berlin gekommen. Mit einem Schiffskutter seien sie nach Spiekeroog übergesetzt und hätten in dem Haus übernachtet. In dunklen Nächten hätten die Dünenhäusler sie dann hinausgerudert zu einem Lastschiff, das sie aufgenommen und nach England gefahren habe.«

»Echte Helden also.«

»Helden weniger. Eher clevere Geschäftsleute. Hätten die Arbeit nicht für Gotteslohn verrichtet, heißt es. Aber wie gesagt, alles nur Gerüchte.«

»Was wurde aus der Familie?«

»Die Enkelgeneration hat sich zerstritten und will das Haus nun verkaufen, aber das wissen Sie ja.«

»Guckt mal dort rüber!«, unterbrach Karl-Dieter.

Am Kai entlang schlenderte Kai Drinkelmaat, der Strandkorbverleiher.

»Na, sieh mal einer an, das Segelohr«, sagte Mütze und pfiff durch die Zähne, »gestern noch todkrank und heute schon wieder auf den Beinen!«

Der Strandkorbverleiher zündete sich eine Zigarette an, postierte sich an der Kaimauer und schaute auf die Fahrrinne hinaus. Dann trat er die Zigarette viel zu früh wieder aus, zückte sein Handy und wischte ein Weilchen darauf herum. Schließlich erhob er sich und ging den Weg zum Dorf zurück.

»Kai ist sauber«, sagte Ahsen, »für den lege ich meine Hand ins Feuer.«

Mütze widersprach ihm nicht und dachte sich nur seinen Teil. Wie viele Menschen mit verkohlten Armstümpfen herumlaufen müssten ... Er zückte sein Handy und checkte die Bahnverbindung online. Ausnahmsweise schienen heute alle Züge pünktlich zu sein. Fahrplanmäßig war die Oldenburger NordWestBahn in Sande angekommen. Nun musste ihr Mann im Zug nach Esens sitzen, wo er in dreißig Minuten eintreffen würde. Von dort nach Neuharlingersiel waren es nur wenige Kilometer, dennoch dauerte auch diese Fahrt fast eine halbe Stunde, weil das Busunternehmen jede einzelne Kuh begrüßen lassen musste und eine unkonventionelle Route über die Küstenkäffer zusammengestellt hatte.

Was wollte der Mann auf Spiekeroog? Oder besser: Welcher Spiekerooger wollte etwas von dem Mann? Warum die geheimnisvolle Schnitzeljagd? Spielte das Dünenhaus darin tatsächlich eine Rolle? Wenn etwas an der Legende dran war und vom Dünenhaus die Flucht für verfolgte Juden organisiert worden war, was gab es da jetzt noch für eine Verbindung zu ihrem Fall, siebzig Jahre später? Wahrscheinlich hatte Ahsen Recht, und die Geschichte war zusammenfantasiert. Wenn sie aber der grausigen Realität entsprach, warum hatten sich die Besitzer des Dünenhauses später nicht als Helden feiern lassen? Selbst, wenn sie Geld genommen hatten, so war ihre Hilfe doch lebensgefährlich gewesen, der Ruhm der Nachwelt ihnen gewiss. Welche Gründe könnte es für ihr Schweigen geben? Ob sie zwar das Gold und den Schmuck genommen, nicht aber die versprochene

Leistung geliefert hatten? Spekulation. Fest stand, irgendjemand versuchte den Verkauf des Hauses zu unterbinden, vielleicht der Typ mit der Kapuzenjacke. Wie aber sollte das mit der Legende von dem Fluchthaus zusammenhängen?

Sowohl Ahsen als auch Mütze vermieden es, das Fallbeil zu thematisieren, geschweige denn über die dienstlichen Konsequenzen nachzudenken, die ihnen drohten. Dennoch mussten beide ständig daran denken. Was Mütze nicht aus dem Kopf bekam: Warum ging das Fallbeil nicht an ihr Diensthandy? War sie vielleicht so intensiv damit beschäftigt, ihren Bericht über ihn und Ahsen abzufassen? Gab es einen technischen Defekt? Das Diensthandy einer Staatsanwältin ist nicht irgendein Handy. Wie ein Notarzt muss auch sie immer erreichbar sein. Schließlich kann ein Verbrechen sich immer und überall ereignen. Ein Staatsanwalt, der nicht an sein Diensthandy geht, kann Probleme bekommen. Große Probleme sogar! Mütze musste verstohlen grinsen. Das wiederum könnte eine Lösung für ihre Probleme bedeuten.

Langsam fing es an zu dunkeln. Der Abend kam vom Festland übers Meer gekrochen. Drüben in der Ferne, wo man schemenhaft die Hafenanlagen von Neuharlingersiel erkennen kann, hatte die Dämmerung schon eingesetzt. Die jedes Jahr zahlreicher und größer werdenden Windräder fingen an, rhythmisch zu blinken, vielleicht um die Möwen zu warnen. Das rote Geblinke zog sich die ganze Küste entlang, Winderntemaschinen in gigantischer Zahl.

Im Hafen wurde es immer lebendiger, die Spiekeroog II machte sich für die Abfahrt bereit. Scharenweise kamen nun Touristen an den Kai, Tagesgäste mit kleinen Rucksäcken und Familien mit ihren Bollerwagen und scheußlich klappernden Rollkoffern, die man auf Spiekeroog bestimmt auch bald verbieten würde. Alle mussten sie Abschied von Spiekeroog nehmen, ohne dass jedoch Trauer zu spüren war. Im Gegenteil. Alles scherzte und lachte, gab sich gelöst und heiter. Spiekeroog verabschiedete jeden mit dem gleichen heiteren Gesicht, mit dem es ihn empfangen hatte. Es ließ gar keine schlechte Stimmung zu, das war vielleicht das größte Geheimnis der Insel.

Mütze sah auf sein Handy. Auch das NordWest-Bähnchen nach Esens war pünktlich eingetrudelt. Nun musste ihr Mann im Bus nach Neuharlingersiel sitzen. Obwohl sie alle das Foto schon oft genug betrachtet hatten und es langsam nicht mehr sehen konnten, holte Mütze es noch einmal auf das Display seines Smartphones, Karl-Dieter Numero zwo, der mit den Speckbäckchen, am Cafétisch im Oldenburger Bahnhof. Bald würde er hier sein, die Spiekeroog II, die nun unter allgemeinem Gewinke ablegte, würde ihn bei ihrer Rückkehr auf die Insel bringen. Wie auf einer Hühnerleiter würden alle Fährgäste das Schiff über die schmale, klappbare Gangway verlassen. Günstige Bedingungen, man würde den Mann leicht ausfindig machen und sich dann unauffällig an seine Fersen heften. Dass in Spiekeroog jeder zu Fuß ging, war für eine Beschattung optimal. Weil nach dem Eintreffen einer Fähre stets eine kleine Völkerwanderung Richtung Dorf begann, fiel es gar nicht weiter auf, wenn man jemandem folgte.

Zuvor aber waren noch drei Sachen zu klären. Die erste war vielleicht die schwierigste. Mütze nahm erneut sein Handy und wählte. Diesmal ging das Fallbeil dran. Mütze verzog während des ganzen Gesprächs keine Miene. Als er das Handy beiseitelegte, sahen ihn die anderen beiden erwartungsvoll-ängstlich an. Mütze schaute mit ernstem Gesicht von einem zum anderen. Dann ließ er seine Rechte auf Ahsens Schulter niederkrachen und rief lachend: »Wir sind wieder drin!«

Dem Fallbeil war keine Wahl geblieben. Ihr Ersatztrupp war noch nicht einsatzbereit, und auf die Schnelle hätte sie ihn nicht mobilisieren können. Zähneknirschend hatte sie Mütze das Kommando übergeben, es ihm übergeben müssen. Ohne Wenn und Aber! – Nein, dienstrechtliche Konsequenzen würde es keine geben, nein, nein ... ja, ja, für Ahsen gelte das Gleiche ... wie oft solle sie das noch wiederholen? Sie übertrage ihnen den Fall wieder, sie ü-ber-trag-e ihnen den Fall wieder ... doch, doch ... nein ... mit Emden würde sie gleich sprechen ... ob der Herr Kommissar denn taub sei? Eine wichtige Sache sei heute zu regeln gewesen ... sie habe ihr Diensthandy natürlich dabeigehabt, was diese bescheuerte Frage solle? Sie sei da wohl niemandem

Rechenschaft schuldig, Mütze am wenigsten … Dennoch könne man sich auf wohlwollende Verschwiegenheit einigen … ja, ja, das gelte beiderseitig, so sei man für dieses Mal quitt. Aber nur für dieses eine Mal!

Es gelang Ahsen nicht sofort, sein Glück zu fassen. Allmählich wurde ihm klar: Er war wieder drin, er durfte Inselpolizist auf Spiekeroog bleiben. Baltrum blieb nur ein böser Traum. Am liebsten wäre er auf den Tisch geklettert und hätte ein Tänzchen hingelegt. Auch Karl-Dieter war begeistert. Das hieß, der Urlaub war wieder ein Urlaub. Bald würden sie den Fall gelöst haben, dann lag eine weitere herrliche Inselwoche vor ihnen. Mit allen Möglichkeiten! Denn nicht nur Mütze und Ahsen waren wieder drin, auch sein süßester Wunsch war es! Und zwar so was von drin!

Die erste Sache hatte Mütze erfolgreich eingetütet. Nun kam die zweite an die Reihe. Sie war fast so schwer zu lösen, wie die erste. Vielleicht sogar noch schwerer. Weil es dieses Mal den Menschen betraf, den er liebte. Nur ungern fügte er Karl-Dieter Schmerzen zu, aber es war nicht zu vermeiden. Karl-Dieter musste einfach einsehen, dass es nicht ging. Zu viele Gründe sprachen dagegen. Und wenn Karl-Dieter ehrlich mit sich selbst war, dann würde er das auch einsehen. Drei waren einfach einer zu viel. Sie mussten sich trennen. Schon zu zweit hinter einem Verdächtigen herzulaufen, war auffällig. Zu dritt aber würde das Risiko, entdeckt zu werden, exponentiell zunehmen. Zumal auf Spiekeroog. Wann jemals sah man hier drei Männer gemeinsam spaziergehen? Der wichtigste Grund aber war: Es war einfach zu gefährlich. Sie mussten befürchten, einem mehrfachen Mörder zu begegnen. Da war mit allem zu rechnen.

Karl-Dieter nahm Mützes Bitte erstaunlich gefasst zur Kenntnis. Hatte er nichts anderes erwartet?

»Nein, kein Problem! Ich bleibe einfach noch ein bisschen länger am Kai«, sagte er ohne eine Spur von Verstimmung. Warum auch sollte er verstimmt sein? Er wusste genau, wenn es Mütze gelang, den Fall zu lösen und den Täter dingfest zu machen, konnte er von Mütze alles bekommen. Alles!

Erleichtert sagte Mütze: »Wir treffen uns dann in der Wohnung. Stell schon mal den Sekt kalt.«

Die dritte Sache war eigentlich nicht mehr als eine Formalie. Mütze bat Ahsen um die Zweitwaffe, auf die er ihn bereits angesprochen hatte, und wiederholte die Bitte nun. Warum aber zögerte Ahsen? Warum wurde er so weiß?

»Tut mir leid, Mütze, ich hab nur die eine«, sagte der Inselpolizist und klopfte auf die Innenseite seiner Jacke.

Eine Polizeistation mit nur einer Schusswaffe? Das gab es doch nicht! Mütze schüttelte ungläubig den Kopf. So ein Mist! Der Einsatz war nicht ohne Risiko, zumal in der Dunkelheit. Wer weiß, mit wie vielen Tätern sie es zu tun bekamen? Und jetzt das! Was sollte er machen? Ahsen die Pistole lassen? Oder sie sich erbitten? Aber würde Ahsen das nicht als Beleidigung auffassen? Jedenfalls machte er keine Anstalten, Mütze die Waffe freiwillig auszuhändigen. Dennoch wäre das natürlich das einzig Vernünftige. Mütze war ein guter Schütze, absolvierte alle vierzehn Tage sein Schießprogramm im Keller der Nürnberger Polizeidirektion. Wann hatte Ahsen zuletzt einen Schuss abgegeben? Vor zwanzig Jahren? In seiner Ausbildung? Ob er wenigstens gelegentlich eine freche Möwe abknallte?

»Darf ich mal sehen?«, fragte Mütze.

Zögernd griff Ahsen in seine Brusttasche und zog seine Dienstwaffe hervor. Mütze nahm sie in die Hände, ein seltsam antiquiertes Modell. Schnell merkte er, mit dieser Waffe stimmte etwas nicht.

»Wo ist denn das Magazin?«

Die Pistole war nicht geladen. Ahsen krümmte sich wie ein Wattwurm vor dem Möwenschnabel.

»Ist es noch auf der Wache?«, fragte Mütze, als Ahsen keine Antwort gab.

»Ich hab das Ding so von meinem Vorgänger bekommen.«

»Ohne Munition?«

»Ohne Munition.«

Kaum jemals zuvor war Ahsen etwas so peinlich gewesen. Sein Vorgänger habe gemeint, Munition brauche man auf Spiekeroog keine. Man komme hervorragend mit dem reinen Gehäuse aus. Die Ferienkinder würden stets mit geheimer Bewunderung nach der Knarre sehen und sich nichts sehnlicher wünschen, als Polizist auf Spiekeroog zu werden. Das sei die einzige Aufgabe der Waffe.

Na, Prost Mahlzeit! Mütze war bedient. Man stand kurz vor der entscheidenden Festnahme, und das Einzige, was man hatte, um die Maßnahme durchzusetzen, war eine Spielzeugpistole. Man konnte mit ihr bluffen, mehr aber auch nicht. Wehe, das ging schief! Mensch Ahsen, warum hast du das denn nicht eher gesagt! Mütze schob das alte Ding wieder zurück. Was sollte er mit dem Knochen?

Es war Zeit, sich an den Kai zu begeben. In der Ferne erkannte man schon die Lichter der Spiekeroog II, welche die Wattseite entlang dem Hafen entgegenstampfte. In zehn Minuten würde sie anlegen. Ahsen war froh, an die frische Luft zu kommen. Sie redeten nun nur noch das Nötigste.

Karl-Dieter hatte sich von ihnen verabschiedet und ging die Kaianlagen entlang, weg von dem Anleger. Diesmal würde er sich peinlich genau an alles halten, was Mütze sich wünschte. In der Vergangenheit hatte er schon einmal eigenmächtig gehandelt, was ihn in große Gefahr gebracht hatte. Nein, nur aus der Ferne würde er zusehen, wie Mütze und Ahsen dem Verdächtigen folgten. Eine Viertelstunde würde er warten und dann langsam zurückschlendern, zurück zu ihrer Ferienwohnung. Sekt hatte er keinen, den er kaltstellen konnte, aber über ein frisches Weißbier würde sich Mütze genauso freuen. Hoffentlich ging alles gut! Karl-Dieter war in leichter Sorge. Zwar war Mütze nicht allein, aber Ahsen war ohne Einsatzerfahrung.

Gut, den Fall mit dem entwendeten Bollerwagen hatte er gelöst. Aber das hier war doch eine völlig andere Hausnummer!

Die Fähre lief routiniert in den kleinen Hafen ein. Alles sah leicht und selbstverständlich aus, dabei war das Rangieren eines solchen Kahns eine hohe Kunst. Ein Schiff ist ja kein Auto. Wellengang und Wind, dazu die Gezeitenströmungen, man braucht viel Erfahrung, um eine Punktlandung hinzulegen und nicht an die Kaimauer zu rumsen. Auch dieses Mal gelang das Landemanöver perfekt. Mit ein paar Tauen machten die Hafenarbeiter die Fähre am Kai fest, dann wurde mittels eines automatischen Klappmechanismus die Gangway ausgefahren, auf welche die Passagiere zuströmten, kaum waren die Geländer hochgeklappt. Wie viele mochten es sein? Zweihundert? Dreihundert? Am Ende der Gangway hatte sich ein Pulk gebildet, um die Ankommenden zu begrüßen. Fröhlich wurde gerufen und zurückgerufen, schoben junge Eltern ihren Kinderwagen über die Wackelpiste von Bord. Gelegentlich kam es zu einem kleinen Stau. In einer ordentlichen Schlange warteten bereits die letzten Tagesgäste, die mit der Fähre zurück zum Festland wollten. Der Hafen war gut beleuchtet, was auch notwendig war, denn dichte Wolken waren von Westen her aufgezogen und beschleunigten die Dämmerung.

Mütze und Ahsen erkannten den Mann sofort. Sah genauso aus wie auf dem Foto, gemütlich und etwas korpulent, mit herrlichen Speckbacken. Was ihn von den anderen unterschied: Er hatte kein Gepäck dabei, nicht mal einen Rucksack. In der Hand hielt er sein Handy, trat etwas zur Seite, nachdem er festen Boden betreten hatte, und sah sich suchend um.

Mützes Jagdfieber stieg. Würde der Mann schon hier am Hafen empfangen werden? Oder ging die Schnitzeljagd weiter? Für den Fall, dass Speckbacke sofort auf seinen mutmaßlichen Mörder stieß, hatten sie das genaue Prozedere schon festgelegt. Sie würden kein Risiko eingehen und bereits am Hafen zuschlagen. Überrumpelungstaktik. Ein kurzer, entschlossener Auftritt, Ahsen mit der Waffe in der Hand. Besser: mit dem Waffenimitat. Mütze durfte gar nicht daran denken. Zum Glück besaß Ahsen wenigstens ein Paar funktionierender Handschellen. Mit diesen würde Mütze die beiden Männer zusammenketten und zum Haus des Hafenmeisters führen, um sie dort zu vernehmen. Wenn es denn nur einen einzelnen Täter gab! Was aber, wenn es zwei waren oder gar drei? Einen Zugriff würden sie nur wagen, wenn sie keine Unbeteiligten gefährdeten, was nicht einfach war bei den vielen Menschen, die sich gerade am Hafen aufhielten. Nein, kein Risiko! Sicherheit zuerst. Man musste davon ausgehen, dass der oder die Täter bewaffnet waren.

Speckbacke schien sich auf Spiekeroog nicht auszukennen. Er blieb unschlüssig etwas abseits stehen und sah zu, wie sich der Strom der Passagiere langsam in

Marsch setzte. Wiederholt sah er auf sein Handy, als würde er von diesem weitere Befehle erwarten. Und tatsächlich schien er eine neue Botschaft zu erhalten, denn plötzlich setzte auch er sich in Bewegung und folgte der Menge.

»Los!«, sagte Mütze.

Die beiden Polizisten stiegen ebenfalls den Hafendeich empor und folgten dem Mann in sicherem Abstand. Der Weg zum Dorf war nicht weit. Manche Gäste bogen schon vorher nach links ab, um eine Abkürzung zum Westend zu nehmen. Speckbacke aber blieb auf dem Hauptweg, der geradewegs auf die »Teetied« zulief. Vor dem Zaun des Gartenlokals blieb er stehen und schaute erneut auf sein Handy. Auch Mütze und Ahsen hielten an und traten etwas zur Seite. Dabei steckten sie die Köpfe zusammen und taten so, als hätten sie etwas miteinander zu besprechen, zwei Urlaubsgäste bei einem kleinen Schnack.

Speckbacke wirkte etwas unschlüssig. Wusste er nicht, wie es weiterging? Empfing er keine neuen Anweisungen? Er drehte sich suchend um und blickte den Weg zurück, Mütze und Ahsen intensivierten ihr Scheingespräch mit ein paar Gesten. Bloß nicht auffallen! Dummerweise kam Speckbacke nun direkt auf sie zu, blieb ganz in ihrer Nähe stehen und hielt sich das Handy vor die Augen. Mütze und Ahsen wurde mulmig zumute. Hoffentlich fragte er sie nicht nach dem Weg. Weitergehen, hübsch weitergehen! In diesem Moment ertönte plötzlich fröhliches Gekreische.

»Ja, der Herr Kommissar! Und der Herr Inselpolizist! Wieder auf Verbrecherjagd?«

Das ABC-Geschwader! Verdammt, ausgerechnet jetzt! Mütze versuchte verzweifelt, sie mit energischen Gesten und vor den Mund gehaltenem Zeigefinger zum Schweigen und Verschwinden zu bringen. Doch die drei verstanden das falsch, lachten über seine Verrenkungen und riefen mit neckisch erhobenen Krummfingern: »Sie wollen uns wohl was vormachen, Herr Kommissar! Wenn Sie im Einsatz wären, würde der Herr Inselpolizist doch Uniform tragen!«

Mütze resignierte wütend und blickte besorgt zu Speckbacke hinüber. Wo war der Kerl? Das gab's doch nicht, er war plötzlich verschwunden! Hektisch sahen sich Mütze und Ahsen um. Da hinten! Da hinten rannte er, zurück zum Hafen! Mist, verfluchter Mist! Ihr Plan war aufgeflogen, der Kerl hatte Lunte gerochen. Nichts wie hinterher! Das ABC-Geschwader hatte den Ernst der Lage erkannt und wollte zur Seite treten, genau dorthin aber stürmten jetzt Mütze und Ahsen. Dabei stolperten sie über die Nordic-Walking-Stöcke der drei alten Tanten, und unter deren lautem Protestgeschrei purzelten alle übereinander zu einem Haufen.

Karl-Dieter hatte sich brav an die Abmachungen gehalten, hatte im Hafen gewartet und ging nun den einsam gewordenen Weg zum Dorf zurück. Die Fähre war wieder beladen worden, die letzte Tour dieses Tages sollte zum Festland führen, eben wurden noch einige Blechcontainer an Bord gehoben, dann ging es ab. Schon ertönte das tiefe Hupen des Schiffes. Karl-Dieter hatte gerade die Höhe des Hafendeichs erreicht, als ihm keuchend ein Mann entgegenlief. Speckbacke! Wo kam der denn her? Weit hinten am Dorfrand konnte Karl-Dieter im Schein einer Straßenlaterne zwei Männer erkennen, die ihm hinterherrannten. Das mussten Mütze und Ahsen sein. Irgendwas war schiefgegangen!

Manche Entscheidungen trifft man aus dem Bauch heraus, sekundenschnell und ohne lange nachzudenken. Eine solche Entscheidung traf Karl-Dieter nun. Er hatte zwar hoch und heilig versprochen, sich nicht einzumischen, dies hier war aber eine Ausnahmesituation. Wenn Speckbacke entwischte, wenn es ihm gelang, noch an Bord der Fähre zu springen, war die Katastrophe perfekt. Und so tat Karl-Dieter etwas, was er, Kulturmensch, der er war, sonst niemals tun würde: Er stellte dem Flüchtenden ein Bein. Mit einem lauten Fluch segelte Speckbacke der Länge nach hin, wollte den Sturz mit den Händen auffangen, wobei ihm sein Handy entglitt und das Pflaster entlangschlitterte. Karl-Dieter verfügte über ein probates Mittel, einen Flüchtenden aufzuhalten: Er setzte sich einfach auf ihn drauf! Und weil seine aktuelle Diät noch nicht weit fortgeschritten war, war er damit auch dieses Mal sehr erfolgreich. Speckbacke stöhnte auf und leistete keinen nennenswerten Widerstand.

Keine drei Minuten später waren Mütze und Ahsen zur Stelle. Speckbacke verweigerte jede Aussage. Egal, er würde schon noch reden! Wichtiger war jetzt etwas anderes, wichtiger war, die Spur zu dem mörderischen Dirigenten wieder aufzunehmen. Und das ging nur mit dem Handy. Zum Glück hatte es den Sturz überlebt. Mütze griff danach und las die letzte SMS: »Zur katholischen Inselkirche«, war dort zu lesen. Mütze zögerte einen Moment, sein Blick ging zwischen Speckbacke und Karl-Dieter hin und her. Es würde nicht anders gehen, es gab nur diese eine Möglichkeit, nur diese eine Chance.

Karl-Dieter war empört! Er besaß nicht die geringste Ähnlichkeit mit diesem Typen, und nun sollte er in dessen Rolle schlüpfen. Was, bitte, dachte Mütze sich denn dabei? Erst hatte er ihm heilige Schwüre abgenommen, sich auf keinen Fall einzumischen, und nun wollte er ihn sogar vorausschicken, direkt in die Höhle des Löwen. Das war doch schizophren! Und gefährlich. Dazu die scheußliche helle Stoffjacke. Nie im Leben hätte er so ein verbeultes Teil freiwillig angezogen. Karl-Dieter blies seine Wangen auf. Der Täter würde Hackfleisch aus ihm machen, wenn er sah, dass er keine Speckbacken hatte. Sein einziger Trost war, dass Mütze ihn nicht im Stich lassen würde. Auf Mütze konnte er sich tausendprozentig verlassen. Aber auch ein Mütze konnte mal ins Straucheln kommen, wie gerade eben ja geschehen.

Den Weg zur katholischen Inselkirche kannte Karl-

Dieter aus dem Effeff. Dennoch versuchte er, den Ortsfremden zu geben, bewegte sich zögernd und unsicher, blieb an Weggabelungen stehen, las Straßenschilder. Denn vielleicht lag der Mörder schon auf der Lauer und beobachtete ihn heimlich. Mensch, Mütze, bleib bloß in Blickweite! Karl-Dieter hatte ihm versprechen müssen, sich völlig passiv zu verhalten und nichts Unüberlegtes zu tun. Das war Karl-Dieter leichtgefallen. Sobald der Mörder auftauchte, würde sich Mütze um alles Weitere kümmern. Mit 'ner ungeladenen Knarre dürfte das ja kein Problem sein! Sarkasmus war nicht Karl-Dieters Stärke, mehr als den flüchtigen Ansatz eines grimmigen Lächelns bekam er über seinen eigenen Witz nicht zustande.

Je weiter man sich vom Dorfkern entfernte, desto dunkler wurde die Insel. Wie gerne hätte sich Karl-Dieter umgeschaut, ob Mütze ihm noch folgte, doch das traute er sich nicht. Er wollte die Sache so professionell wie möglich über die Bühne bringen. Wenn er nur eine Ahnung hätte, wer ihn erwartete. Und was. An der Strandkorbleiche waren ihm keine Verletzungen aufgefallen, vermutlich war der Mann in äußerst heimtückischer Weise umgebracht worden, wahrscheinlich durch Gift, getarnt als Begrüßungstrunk. Deshalb hatte Mütze ihm eingeschärft, keinesfalls einen Drink anzunehmen, ja, noch nicht mal an einem Glas zu nippen, höchsten so zu tun als ob.

Als Karl-Dieter die Anhöhe zur Kirche erstiegen hatte, piepste das Handy. Eine neue SMS. Verstohlen blickte sich Karl-Dieter nun doch um. War der Mörder in der Nähe? Woher wusste er, dass er gerade jetzt die Kirche erreicht hatte? Zufall? Berechnung? Oder doch genaue Beobachtung? Und wo war Mütze? Dahinten, zwischen den einsamen Häusern am Fuße der Kirchendüne? War es nicht besser, die ganze Sache abzublasen? Wenn man diese Speckbacke nur richtig in die Mangel nahm, würde man dann nicht auf den Mörder stoßen? Mütze schien nicht daran zu glauben. Sonst würde er die Schnitzeljagd nicht fortsetzen.

Es begann, leicht zu regnen. Auch das noch. Zwar war es nicht mehr als ein zartes Treiben von Tropfen, das bald wieder aufhörte, dennoch sank Karl-Dieters Mut weiter. Aber es half ja nichts, er hatte es Mütze versprochen. Er rief die letzte SMS auf: »Zum Badestrand!« Karl-Dieter spürte, wie sein Herz bis zum Hals zu schlagen begann. Der Badestrand! Dies mochte wohl das endgültige Ziel der Schnitzeljagd sein. Vor genau einer Woche hatte dort die Leiche im Strandkorb gelegen. Karl-Dieter verspürte nicht die geringste Lust, genauso zu enden. Wie schön war das Leben doch! Selbst wenn man sich jeden Tag über etwas Neues ärgern durfte, nichts Großartigeres gab es, als bei diesem wunderbaren Spiel dabei zu sein.

Mütze war sein Beschützer, aber würde er ihn auch am Strand beschatten können, auf dieser großen Sandfläche? Dort gab es doch kaum Versteckmöglichkeiten. Plötzlich wurde Karl-Dieter klar, wohin ihn der Mörder lotsen würde: zum Strandkorb 513 natürlich! Hoffentlich war auch Mütze das klar. Er kannte die Botschaft der letzten SMS ja nicht, wusste nicht, dass der Badestrand das Ziel war. Bevor sie sich getrennt hatten und Ahsen mit Speckbacke zur Polizeistation aufgebrochen war, hatte er angeboten, Karl-Dieter sein Handy mitzugegeben, aber Mütze war dagegen gewesen. Zu gefährlich. Wenn der Täter mitbekäme, dass Karl-Dieter ein zweites Handy benutzte, würden sie die Aktion beerdigen können.

Nun bog Karl-Dieter in den Weg ein, der direkt zum Strand führte. Aus der Ferne war die Brandung bereits zu hören, der Wellengang schien deutlich zugenommen zu haben. Fieberhaft suchte Karl-Dieter nach einer Möglichkeit, Mütze eine Botschaft zukommen zu lassen. Er musste erfahren, was der Täter vorhatte! Als Karl-Dieter aus dem Schein einer der wenigen Straßenlaternen heraustrat, die den einsamen Dünenweg beleuchteten, bückte er sich, nahm eine große Handvoll Sand und streute hastig eine 5 auf den Weg und daneben eine 1 und eine 3. Dann klopfte er sich die Hände sauber und ging beruhigter weiter. Diese Botschaft würde Mütze nicht übersehen.

Karl-Dieter hatte die letzte Dünenreihe vor dem Meer erreicht. Er passierte die Strandhalle, die ebenfalls schon in völliger Dunkelheit lag, ging an der Sandige-Füße-Säuberungsanlage vorbei und wollte am Schlüsselausgabehäuschen, wo sich der Weg gabelte, nach rechts hinunter, zum östlichen Abschnitt des Badestrandes, wo sich der Strandkorb 513 befand. In diesem

Moment klingelte es. Eine neue SMS. »Nach links zu den letzten Strandkörben.«

Karl-Dieter blieb unruhig stehen. Was sollte denn das? Das war ja die völlig entgegengesetzte Richtung! Strandkorb 513 stand am anderen Ende, im äußersten Osten, viele Hundert Meter entfernt. Karl-Dieter begann zu schwitzen. Was nun? Warum hatte er nur die blödsinnigen Sandzahlen verstreut! Hoffentlich ließ sich Mütze davon nicht irritieren! Mit schweren Beinen ging er den Weg links hinunter Richtung Westen. Das nächtliche Meer war heute gut zu erkennen, die weißen Wellenberge rannten wie von Geisterhand auf den Strand zu, wo sie schäumend verrauschten. Der Strand selbst hingegen lag in völliger Finsternis, sogar die weißen Strandkörbe waren nicht mehr als dunkle Schemen. Karl-Dieter verließ den Holzweg und stapfte nun durch den weichen Sand. Nach wenigen Minuten hatte er das westliche Ende des Badestrands erreicht, die letzten Strandkörbe vor der großen Sandwüste. Wieder piepste es: »Mach es dir im offenen Strandkorb bequem.«

Auf keinen Fall! Auf gar keinen Fall! Karl-Dieter spürte, dass er diese SMS ignorieren musste, dass es höchste Zeit war, aus diesem blödsinnigen Spiel auszusteigen. Niemand konnte ihn zwingen, sich freiwillig in einen Korb zu setzen. Niemand! Doch dann musste Karl-Dieter an Mütze denken und an das Versprechen, das er ihm gegeben hatte. Wer A sagt, muss auch B sagen. Sie waren kurz davor, den Täter zu schnappen, jetzt durfte er die Sache nicht vermasseln. Sonst blieben seine Gräueltaten vielleicht auf immer ungesühnt. Karl-Dieter musste an Immanuel Kant denken und an dessen kategorischen Imperativ, den er zur Leitlinie seines Lebens gemacht hatte: Handle stets so, dass die Maxime deines Handelns zur allgemeinen Richtschnur erklärt werden könnte. Und die Maxime hieß jetzt: Um weitere Verbrechen zu verhindern, musste Mut bewiesen werden. Ob sich Kant allerdings in einen Mörderstrandkorb gesetzt hätte?

Karl-Dieters Augen hatten sich nun so an die Dunkelheit gewöhnt, dass er den offenen Strandkorb erkannte. Auch glaubte er, beim Umschauen eine Bewegung bei den hinteren, den Dünen näheren Strandkörben wahrgenommen zu haben. Mütze! Er schien ganz in der Nähe zu sein! Zögernd ging Karl-Dieter nun auf den offenen Strandkorb zu und setzte sich hinein. Im selben Augenblick spürte er einen kaum wahrnehmbaren Schmerz im Rücken. Der Ausdruck Schmerz war schon übertrieben, es war nicht mehr als ein kleiner Piks, als hätte er sich gegen eine gesplissene Korbfaser fallen lassen. Er wollte sich die Stelle kratzen, als er zu seinem Schrecken spürte, dass ihm seine Hand nicht mehr recht gehorchte. Sie fühlte sich plötzlich so schwer an. Und nicht nur die Hand, der ganze Arm. Und nicht nur die Arme, auch die Beine, ja der ganze Körper.

Nur selten im Leben hatte Karl-Dieter erlebt, wie das ist, wenn man in Panik verfällt. Wie das ist, wenn der Kopf geflutet wird mit Angst, wie für nichts anderes mehr Platz ist, wie man nur noch weg will, flüchten, weglaufen. Weg, weg, weg! Weglaufen aber konnte er nicht, er war gelähmt, am ganzen Körper. Kein Muskel gehorchte ihm, schlaff und völlig regungslos rutschte er in eine Ecke des Korbes, ohne sich dagegen wehren zu können. Auch der Atem ging schwerer. Nur mit großer Mühe konnte er, obwohl geistig weiter hellwach, die Augen noch offen halten. Dann stand sie vor ihm, die schlanke, dunkle Gestalt, ließ den Lichtkegel einer Taschenlampe über sein Gesicht tanzen.

»So sehen wir uns wieder«, sagte eine Frauenstimme. »Erkennst du mich, Rolf Krätzig?«

Bei diesen Worten hielt sie die Lampe gegen ihr eigenes Gesicht. Mit schreckensstarren Pupillen blickte Karl-Dieter der Frau in die Augen. Wer war sie? Er hatte sie nie zuvor gesehen! Er wollte etwas sagen, aber ihm entfuhr nur ein unartikuliertes Röcheln. Auch sein Kehlkopf war gelähmt.

»Deine kleine Maike ist wieder da«, sagte die Frau mit gefährlich flötender Stimme. »Freust du dich denn gar nicht, sie wiederzusehen?«

Wieder brachte Karl-Dieter nur ein Röcheln hervor.

»Keine Angst«, sagte die Frau, »der kleine Pikser bringt dich nicht um. Das Nervengift lähmt dich nur, nimmt dir jede Bewegung. Spürst du, wie es sich anfühlt, wenn man völlig ohnmächtig ist, wenn man sich nicht mehr wehren kann? Dann verstehst du vielleicht, wie es mir damals gegangen ist, du Schwein, als du dich an mir vergangen hast.«

In Karl-Dieters Schläfen hämmerte es. Verdammt noch mal, wo bleibst du denn, Mütze? Was lässt du mich mit dieser Verrückten allein? Wieder entfuhr ihm ein röchelndes Stöhnen.

»Ja, stöhnen kannst du noch, Rolf Krätzig, wie damals. Dein widerliches Stöhnen ist mir bis heute im Ohr geblieben, ich hab's nicht mehr aus meinem Kopf bekommen. Jede Nacht besuchst du mich aufs Neue, jede Nacht grinst mich deine widerliche Visage an. Nun aber ist Schluss damit, von nun an werde ich dir nicht mehr begegnen müssen.«

Bei diesen Worten griff die Frau in ihre Tasche. Eine Klinge blitzte auf.

»Bis heute also stellst du Kindern nach, du Schwein. Deshalb bist du mir in die Falle getappt. Hast du im Ernst geglaubt, hier auf Spiekeroog würdest du dich an unschuldigen Kindern bedienen können? Was für ein Mensch bist du nur? Das mit dem Kinderheim war nur ein Köder. Du wirst niemandem mehr nachstellen, Rolf Krätzig, genauso wenig wie deine traurigen Kollegen. Dieses Messer hier ist mein Rächer. Dieses Messer wird umsetzen, was ich mir jede Nacht vorstelle, wenn ich nicht einschlafen kann, wenn mich dein grausames Gestöhne irre macht. Doch keine Angst. Weil du kein Herz hast, wird das Messer auch nicht nach deinem Herzen suchen. Es wird sich auf das konzentrieren, worauf sich deine kümmerliche Existenz beschränkt, auf die einzigen Körperteile, aus denen du zu bestehen scheinst!«

Mit aller Macht versuchte Karl-Dieter, sich aufzu-
bäumen, seine Beine wegzudrehen, umsonst. Verflucht!
Die Verrückte wollte ihn entmannen! Mütze, Mütze,
wo bleibst du denn? Ein schmaler Arm hob sich gegen
den Nachthimmel, die Hand der Rächerin, wieder
blitzte die Klinge auf – da wurde die Frau plötzlich nach
hinten gerissen und mit schnellen Griffen entwaffnet.
Mütze!

»Soll ich dir das Bier reichen?«, fragte Mütze augen-
zwinkernd.

»Geht schon«, antwortete Karl-Dieter.

Ja, es ging, wenn auch noch etwas mühsam. Die beiden Freunde stießen an. Es war spät geworden, viel
hatte es noch zu tun gegeben. Karl-Dieter war froh,
wieder in ihrer gemütlichen Ferienwohnung zu sein.
Den Rat, sich vorsichtshalber in eine Klinik fliegen zu
lassen, hatte er entschieden zurückgewiesen. Weil
Ahsens Elektrokiste an chronischem Kurzschluss litt,
hatten sie ihn in einem alten Bollerwagen zum Inseldoktor gefahren. Wie ein nasser Sack hatte er darin
gelegen und alle Viere über die Kanten baumeln lassen.
Das Schwierigste war das kurze Stück über den Strand
gewesen, über Holz- und Dünenwege waren sie dann
rasch vorangekommen. Der Inseldoktor hatte besorgt
geschaut, schnell aber Entwarnung gegeben, vor allem
weil Karl-Dieters Kräfte rasch zurückgekehrt waren.
Zur Beweissicherung hatte der Doktor auf Mützes
Wunsch noch eine Blutprobe genommen. Ein Pfeilgift

war die wahrscheinlichste Ursache, möglicherweise Curare. »Wirkt in den kleinsten Mengen«, hatte der Arzt gemeint.

»Prost, Karl-Dieter, du Held!«

»Prost, Mütze, du verfluchter Herumtrödler!«

Er nahm es Mütze nicht wirklich krumm, dass dieser so spät gekommen war. Hätte er nicht die dusselige Idee gehabt, die 513 auf den Weg zu streuen, Mütze wäre pünktlich zur Stelle gewesen. So hatte Mütze tatsächlich geglaubt, die Zahl sei per SMS vom Täter gekommen. Deshalb hatte er sich abseits des Weges in die Dünen geschlagen, hatte einen kleinen Bogen gemacht und sich dann in der Nähe vom Strandkorb 513 auf die Lauer gelegt. Erst als sich dort nichts rührte, war er unruhig geworden. Zum Glück hatte er bemerkt, wie am anderen Ende des Badestrands das Licht einer Taschenlampe aufflammte. Einen Spurt wie den, der dann folgte, habe er selten hingelegt.

»Mensch, Mütze, das war knapper als knapp«, sagte Karl-Dieter, »eine Sekunde später, und wir hätten eine Josefsehe führen müssen.«

»Ich hätte dich trotzdem nicht verlassen«, sagte Mütze todernst.

Gerührt stieß Karl-Dieter erneut mit ihm an. Er glaubte dem Freund sogar. So hart Mütze auch immer tat, eigentlich hatte er eine Seele so tief wie die Nordsee.

»… bei Ebbe«, ergänzte Mütze lachend.

Maike Wullhaupt hatte gestanden, noch am Strand, als sie auf Ahsen und den Bollerwagen warteten. Alles.

Den Mordversuch an Karl-Dieter und die Morde an den drei anderen Sexualstraftätern. Das Motiv lag in ihrer eigenen Biografie. Als Kind war sie schwer missbraucht worden. Vor mehr als dreißig Jahren. Keiner habe ihr geglaubt, die eigene Mutter habe ihr verboten, Geschichten zu erzählen. So war sie allein mit der Tat und ihren Alpträumen geblieben. Sie habe gehofft, sich davon befreien zu können. Das Psychologiestudium habe ihr geholfen, die Symptome und Mechanismen zu begreifen, unter denen sie litt, die Flashbacks, die Panikattacken, das pathologische Misstrauen gegenüber Männern. Hierdurch habe sie gelernt, zu funktionieren, nicht aber ein Leben zu führen, das diesen Namen auch verdient hätte.

Als die neue Methode der Traumatherapie aufkam, habe sie eine neue Chance gewittert, habe sich zur Traumatherapeutin ausbilden lassen. Vielen habe sie helfen können, manchen aber auch nicht. Damit aber habe sie sich nicht abfinden wollen. Was wurde aus den Frauen, bei denen die Therapie nicht anschlug? Die weiter an wüstesten Angstfantasien litten, jede Nacht aufs Neue ihrem Peiniger begegneten, wieder und wieder den Missbrauch in ihrer Fantasie durchleben mussten? Lange habe sie darüber nachgedacht, was der Kern ihres Leidens war, was die Krankheit unterhielt. Dann seien ihr erstaunliche Parallelen aufgefallen.

Alle Frauen, denen sie nicht habe helfen können, litten unter der Unfähigkeit zu hassen. Sie waren nicht in der Lage, die doch nur zu berechtigte Wut auf ihren

Peiniger tatsächlich auch zu empfinden. Sie waren dem Täter gegenüber kalt und abgestumpft. Er war zu einer Art Neutrum geworden, zu einer bedeutungslosen Sache, einer seelenlosen Maschine. Wer aber kann eine Sache, eine seelenlose Maschine hassen? Daher habe sie angefangen, ihre Therapie zu modifizieren.

So verrückt das klang, sie habe damit begonnen, den Tätern ein menschliches Gesicht zu geben. Wieder und wieder habe sie ihre Klientinnen damit konfrontiert, ja regelrecht gequält, denn die Widerstände seien enorm gewesen. Als es aber schließlich gelang und die seelenlosen Maschinen menschliche Eigenschaften bekamen, brach sie endlich hervor, all die aufgestaute Wut, all der verdrängte Hass. Er überschwemmte die Patientinnen nun wie ein Tsunami, zunächst ohne Gestalt anzunehmen, im Laufe der Therapie aber formten sich Tötungsfantasien, wurden deutlicher. Schrecklich sadistische Bilder – wunderbare Racheträume. Tröstend, doch nicht heilend. Im Gegenteil. Zwar war die lähmende Passivität besiegt, der heiße Hass aber wühlte nun im wunden Herzen und drängte zur Tat. Im Januar sei dann der erste Plan zur Erfüllung der Rachewünsche entstanden.

Reinhard Hovendüppel, der Mann aus Buxtehude. Ihn nach so vielen Jahren zu ermitteln, wäre in früheren Zeiten wohl unmöglich gewesen, im Zeitalter von Google aber war das die leichteste Aufgabe. Zudem habe sie es geschafft, sich unter Tarnnamen in Pädophilennetzwerke einzuschleusen. Sie habe diese Recherchen so weit wie möglich allein ausgeführt, um ihre

Klientinnen zu schonen. Das Härteste dabei sei gewesen, sich an der Tauschbörse mit den Bildern missbrauchter Kinder zu beteiligen, wozu sie zunächst sogar einige Bilder hatte kaufen müssen. Anders aber hätte es nicht funktioniert, nur dadurch hätte sie sich das Vertrauen der Perversen erschleichen können. Wenn sie danach den Computer ausschaltete, musste sie unter die Dusche und das Wasser so heiß aufdrehen, bis sich ihre Haut fast ablöste.

Dann habe man sich an den jeweiligen Täter gehängt und eine Korrespondenz mit ihm aufgebaut, alles unter einem Tarnnamen natürlich. Und habe ihm den Mund wässrig gemacht, habe ihm erzählt, man würde ein Kinderheim leiten, in dem Waisenkinder untergebracht wären. Ein einsam gelegenes Haus, mit vielen Flüchtlingskindern, die kaum Deutsch sprächen. Die perfekten Opfer für jeden Pädophilen. Man habe dem geilen Sack vorgegaukelt, finanzielle Interessen zu haben, zwei Wochen Vergnügen pur für ganze viertausend Euro, Vollpension inklusive. Und ihm klargemacht, dass man sehr vorsichtig vorgehen müsse. Zur beiderseitigen Sicherheit. Deshalb die Fahrt nach Oldenburg, das Handyversteck und das neue Handy, die Schnitzeljagd nach Spiekeroog. Jeder eventuelle Mitwisser, jeder Ermittler müsse abgehängt werden. Seltsamerweise habe diese Art der Geheimniskrämerei das Interesse der Männer noch befeuert. Liebend gerne sei jeder auf den noch so absurdesten Vorschlag eingegangen und habe brav alle Anweisungen befolgt.

»Bis hin zum Mörderstrandkorb«, sagte Karl-Dieter.

»Alles ist stets nach Plan gelaufen. Außer letzten Sonntag. Da bist du plötzlich aufgetaucht.«

»War die Therapeutin in der Nähe?«

»Hat sich hinter den anderen Strandkörben versteckt. Zusammen mit ihrer Klientin.«

»Karla Nordersiel.«

»Karla Nordersiel.«

»Und dann?«

»Als du weggestürmt bist, haben sie ihren zuvor versteckten Bollerwagen geholt und ihr Opfer darauf verfrachtet, so wie wir dich heute.«

»Und dann?«

»Sie haben eine Plane über ihn gespannt und ihn in Richtung Osten gezogen, immer den Strand entlang, bis kurz vor dem Seezeichen, diesem auf den Kopf gestellten Dreieck.«

»Und dann?«

»Dann haben sie ihr Werk vollendet.«

In Karl-Dieters Fantasie stieg eine entsetzliche Vorstellung auf. »Du meinst, sie haben ihn ...?«

»So ist es. Die Therapeutin hat gemeint, das sei keineswegs aus Grausamkeit geschehen, das sei eine seelische Notwendigkeit gewesen.«

»Eine seelische Notwendigkeit?« Karl-Dieter kreuzte die Beine eng übereinander.

»Würde der Tote doch in den Träumen der Klientinnen wiederauferstehen, könnte er im Zustand der Entmannung nichts mehr anstellen.«

Mütze wollte erneut anstoßen, aber Karl-Dieter war nicht danach. Das war ja eine furchtbare Geschichte! Bei allem Verständnis für die Seelenlage der Frauen, was zu weit ging, ging zu weit! Mütze nahm allein einen Schluck.

»Dann haben sie den Verblutenden zwischen den Dünen verscharrt, dort, wo wir es schon vermutet hatten.«

»Du meinst, sie haben ihn lebendig begraben?«

»Aufgrund der Lähmung konnte er sich nicht befreien.«

Erstickt! Im Sand erstickt, was für ein grausamer, was für ein qualvoller Tod. Karl-Dieter wurde ganz übel, wenn er daran dachte. Auch ihn hätte dieses Schicksal fast ereilt, beinahe hätte er selbst hilflos in der Grube gelegen, während Sandschaufel für Sandschaufel auf ihn herabgeregnet wäre.

»Was dann?«, fragte er hastig.

»Dann sind sie noch mal hinunter zum Meer.«

»Warum?«

»Um etwas hineinzuwerfen.«

Karl-Dieter schluckte. Er hatte genug gehört. Was für ein schreckliches Ritual! Es den Fischen zum Fraß vorzuwerfen!

»In diesem Punkt kann ich dich beruhigen. Die Möwen seien schneller gewesen!«

Karl-Dieter brauchte einen Schnaps. Er entkorkte den Küstennebel. »Willst du auch einen?«

»Gerne!«

Wozu Menschen fähig sind, wenn der Hass sie treibt. Hass, ja Mord als Therapie? Was für ein kruder Gedanke!

»Die Therapeutin hat gemeint, erst wenn der Peiniger vom Erdball verschwunden ist, wird auch die Pein verschwinden«, sagte Mütze.

»Bei Karla Nordersiel scheint die Mordtherapie aber nicht funktioniert zu haben.«

»Wie man's nimmt.«

»Wie man's nimmt?«

»Karla Nordersiel war mit der Tat völlig überfordert. Am nächsten Morgen plagten sie solche Gewissensbisse, dass sie zur Polizei wollte, um sich selbst anzuzeigen. Sie nahm ihren ganzen Mut zusammen und lief los. Da Ahsen nicht auf der Wache war, ist sie zur Klinik zurück, war völlig durch den Wind. Den ganzen Tag muss sie mit sich gekämpft haben. Nach dem Abendessen hat sie dann bei ihrer Therapeutin angeklopft und ihr alles erzählt.«

»Und dann?«

»Dann hat's piks gemacht.«

»Du meinst ...«

»Zu ihrem Schrecken hat Maike Wullhaupt erkennen müssen, dass ihre Therapiemethode in diesem Fall versagt hatte. Sie hat alles versucht, ihre Patientin von ihrem Vorhaben abzubringen, zur Polizei zu gehen. Als Karla Nordersiel hysterisch reagierte, wusste sich die Therapeutin nicht anders zu helfen.«

»Aber die Schlafmittel?«

»Eingeflößt, als sie schon gelähmt war.«

»Gott im Himmel!«

»Der Therapeutin war nun aber mit einem Schlag klar, dass sie auf diesem Weg nicht weitermachen konnte. Nur noch einmal, ein einziges Mal wollte sie einen Mann nach Spiekeroog locken.«

»Ihren eigenen Vergewaltiger.«

»So ist es.«

»Furchtbar! Aber warum hat sie ihn nicht einfach angezeigt?«

»Längst verjährt. Und es hätte ja auch Aussage gegen Aussage gestanden, wäre also sowieso kaum zur Anklage gekommen.«

»Das heißt, dieser Kerl – welchen Namen hat sie noch genannt? – kommt jetzt ohne jede Strafe davon?«

»So ist es. Außer, es gelingt uns, ihm aktuelle Straftaten nachzuweisen. Ich habe Maike Wullhaupt fest versprochen, alles zu tun, um diesen Krätzig vor den Kadi zu bekommen. Darauf hat sie uns unter Tränen die Namen der beiden Patientinnen genannt, die ihre Peiniger zusammen mit ihr ermordet haben, und uns die Stelle der Dünengräber verraten.«

»Wart ihr etwa schon dort?« Karl-Dieter lief ein Schauder über den Rücken.

»Macht morgen die Spusi. Das Fallbeil ist plötzlich sehr kooperativ. Wir kriegen alles, was wir brauchen.«

»Olé, BVB …« Mütze ging an sein Handy und musste ganz gegen seinen Willen lachen.

»Wer war's denn?«, fragte Karl-Dieter neugierig.

»Hauke, der Bahnpolizist. Hat gähnend gefragt, wie lange er die Oldenburger Cafétoilette noch observieren muss. Wir haben den armen Kerl doch glatt vergessen.«

Karl-Dieter schenkte vom Schnaps nach. Was für ein schrecklicher, was für ein wunderbarer Tag! Mütze schwebte auf Wolke sieben, und wem hatte er das zu verdanken? Ihm, Karl-Dieter! Nun könnte er alles von Mütze bekommen, alles! Erst aber musste er die grausamen Bilder aus dem Kopf kriegen. Er schüttete den Küstennebel in einem Zug hinunter. Der Schnaps tat ihm gut. Er holte tief Atem und suchte Mützes Hand. Endlich würde sein süßester Wunsch in Erfüllung gehen, endlich war es soweit, in die Familienplanung einzusteigen.

»Lieber Mütze ...«, fing er an.

Im selben Moment wurde kräftig ans Fenster geklopft. Verflucht! Wer war denn das schon wieder? Ahsen? Oder der verrückte Totenkopfmann? Mit einem Sprung war Mütze am Fenster. Von draußen lachten ihn drei vertraute Knittergesichter an, die ihm eine gewaltige Torte entgegenhielten.

»Bottroper Bottelknopper«, rief es zu dritt durch die Scheibe, »eine süße Entschuldigung!«

Sonntag

Kaiserwetter. In preußischem Blau spannte sich der ostfriesische Himmel über Insel und Meer, übermütig strahlte die Sonne auf die fröhliche Strandgemeinde hinab. Karl-Dieter und Mütze saßen in ihrem Strandkorb, immer noch gesättigt von der Bottelknopper-Torte, der süßen Bottroper Sünde. Die Torte hatten sie gestern Nacht noch mit dem ABC-Geschwader zusammen verdrückt, was nur mit Hilfe des Küstennebels möglich gewesen war. Die Torte ist nach einem festen Ritual zu verspeisen. Vor der ersten Gabel hatte man dreimal hintereinander so schnell es ging »Bottroper Bottelknopper« aufzusagen, was im küstenbenebelten Zustand nicht ganz einfach ist. Zwischendurch hatten die Freunde dem ABC-Geschwader alles haarklein berichten müssen, und tatsächlich hatte auch das ABC-Geschwader wieder seinen Teil zu den Ermittlungen beitragen können.

Den Mann in der Kapuzenjacke? Natürlich kannten sie den! Mit dem geschmacklosen Fischskelett hinten drauf? Das konnte niemand anders als Hein Hennigson sein, der Heimatforscher und Inselführer. Wie das ABC-Geschwader das sagte, war es Karl-Dieter wie Schuppen von den Augen gefallen. Na klar! Der seltsame Gang des Mannes war ihm doch vertraut vorgekommen. Und wie der Inselgreis über die Investoren geschimpft hatte, die aus seinem verträumten Spiekeroog ein zweites Norderney machen wollten. Deshalb war er dem Muskelprotz hinterhergeschlichen, deshalb die Warnungen mit dem Totenkopf! Und da er auch Karl-Dieter in der Nähe des Hauses gesehen hatte, sollte der auch gewarnt sein. Er wollte jeden Auswärtigen verschrecken, der sich für das Dünenhaus interessierte. Die alte Geschichte von den Juden, die von hier aus geflüchtet waren, hatte dabei keinerlei Rolle gespielt. Hein Hennigson wollte nur, dass hier kein mondänes Hotel entstand, kein Eldorado der Schönen und Reichen.

Als das ABC-Geschwader erfahren hatte, was Karl-Dieter widerfahren war, hatte es ihn auf der Stelle mit Franzbrandwein einreiben wollen, was der gerade Wiedergenesene aber erfolgreich hatte verhindern können.

Mit Mütze hingegen waren die Damen hart ins Gericht gegangen. Warum er denn nicht sie statt des armen Karl-Dieters zum Mörder geschickt habe? Sie hätten das Leben doch schon hinter sich und wären für solche Einsätze doch geradezu prädestiniert. Mütze hatte ihnen lachend eine weitere Runde Küstennebel eingeschenkt und ihnen hoch und heilig versprochen, ihr liebenswürdiges Angebot bei seiner nächsten Verbrecherjagd ernsthaft zu prüfen.

Zur allgemeinen Erheiterung hatte noch eine aktuelle Meldung aus der Vermisstendatei beigetragen: Franz-Josef Weinhuber, der verschwundene Bauer aus Sankt Englmar war wieder heil bei seiner Mutter eingetroffen. Mit seinem Bulldog war er bis nach Tschechien gerollt, wo er ein paar Tage mit netten Mädchen verbracht hatte.

»Auf die Liebe!«, hatte das ABC-Geschwader gerufen, und sie hatten den letzten Küstennebel geleert.

Karl-Dieter war froh, dass nun alles vorüber war. Wohlig lag er langgestreckt im Strandkorb. Wie schön war es doch, alle Viere von sich zu strecken, wenn man genau wusste, dass man sie noch bewegen konnte. Urlaub! Endlich stand Urlaub auf dem Programm. Und noch eine süße Kleinigkeit. Mit der Rechten fasste Karl-Dieter heimlich von außen an die Tasche seiner Strandshorts und spürte den kleinen Knubbel darin. Mütze, der es nie lange an einem Ort aushielt, fing an, sich für einen Sprung ins Meer bereitzumachen.

»Kommst du mit?«, fragte er Karl-Dieter.

»Vielleicht später«, tönte es zurück.

Kaum war Mützes athletischer Körper in den Wellen verschwunden, sprang Karl-Dieter aus dem Strandkorb und sammelte eilig eine Handvoll Muscheln. Dann klopfte er den Sand vor dem Korb glatt und legte mit den Muscheln zwei Wörter, links ein »Ja« und rechts ein etwas kleineres »Nein«. Dazwischen legte er noch ein Fragezeichen, dessen Punkt jedoch nicht aus einer weiteren Muschel bestehen sollte, sondern aus dem kleinen blauen Babyschnuller, den Karl-Dieter in seiner Hosentasche mitgebracht hatte und nun liebevoll im Sand platzierte. Dann stieg er vorsichtig zurück in den Korb, warf noch einmal einen zufriedenen Blick auf sein Kunstwerk, lehnte sich zurück und tat, als schliefe er.

Schon jetzt freute er sich diebisch auf das nächste Jahr. Er durfte gar nicht daran denken! Bestimmt würde das ihr allerschönster Urlaub auf Spiekeroog werden. Ihr allerallerschönster. Ganz sicher …

Der Autor

Johannes Wilkes, in Dortmund geboren, als der Pott noch rauchte, entwickelte erste Mordfantasien beim Sezieren einer formalingetränkten Leiche während seines Medizinstudiums in München. Er ist Autor zahlreicher unblutiger Bücher und leidenschaftlicher Strandgänger auf Spiekeroog. Hier spielte sein erster Kriminalroman: »Der Tod der Meerjungfrau«, dem fünf weitere im Polibris Verlag folgten. »Strandkorb 513« ist der zweite aus dieser Reihe. Das Ermittlerpärchen Karl-Dieter und Mütze hat inzwischen Kultstatus.

Spiekeroog-Krimis vom selben Autor

(alle Krimis auch als E-Book erhältlich)

 **Der Tod der Meerjungfrau**
ISBN 978-3-95475-009-2
Paperback, 183 Seiten

 **Nachts im Watt**
ISBN 978-3-95475-170-9
Paperback, 298 Seiten

 **Dünendämmerung**
ISBN 978-3-95475-189-1
Paperback, 173 Seiten

 **Heirate nie auf Spiekeroog**
ISBN 978-3-95475-221-8
Paperback, 199 Seiten

 **Auf deinen Spuren**
ISBN 978-3-95475-244-7
Paperback, 166 Seiten

Weitere Krimis vom selben Autor

(alle Krimis auch als E-Book erhältlich)

Ein Terrorist im Gepäck
Erlangen-Krimi
ISBN 978-3-95475-074-0
Paperback, 182 Seiten

Abgestürzt
Kriminalroman
ISBN 978-3-95475-187-7
Paperback, 226 Seiten

Kommissar Goethe: Schillers Schädel
Literarischer Krimi
ISBN 978-3-95475-261-40
Paperback, 215 Seiten

Spaghetti bolognese
Italien-Krimi mit Mütze und Karl-Dieter
ISBN 978-3-95475-264-5
Paperback, 188 Seiten